中国公安文学精品文库（1949-2019）

中篇小说 卷二

全国公安文联 编

群众出版社
·北京·

图书在版编目（CIP）数据

中国公安文学精品文库：1949—2019. 中篇小说 . 卷二 / 全国公安文联编. —北京：群众出版社，2019. 10

ISBN 978 - 7 - 5014 - 6019 - 9

Ⅰ. ①中… Ⅱ. ①全… Ⅲ. ①中国文学—当代文学—作品综合集②中篇小说—小说集—中国—当代 Ⅳ. ①I217. 1

中国版本图书馆 CIP 数据核字（2019）第 203165 号

中国公安文学精品文库（1949—2019）

中篇小说　卷二

全国公安文联　编

出版发行：群众出版社
地　　址：北京市丰台区方庄芳星园三区 15 号楼
邮政编码：100078
经　　销：新华书店
印　　刷：北京市科星印刷有限责任公司

版　　次：2019 年 11 月第 1 版
印　　次：2019 年 11 月第 1 次
印　　张：9.625
开　　本：880 毫米 ×1230 毫米　1/32
字　　数：285 千字

书　　号：ISBN 978 - 7 - 5014 - 6019 - 9
定　　价：60. 00 元

网　　址：www. qzcbs. com
电子邮箱：qzcbs@ sohu. com

营销中心电话：010 - 83903254
读者服务部电话（门市）：010 - 83903257
警官读者俱乐部电话（网购、邮购）：010 - 83903253
文艺分社电话：010 - 83901330　　010 - 83903973

庆祝新中国成立70周年献礼丛书

《中国公安文学精品文库（1949—2019）》
编审委员会

中篇小说卷

主　编：

武和平　全国公安文联副主席

副主编：

吕　铮　北京市公安文联干部

姜海波　中国人民公安出版社文艺分社编辑

前　言

为贯彻落实党的十九大精神和习近平总书记在文艺工作座谈会、全国宣传思想工作会议上的讲话等系列重要讲话精神，隆重庆祝新中国成立70周年；落实公安部领导关于发展繁荣公安文学的指示精神，集中展现中国公安文学的发展轨迹，荟萃70年以来我国公安文学的优秀创作成果，讲好警察故事，发好公安声音，树好警察形象，切实履行中国公安文学肩负的新时代使命，全国公安文联、中国人民公安出版社经认真研究，决定编纂、出版新中国成立70周年献礼丛书——《中国公安文学精品文库（1949—2019）》。本套丛书编纂的指导思想和主要目的为：以习近平新时代中国特色社会主义思想为指导，积极推出讴歌党、讴歌祖国、讴歌人民、讴歌英雄的公安文学精品力作。

2019年5月9日，全国公安文联向各省、自治区、直辖市公安文联，新疆生产建设兵团公安文联，铁路公安文联发出《关于开展〈中国公安文学精品文库（1949—2019）〉征集编纂工作的通知》（公文联［2019］35号）。通知要求，征稿内容为：1949年10月1日新中国成立后至2019年全国各地公开出版、发表的公安题材长篇小说、中篇小说、短篇小说、纪实文学和散文、诗歌作品。通知确定所征集作品分长篇小说卷、中篇小说卷、短篇小说卷、纪实文学卷、散文卷、诗歌卷六大部分，由群众出版社分卷出版。为确保此项重点图书编纂工作顺利进行，经全国公安文联王俭主席批准，成立了《中国公安文学精品文库（1949—2019）》编审委员会。

根据全国公安文联［2019］35号《通知》精神，在作品征集过程中，编委会共收到全国各地公安文联推荐和作者自荐、专家推荐作品2668部（篇、首）。中国人民公安出版社组织编辑力量对所有征集作品，按照长篇小说、中篇小说、短篇小说、纪实文学、散文、诗歌六类进行了初选归类。

7月2日，全国公安文联召开了《中国公安文学精品文库（1949—2019）》第一次编纂工作会议。会议确定了文库的选编原则、目标和要求。选编原则为：坚持文学性、时代性、权威性、历史性、文献性的有机统一。选编目标为：凡入选作品的思想性和艺术性，一是要经得起历史检验，值得传世；二是要公认有影响力，确能服众。选编要求为：一是真正的好作品不能遗漏；二是代表性的作家不能缺席；三是公安战线重大事件的文学反映不能忽略。

7月11日，为贯彻好文库的选编原则、目标和要求，全国公安文联批准组成《中国公安文学精品文库》各分卷工作班子，明确各分卷工作班子由文库编审委员会成员牵头负责，由全国公安文联选派同志与出版社责任编辑组成，分工负责文库的各卷选编工作。

7月12日，编审委员会顾问张策、副主任李国强、编委易孟林与负责《中国公安文学精品文库（1949—2019）》的长篇小说卷、中篇小说卷、短篇小说卷、纪实文学卷、散文卷、诗歌卷的责任编辑，就编纂工作的重点和难点分别进行了指导和交流。

7月23日，编审委员会主任、全国公安文联主席王俭亲自听取张策、易孟林关于《中国公安文学精品文库》编纂工作进展情况的汇报。王俭主席要求，一定要把这套向新中国成立70周年的献礼图书编纂好。他特别强调，这套献礼图书成功的关键在于选出来的作品的确是公认的质量高的好作品。各卷主编、副主编务必负起责任来，真正把高质量的作品选出来。

7月29日，第二次编纂工作会议召开，通过了《〈中国公安文学精品文库（1949—2019）〉编纂体例说明》。

8月27日，第三次编纂工作会议召开，初步通过了《中国公安文学精品文库（1949—2019）》的基本入选篇目。

在作品征集、选编过程中，各卷负责人根据编审委员会历次会议要求，从认真阅读每一部作品入手，结合各个时期作品的获奖、评论、报刊转载、改编影视等情况，对前期初选归类的各卷篇目进行了多次调整，加班加点，任劳任怨，以对公安文学高度负责的历史责任感，反复研究、论证，最终形成了长篇小说卷4卷，共收录4位作者的4部作品；中篇小说卷4卷，共收录29位作者的28篇作品；短篇小说卷3卷，共收录60位作者的59篇作品；纪实文学卷3卷，共收录52位作者的50篇作品；散文卷1卷，共收录70位作者的70篇作品；诗歌卷1卷，共收录79位作者的100首作品。全套丛书共计16卷，收录294位作者的311部（篇、首）作品，总计528万字。各卷收录作品均按发表、出版时间排序，且在文末附有作者简介。在长篇小说卷四和纪实文学卷三附录有“长篇小说存目”和“长篇纪实文学存目”，对本套丛书编选过程中征集到的比较优秀的公安题材长篇小说、长篇纪实文学予以存目，列有作品名称、作者、出版社和出版时间，以备公安文学爱好者、研究者查览。

需要特别说明的是，本套丛书的编纂，得到了公安部新闻宣传局和全国各地公安文联的大力支持，也得到了全国各地作家，尤其是公安作家的积极响应，推荐、自荐了多部（篇、首）优秀公安文学作品。在本套丛书的编纂过程中，编委会全体成员，包括各卷主编、副主编本着对公安文学高度负责的精神，秉承公正、严谨的态度和编纂原则，认真对待征集到的所有作品，最终经编委会和各卷主编、副主编集体研究确定了各卷入选篇目。但由于本套丛书只有16卷（原计划出版30卷），卷帙有限，现有收录作品一定会有遗珠之憾，希望能够得到各位相关作家的理解和包容！同时也衷心希望有更多的作家切实增强并践行“四力”，积极深入警营，扎根生活，倾心于公安文学创作，不断推出更多更优秀的坚持“四个讴歌”，无愧于我们这个伟大时代的公安文学精品力作，讲好警察故事，树好警察形象，共同推动、促进公安文学的大发展和大繁荣！

我们衷心期待，通过编纂出版这套大型文库，能够将中国公安文学的发展脉络清晰地呈现出来，以公安文学的力量，服务于公安现实斗争，服务于公安队伍建设，为平安中国、法治中国建设作出新贡献。

《中国公安文学精品文库（1949—2019）》编审委员会

2019年10月9日

目　录

傍晚敲门的女人

李迪

是序幕也是尾声

“咔噢！——”

随着一声凄厉的、令人血液凝固的惨叫，我看见了一双挤满泪水的大眼睛。

这是一双绝望的眼睛！

由于极度惊悸，两个瞳孔睁得像两颗黑色的药丸，透过混浊的泪，闪出恐惧、憎恨的凶光。

不，除去恐惧、憎恨，在这双绝望的泪眼里，我还看到了乞怜、悲哀和对生的向往！

这双泪眼直盯着我，我也在这双泪眼里看到了自己的眼睛。在这目光交错的刹那间，仿佛时空突然停顿，天地间的一切都凝固了——

只有森林里蕴含着冷气的风，吹动树梢，发出令人屏息的沙沙声。

……

我知道我又在做梦，可我怎么也醒不了。

梦中的往事已经过去十年了。

可过去的一切就像发生在昨天，不，就像发生在今天，发生在眼前——

凄厉的惨叫声，清晰得像把尖刀直刺我的心。

绝望的眼睛挤满了泪，让我不忍看。

难道我又成了十年前的我吗？

难道十年前的事又要重现了吗？

我说不清楚。

自从接下丁字街凶杀案的任务，十年前的往事就时常闯进我的梦里……

一

丁字街在本市朝阳门外一个叫南下坡的地方。

六月十六日星期四，晚八点多钟。天阴沉沉的。

在附近一家饭店做零活的王柏树老头儿，瞅瞅天一直阴着脸，担心一会儿要下起雨来，就跟当头儿的打个招呼，提前离开饭店，紧跑慢颠地赶回自己的住处——丁字街 10 号。

他刚到家，天就下起雨来。

丁字街 10 号在四层楼的左手边，是一间一单元的新式住宅。七十多岁的王老头儿自打死了老伴，就一个人孤零零地住在这儿。他膝下无儿无女，只有一个早年收养的义子王少怀。王少怀如今已是电器公司的总经理，他每月除了负担王老头儿的生活费外，隔三差五地还要拎上个点心匣子什么的，跑到丁字街 10 号来看看王老头儿。对这点，王老头儿感到挺知足挺知足的。

“知足常乐啊！你这把老骨头早就活够本喽！”

不知怎么地，王老头儿每次走完六十八级台阶，来到自家门口，摸出钥匙，抖着手腕往锁孔里捅的时候，心里总爱这么美不滋的自己跟自己唠叨。

啪，门上的撞锁打开了。

王老头儿推开门，屋里黑灯瞎火的，啥也瞅不清。他习惯性地伸手一拽灯绳，随着走廊灯一亮——

“哇呀——”

王老头儿发出一声苍老的、令人毛骨悚然的尖叫。

血！

他看见了一摊血！

血，是从半开着门的里屋淌出来的。

屋子里血腥味呛人。

王老头儿顿时两眼发直，全身抑制不住地颤抖起来。

他不敢再往前走了，僵在那儿愣了一会儿，转身退出家门，冲着黑咕隆咚的楼道大声叫起来：

“来人啊！杀人啦……”

二

闻讯赶到的侦查员，对现场进行了仔细勘查。

我读到的现场笔录是这样记载的：

丁字街10号门为单扇向里开的木质结构门，190cm×88cm。门内为一南北走廊。走廊西墙上有一向里开的190cm×88cm的木质单扇门。门里为一间南北长455cm、东西宽303cm的居室。在此居室北墙有一扇通向阳台的门。居室西南角，放有一张双人床。床头朝北，床脚朝南。床东沿下面，脚朝东，面朝北，侧卧一具尸体。尸体为男性，衣着完整，左手戴有一只手表。尸体头下、身下、脚边有大量血液。居室南墙角地面上有一块 20cm × 0.5cm 滴落血点，东墙角有一处血点距地面高 105cm。尸体北侧靠东墙放有一张三屉桌，桌前放有一木凳。

在此居室地面上提取了一种横条花纹的完整足迹（未排除事主）。

经勘查其他地方未见翻动等异常情况。

尸检详见法医鉴定书。

三

法医鉴定书就附在现场笔录的后面。依照必须鉴定的项目，法医对被害人做了详细检查。

法医认定死者是被他人用锐器（管叉类）刺破心脏，引起失血性休克而死亡。

被害人一共挨了八刀——头上两刀，前胸三刀，后背三刀。其中前胸有两刀，后背有一刀，都深达胸腔，是致人死命的三刀！

预审员接受的有关案件，大多数是间接、抽象地反映犯罪事实的。摆在我面前的只有这些案情报告、照片以及法医认定的管叉类作案凶器等文字材料。仅凭这些，不可能真正认识案件，还需要我的想象力，能通过时间和空间，勾画出案件的整个轮廓和几个关键性的具体情节，以便在审讯中能胸有成竹地及时核对罪犯的供述，揭破罪犯的谎言，弥补占有材料少和缺乏感性认识的不足。

对照现场照片和尸体解剖照片，从被害人淌血情况、倒伏姿势和前后几刀的进刀方向、刺伤位置、刺进深度等综合起来分析和想象，我判断，凶手是先从背后向被害人猛刺了一刀，这一刀是凶手铤而走险、破釜沉舟的一刀，所以，手劲憋得特别足，扎得特别狠。这第一刀，深达胸腔，使被害人当即失去了反抗能力。不容被害人转身回头，凶手又接连在他背上扎了两刀。可以想象，当第一刀刺中之后，刀尖捅穿的声音和刀尖向凶手握刀的手上传来的被害人肌肉的痉挛，使凶手为之一颤，手上的劲儿也就泄了几分。所以，在仓促间接连又扎出的这两刀，就不及第一刀来得狠，没刺进胸腔。这时候，被害人已经吃力地转过身来，面向凶手了。仇人相见，分外眼红！凶手心头的恨又猛然间涨起十倍！握刀的手顿时又生了力。加之被害人已毫无反抗能力地软成一摊，又给了凶手以从容不迫的时间，所以，跟着而来的当胸三刀，扎得又狠又准，其中有两刀刺中了心脏。至于太阳穴上的两刀，很可能是凶手见被害人身中六刀后，仍在血泊中抖动，怕他不死，又直上直下地朝他太阳穴上补了两刀。其中一刀，竟差点把脑袋扎了个对穿！

好狠的刀！

好深的仇！

这究竟是为什么呢？

看着照片上被害人那由于极度疼痛而扭曲得变了形的脸，和那窝着脖子蜷缩在床下的微胖的身躯，我仿佛听见王柏树老头儿苍老、喑哑、颤抖的哭泣声，看到他不住哆嗦着的肩头和抹泪的干枯多筋的手背。

被害的不是别人，正是王老头儿的义子王少怀！

四

“……呜呜……他常来这儿看我，我就给了他一把门钥匙……”王老头儿这样哭着对侦查员说：“今天他是什么时间来的，我不知道哇！我晚饭从不在家吃，下午上班就一直到晚上才回来……是谁杀了他啊！为什么要杀他啊！呜呜……老天爷啊，这回只剩下我孤老头儿一个人喽……”

“你没发现家里少了东西吗？”

“没有，就是少怀每天下班到我这儿，都提个黑皮包。现在，家里没有这个黑皮包。”

“他的黑皮包里一般装什么东西啊？”

“就是茶杯啦，扇子啦什么的……”

王少怀被杀的现场只留下两条侦破线索：

一是在血泊附近的地面上提取的那个横条花纹的完整的足迹。

二是家住王老头儿楼上 13 号门的小学生宋伟，于当晚七点多钟看完电影回家，走过三楼时，看见过一个穿裙子的女人正在敲王家的门。

很快地，技术科送来了足迹比较鉴定。鉴定表明，现场提取的足迹，正是王少怀本人右脚皮凉鞋所留。

第一条线索断了。

凶手干得如此老练，竟没有留下任何一点痕迹。

侦破只有从第二条线索开始。警官访问了宋伟，详细询问了他所见到的敲门女人的情况。

“肯定没到七点半！”孩子的记忆力一般是非常好的，宋伟眨巴着眼睛，自信地提高了嗓门，“学校组织的电影是四点四十五分的，演完了也就六点半。我离开电影院就直接坐车回家了，哪儿也没去。顶多半个小时就能到家。我上三楼的时候，看见她正在敲门。回到家里的时候，七点半的电视转播球赛还没开始呢！那她敲门不就是七点多钟吗？……什么？开没开门我可没看见，我急着赶回去看电视呢！这个女人穿着白褂子、蓝裙子，不，是上面有小白花的蓝裙子，白凉鞋，不高不矮、不胖不瘦的。手里什么也没拿，是空着手。……嗨，就是长得什么样没看见，因为她脸背着我呀！我要知道她是来杀王大爷的，非要转过去看看她的脸不可！不过……”宋伟这样肯定地对警官说，“要是让我再看见她，最好从背面看见，我会认出来的！信吗？”说到这儿，他觉得心里还有话，又急着讲，“可凶手并不一定就是她呀！万一她是找人走错了门呢？对吧？找人走错了门的事常有呀，我就走错过。有时候心里想着事上楼，连自已家都走错过呢！”

从宋伟这儿了解的情况就这么多。虽然不排除连宋伟——一个孩子，都能想到的“走错了门”，但这毕竟是一条十分重要的线索啊！因为王少怀当天下午还在公司上班，五点钟的时候还有人在公司看到他。到八点多钟王老头儿发现尸体，这中间的两个来小时里，正是凶手作案的时间啊！

七点多钟的敲门人，不正是最大的嫌疑人吗？

那么，这个不高不矮、不胖不瘦的，穿着白褂子、蓝底白花裙子的女人到底是谁呢？

如果她没有走错门，那么，她是来找王老头儿的，还是来找王少怀的？这里并不是王少怀的家，她怎么会知道王少怀这天下班后要到这里来呢？

问题又回到王老头儿这里。

“什么？有女人来找我？”王老头儿听侦查员这么一问，布满蛛网般皱纹的老脸上，露出哭笑不得的神情，“我一个七十多岁的老朽，老得连尿都尿不出来啰，哪个女人还来找我哟！……什么？亲戚？我一个穷老头子，从旧社会里熬过来，沾得上亲的差不多都死光了。自打解放后，这么多年里，我搬这儿又搬那儿的，从没有亲戚找过我。不会，不会有什么亲戚来找我的！”

看来事情还在王少怀这头。

“对啊，少怀是领他媳妇到我这儿来过。可他媳妇从没有一个人单独来过。……啥？少怀还领过别的女人来过吗？没，没，我没见过一回！虽然少怀在这上面犯过错误，可那也是好多年前的事啦！”

什么？“在这上面犯过错误”？

这又是一条不可忽视的线索。

侦查员立即来到了电器公司。

王少怀的死，在公司引起很大震动。为侦破需要，公司特别传达了公安局拟定的案情材料。

侦查员从档案里了解到，王少怀现年四十八岁，一九五三年七月入党，长期从事电子工业。现除任总经理外，还是公司分管干部工作的党委副书记。一九六六年四月因生活作风问题，曾受过党内处分。

“生活作风问题”——一定就是王老头儿所说的“在这上面犯过错误”。

侦查员很快弄清了这个问题：一九六六年年初，王少怀身为有妇之夫，与本公司有夫之妇、当时的代理副科长刘湘淑乱搞男女关系。他们的通奸行为被人以匿名信的方式告发。王少怀因此受到了处分。受处分后，王少怀与刘湘淑不再来往，但仍保持着较好的关系。去年，由王少怀提议，刘湘淑升任本公司的科长。

至此，可能敲门的女人就有了两个——王妻与刘湘淑。

五

如果王老头儿的话可信，王妻以前的确没有单独来过丁字街10号；但是，假如王少怀与王妻之间事先通过气，王妻知道王少怀十六日下班后要去养父家，是不是可能来敲门呢？

王少怀跟刘湘淑曾有过不正当的男女关系，事发之后，王妻与王少怀的关系如何呢？

王少怀受过处分后，与刘湘淑的关系仍旧不错，去年还亲自提拔刘当了科长，王妻对此又如何看待呢？

分析以上情况，王妻对王少怀可能心怀不满，也就是说，有杀王少怀的动机。她杀不了，也可以找另外的人，比如她的亲戚帮助。

但是，通过调查，对王妻的怀疑，很快就从以下三个方面推翻了：

一、跟王少怀住在一起的他的儿子、女儿及女婿都说，王与王妻的关系一直挺好。就是在王受过处分后，他们夫妇之间的关系仍旧挺好，从不红脸吵架。王妻在一家工厂任工程师，她生活作风正派，为人朴实善良。在侦查员访问的时候，她不时用手绢抹着眼泪，用哭哑了的嗓子对侦查员说："……天啊，我做梦也没想到会出这样的事啊！我和少怀感情一直非常好……以前他出事的时候，我批评了他，但也原谅了他。人生一路，谁不遇到个沟沟坎坎的？事后我们的感情也一直很好。我从不提那件事，就怕他不好受。再怎么不对，他也是自己的人啊……"

二、案发那天下午，王妻一直在设计室加班，为研究一项工艺改革，忙得连晚饭都没顾得上吃，从下午三点一直干到晚上快八点了，才离开单位。这点，有与她一起加班的助理工程师小刘做证。

三、从身材上看，王妻个矮而胖，不符合宋伟看见的那个敲门女人的身材。

王妻不是敲门人。那么，刘湘淑呢？

刘湘淑的身材，符合宋伟讲的“不高不矮，不胖不瘦”。据了解，她也穿过有小白花的蓝裙子。案发那天，刘湘淑是五点半下的班。下班后没直接回家。她说她去商店买东西了，可又找不出证人；问到去哪个商店，都买了什么东西时，她说买的东西多，串的商店也多，连她自己都不能一一说出究竟串了哪几个商店。总之，直到天黑才回到家。

刘湘淑有作案时间。

但是，趁着她在公司开会时，警官让宋伟隔着窗户从背后辨认了一下，宋伟却摇着头说：

“不对，她的头烫得像狮子狗似的，可敲门的女人梳的是‘羊尾巴’头啊！”

羊尾巴头？

警官愣了一下。

“是啊，就是像绵羊尾巴似的。你们那天问我梳什么头，我怎么也想不起来了，可今天一见到这‘狮子狗’，我就猛地想起了‘羊尾巴’！”宋伟自信地说。

看得出，刘湘淑的“狮子狗”并不是新烫的。这就是说，案发那天，她梳的就是“狮子狗”式。而宋伟讲的这种“羊尾巴”，是中年妇女比较喜欢的一种发式。不要说社会上，仅电器公司，梳“羊尾巴”的，就多得数不清。

从发式上，刘湘淑被否定了。再认真分析作案动机，也感到她要杀王的理由不足。可以这样理解，她与王少怀发生过关系，不管出于什么动机，像他们那样多次通奸，是有一定感情基础的。可王少怀因此受了处分，只好割断与刘湘淑的关系。刘湘淑对王少怀的胆小怕事，可能会感到生气，甚至由生气变为憎恨，起杀王之心。

但事实上并不完全如此。受处分之后，王少怀并没有从此不再理刘湘淑，他们之间的关系依旧处理得很好。至于有没有藕断丝连，也很难说。何况，王少怀还不怕遭人非议，力主提升了刘湘淑。

应该说，王少怀在受处分后的所作所为，还是“对得起”刘湘淑的。

因此，刘湘淑没理由要杀王少怀。

难道是刘湘淑的丈夫对王少怀受处分之后，仍与刘湘淑关系密切，甚至公开提拔刘湘淑感到不满，起意杀王少怀吗？

不能排除这种可能。

侦查员当即对刘湘淑的丈夫进行了调查。

调查结果表明，在案发那天下午两点至晚上九点，刘湘淑的丈夫——一家电机工厂的技师，不在市里，而在郊区一个公社里帮助检修该厂生产的电机。

包括刘湘淑的其他亲属在内，与刘湘淑保持密切接触和联系的近一百人中，经过逐个进行调查，也都分别从时间、因素和条件上，一一排除了杀王的嫌疑。

至此，两个可能的敲门人都被否定了。

六

那么，这个敲门的女人，到底是谁呢？

侦破出现了暂时的僵局。

看起来，解铃还需系铃人！

侦查员对王少怀的住所、办公室以及丁字街10号，重新进行了一次认真细致的搜查。

应该惊叹并且感谢古人能写出如此绝妙的诗句——

“山重水复疑无路，柳暗花明又一村。”

用这句话来形容此刻警官们的心情，真是再贴切不过了！

通过搜查，除认定王少怀上下班用的黑皮包确实失踪外，在王少怀办公室的书架里，在那排列得整整齐齐的几百册书籍中间，找到了一个信封，信封里装着一张 6 英寸的彩色照片——

一个女人的半身照！

应该说，这个女人长得算是漂亮的。

在装有女人照片的信封里，还装着三张写得满满的信纸！

这是三封信！

奇怪的是，每封信的开头都没有称呼，甚至连空格也不留，就那么顶格写起来，像是随手抄录的什么文章一样。同样地，每封信的结尾，也都没有署名。似乎是写到哪儿，就在哪儿打住了。

幸好，每封信的结尾，都写上了日期，使侦查员能按这些日期，将这三封信按顺序排列起来——

“4. 28”；“5. 3 夜两点”；“1983. 5. 26”。

这张彩照上的女人，是电器公司医务室的医生欧阳云。

侦查员一面把三封信和秘密取到的欧阳云的笔迹送技术科进行刑事技术鉴定，一面通过人事部门了解欧阳云的一般情况。

欧阳云，现年三十九岁，曾在总后军医大学任外科医生。其夫高森林为总后干部，于 1981 年病故。欧阳云现与她读小学六年级的儿子高原，住海淀区车道沟电器公司宿舍。欧阳云工作表现较好，生活作风没发现有问题。

王少怀的手里，为什么会有欧阳云的照片呢？

很快地，技术科送来了有关三封信的笔迹鉴定书。经检验，三封信的字迹，书写正常，与欧阳云的字迹比对，两者的书写水平、写法、笔顺、运笔等特征均相同。结论：这三封信均出自欧阳云之手。

这是一条重要线索！

因为，这不是三封普通的信。确切地说，这是三封情书！

警官又找来宋伟。

“是她！头，身材，都像！”宋伟从电器公司会议室隔窗对医务室里的欧阳云辨认后说，“我敢肯定，那天敲门的就是她！”

敲门人终于找到了！

经了解，案发那天下午，也就是星期四下午，电器公司的医务室正好买进一批药品，医生们因为要整理这批新进的药品，就停止了看病。药品整理完毕，才五点钟。虽说离下班时间还差半个小时，可大家也就提前走了。当然，其中包括欧阳云。这说明欧阳云从时间上具备了在现场出现的条件。

根据上述理由，欧阳云无疑是丁字街血案的重大嫌疑人。

六月二十日，我奉命传唤欧阳云。

七

我坐在预审室里，等待着欧阳云。

书记员小凤摊开记录纸，看看钢笔水不足了，又灌了灌墨水。

我想，欧阳云究竟是怎样一个人呢？

通过对她的传唤，我能得到什么样的结果呢？

凶手真的是她吗？

有这样一句形容心地歹毒的女人的俗话："青竹蛇儿口，黄蜂尾上针。"经我手审过的女性杀人犯，也并不在少数。她们杀起人来，往往比男性更凶残。

王少怀身上的几刀，扎得不善，似乎不像女人所为。可欧阳云是一个懂得人体致命处、下得了手、狠得了心的外科医生啊！

欧阳云没有前科，是第一次跟公安机关打交道。凭着我的经验和手里掌握的并不算少的材料，攻下她来，应该说是没有问题的。

不过，经验告诉我，女人犯罪后，顾虑很重，在审讯中一般比男犯顽固。因为她们担心招供之后，一切都毁了，特别是名誉扫地了，所以要她们坦白交代就更困难。

欧阳云被带进来了。

果然，像照片上一样，她长得算是漂亮的：苹果形的圆脸白皙白皙的，也许是紧张的缘故，白得不那么自然，近乎惨白，不过，这更衬托了她一双杏核圆眼的黑亮和两条月牙眉的细弯；嘴唇薄薄的，生得十分端正，而且棱角分明；细一看，额头和眼角上已经有了不浅的皱纹。像所有有修养的医生一样，她很注意自己衣着的合体、整洁。她穿一身豆绿色的西式连衣裙，站在预审室雪白的墙壁下，更显出身材的丰满而匀称；那本来开得很低的上衣领口，被她用针线连起来，自然地做成几个皱褶，遮住了突起的胸脯；本来不算短的裙子，还被她放下贴边。这一切，给人的印象是，她既随合潮流，打扮入时，又非常谨慎地保护着自己随时可能遭人闲言碎语的寡妇身份。

她拘束地看了我一眼，又看了小凤一眼，然后垂下头。

尽管只是传唤，但公安局的特定环境、预审室的特殊气氛和预审员的法定职权，使一切来到这里面对预审台而坐的人，都不由得从心里感到低人一等，感到忐忑不安。

有时候，我爱这样莫名其妙地想，人为什么要犯罪呢？不犯罪，不就用不着到这里低头垂脑了吗？十年前，我还是一个为了生存而奔波在原始森林里的知识青年，十年后的今天，在抽调回城加入公安队伍，并经过专业学校学习四年之后，却成了与形形色色犯罪分子打交道的人了……

“请你坐下吧！”

我指着欧阳云左手边的一个板凳，对她说。我用了一个“请”字，而且语气和蔼平缓，像在家待客一样。希望以此来消除双方在刹那间产生的不平等感，迅速建立起对话的基础。

欧阳云坐下了。她抬起头来望着我。

“你叫什么名字？”

“欧阳云。”

“还有别的名字吗？”

“没有。”

“今年多少岁？”

“三十九岁。”

“什么职业？”

“电器公司医务室医生。”

结束了例行的公式化的身份询问后，我故意停顿了一下。

欧阳云也喘了口气。

我知道她心里并不平静，正在揣测着我下面要问的问题。

“你到电器公司几年了？”

“一九七五年来的。”

我开门见山地问：“公司出事你知道了吗？”

“公司传达了。”

她回答得很冷静。巧妙地表白自己是间接地听到传达后才知道的。

我便顺水推舟：“你听了以后有什么想法？”

“我觉得挺突然！没想到。……王经理这个人对人没架子，找他解决问题，能解决他都尽量给解决。没听说他有什么地方得罪了人……”

弦外之音是：当然，也没得罪过我。

“别的方面呢？”

“底下的人都说王经理在研究电子方面挺有才能的。电子工业在咱们国家……”

她的话要往电子工业上引，我立刻打断，把问题往她身上引：

“王经理被害了。我希望你知道什么就谈什么，尽量谈清楚。”

欧阳云立刻闭住嘴，她把我这句话掂量了掂量，马上拿出了对策：

“别的情况我不知道，让我谈什么呢？”

好一个反诘难！她回避正面回答，竟用反问来回答我的问话。我明白，她这是故意制造难题，逼我交底。

我的语气仍旧平平缓缓：“你来电器公司时间不短了……”

“别的情况我不知道。”

她几乎是抢着说出这句话的。说完以后，一动不动地盯住我的脸。她想用这句话，垒起一道墙，堵住我的去路；我却要在这道墙上钻个窟窿。

“你接触过王经理没有？”

我的语气是强硬的，而这句话却问得占理，让她想躲也躲不开。因为她是公司医务室的医生，焉有不接触王经理的道理？我选择了“接触”这两个别有含义的但又不能说不准确的字眼，为的是引她承认“接触”两字，然后由此说开，步步深入。

“接触过。”

欧阳云想了想，尽管“接触”这两字不那么动听，似乎弦外有音，令她心惊，但她也只好这么硬着头皮回答了。不过，回答的声音很小。而且，很快地，不等我继续问，她就主动地、小心翼翼地解释了她所承认的“接触”两字的含义：

“王经理有高血压，他常去医务室拿药、量血压。”

我有意缓和欧阳云的紧张情绪，把她的注意力从她谨慎防御的“接触”两个字上引开：

“你们医务室有几个人？”

“七个！”

她回答得很痛快，几乎没有思索，连声音也提高了。

经验告诉我，当被审问人的全部神经都兴奋在他的主要防御点上时，直来直去地追问，不如提些与其积极防御的要害问题无关系的事情，干扰其兴奋中心，使其注意力分散，然后再突然直捣其松懈了的防御点。为此，我继续漫不经心地问：

“他们都叫什么名字啊？”

“胡哨，高伯庆，阎阿宝，吕金路……”

欧阳云又是很痛快地一一点了医务室各位的尊姓大名，情绪明显轻松了。一个要害问题，立刻跟在她刚刚轻松了的语气后面提了出来：

“王经理跟你一个人单独接触过吗？”

欧阳云愣住了：“七”怎么一下子就变成“一”了？

她一时想不出对策，心一横：

“没有！”

“那你和王经理有过什么交往没有？”

这和前面的提问是同一内容，不过“朝三暮四”而已。但是，我有意把“接触”改为“交往”，明显地升了一级。

我说完这话，拿眼盯住她：你有证据在我手里，想躲也躲不过去。是什么证据，你自己心里有数！

欧阳云马上明白了我心里的话，她不再躲了，说：

“王经理跟我说过，他要帮我介绍对象。今年三月份跟我要过照片，我给他了。”

好机智的回答！好巧妙的铺垫！一来为王少怀手里有她的照片找到了出路；二来为她与王少怀所以有“交往”也找到了出路——介绍对象嘛！

好，且顺水推舟，看看她给自己找的这条出路能不能走得通：

“他给你介绍了吗？”

“介绍了。”

“介绍了什么人？”

“介绍了四个人。”

嗬，还真不少。

“介绍了四个？都是哪个单位的？叫什么名字？”

“一个是科研院的，五十四岁。我嫌年纪太大，没同意，也没见过面。”

“哪个科研院？叫什么？”

“具体不清楚。只是听王经理那么一讲，说是姓崔。”

“另外三个人呢？”

“王经理说，他们三个人都嫌我有孩子，不同意，因此也没跟我见面。”

厉害，就这么封口啦！猛一听是介绍了四个人，再一问，都在云里雾里，什么真格的也没有，全是“王经理说的”——死无对证！

欧阳云就想这么把王少怀手里有她照片的事情推得一干二净啊！

行，姑且假戏真做，就算你把照片的事情推得一干二净吧，可我手里还有证据之二——你写给王少怀的三封信，不，三封情书！这比照片更为要害呀！

“除了给他照片介绍对象，你和王经理还有什么来往？”我问。

应该说，我问得比较露骨，但也还在火候上。既让欧阳云明显地意识到我掌握了她的证据，但又使她揣测疑惑，摸不准我到底掌握了她哪方面的证据。

欧阳云显然听懂了我的话，可她并没有马上回答。

她在想什么呢?

先要想到那三封信。

所谓白纸黑字。

在信上面，欧阳云心里有鬼。她写了信，并交到了王少怀手里。王少怀如果留下了，那就成了证据，无论如何也推脱不掉的证据！可万一……王少怀已经把信烧了呢？或者，王少怀虽然没烧，而公安局也没有找到呢?

欧阳云会这样向着有利于自己的方面去想的。

自卫是人类的本能，它能使每一个处于劣势的人都产生侥幸心理。

欧阳云并不是从丁字街凶杀案的现场被带到这里来的，我们手里掌握的证据也没有直接出示给她。在这种情况下，她的侥幸心理几乎是占绝对优势的地位，错误地自信自己与王少怀的来往诡秘，不会被人发现。认为自己不开口，神仙难下手。可现在，既然我这样露骨地追问，又使她明显地感到除了照片之外，我手里还有证据。那不是信，又是什么呢……

欧阳云一时没回答，正说明她内心有矛盾。她在苦苦思考，如何解决这个矛盾，巧妙地探知我用以威胁她的证据究竟是不是信。只有弄清这一点，她才能继续与我周旋下去。

果然，她说：

“因为住家离单位太远，我曾要求调动工作，找王经理谈过。他说他跟劳资科说说。后来，又说医务室人手紧，还是想办法帮我换一下房子，让我写一份换房申请。我写了，写好后交给了他。”

好一招投石问路，用一个“写”字，引我亮底，胆量真够大的。这几乎是擦着信的边走过去呀！

她愣着两眼，在等我下面的提问。她的每一根神经，都绷得紧紧的。

我没有马上提问，有意停顿。

欧阳云有点沉不住气了，两只手不由得握在一起。

她心急火燎地要听我对这个“写”字的反应。

可见，这三封信的威力有多大！

信的后面，究竟隐藏着什么呢？

凭着连贯的思路，我可以再追问一句：“除了填写换房申请，你还写过什么？”

但是，我决定不再追问了。因为欧阳云的紧迫感，已使我感到三封信的至关重要，有了更进一步的认识。这在眼下，就够了！急于揭盖，不但容易暴露手中的证据，引起对方的惊恐，而且也容易使对方猛地因老底被揭而产生抵触对抗情绪，使我们之间刚刚建立起的对话桥梁坍塌。

在这种时刻，我应该迅速离开“信”，以跳跃发问的形式，出她意料地去谈谈其他方面的问题，以便获取更多的信息来充实我自己。

于是，我问：

“你想没想到公安局会找你了解情况？”

她愣了一下，摇摇头。

不回答话，只摇摇头。这在她还是第一次。

我突然又问：

“王经理是上星期几被杀的？”

我很清楚，是上星期四。似乎是明知故问。

但，这并非明知故问。

杀人的日子，是凶手终生难忘的！

“星期六。”

欧阳云这样回答。像是心里的话还没说清楚，又像有什么话还要补充似的，她又说：

“公司传达时，好像说的是星期五。”

“是星期五吗？”

“嗯……好像传达时没说星期几，就说是被害遇难，没说是哪天……”

“到底是哪天?”

“不是星期六，就是星期五。”

嘿，就是不说星期四!

她这样十分冷静地跟我装傻，我心里并不起火——

她装傻，更说明我的提问恰是地方!

但是，既然每个星期里都有星期四这一天，我就不能让你绕开，非叫你说出来不可。

“这几天你干什么来着?”

“我上班来着。”

“你们医务室买了一批药品，是上星期几来着?”

作为一名医生，对医务室里近几天做的事情，总不能再装傻了吧?我盯住欧阳云。

“星期四。”

终于，她说出了这个令人心惊肉跳的日子。

既然她被迫说出了“星期四”，我也就不再让她立刻讲清王少怀究竟是哪天被杀了，免得她恼羞成怒，使审问陷入僵局。我且沿着由她嘴里说出的这个日子，不慌不忙地问下去:

“星期四这天你见到王经理了吗?”

“见到了。”

“是上午还是下午?”

“上午下午我记不清了。大概是上午。王经理到医务室来量血压。”

说到这儿，不等我提问，她又赶紧补充了一句，表明自己在这个可怕的日子里与王少怀没有任何接触:

“血压不是我量的。”

我点点头，表示听明白了。随后，我仍旧问:

“下午你见到王经理了吗?”

“没有!”

“他下午没来量血压？”

“量没量，我记不清了。反正我没见到他。”

“那你下午干什么了？”

“我们整理新买进的药品，清点核对。”

“为了整理药品，耽误下班了吗？”

“没有。离下班时间还有二十多分钟，我们就干完了。我们把空药盒分了，就回家了。”

“你是什么时间离开公司的？”

“大概是五点十几分吧。我和高大夫一起回的家！”

嗬，主动提出了见证人。痛快！

“你们是住在一块儿吗？”

“不。我们在红庙分的手。我坐 112 路，高大夫坐 115 路。”

“你在哪儿换的车？”

“在沙滩。换的 103 路。到动物园后，又坐 334 路，到家都七点多了。”

“到家都几点了？”

我佯装没听清，故意追问一句。

“七点多了。”

她这样重复。声音比刚才小，但仍很清楚。

七点多，正是宋伟看到欧阳云在丁字街 10 号敲门的时间。欧阳云小心地说出这个时间，躲开这个时间，用心良苦。

我盯住她的眼睛，问：

“你中途没下车吗？”

她几乎想都没想，立刻就回答：

“没有。”

不过，她躲开了我的目光。

在这么重大的问题上当面说谎，难免心里不跳啊！

我并不想揭她的底，转个弯问：

“那天晚上下雨了吗？”

“下了。”

“是你到家前下的呢？还是你到家后下的？”

“记不清了。”

“挨没挨淋还记不清吗？”

“没挨淋。是到家后下的。”

“是吗？”

她没再回答。我知道，“雨”的问题出乎她的意料，使她来不及思索，拿不准“七点多钟到家”与“挨淋没挨淋”的关系。

“到底是到家前下的雨，还是到家后下的雨？”

她心慌意乱，我仍紧追不放。

“……到家后才下的。”

她没计算好时间顺序，可不回答又不行。只好这么咬死了。听天由命吧！

既要说谎，又能对上茬儿，实在是不简单的技术。

“那天你穿的什么衣服？”

“穿的白衬衣，白裙子。”

白裙子？怎么与宋伟讲的“带小白花的蓝裙子”不一样？

我心里愣了一下，但没追问。先做个问题留下再说！

“你到家以后，你孩子回来了吗？”

欧阳云心里明白，这个问题，仍然没有离开上面提的“到家几点”和“下没下雨”。

不错，离是没离开。但我的提问已不仅仅停留在时间上了。

“孩子已经回来了。”欧阳云边想边说，“我到家后，洗了洗手，就吃饭。”

“吃什么了？”

“不是馒头就是米饭。”

“什么菜呢？”

“……”

“记不清啦？”

“……炒黄瓜。”

“谁炒的？”

“……我炒的。”

“你说的高大夫叫什么名字?”我又改了话题。

“高伯庆。”

“是男的?”

“嗯。”

“他经常同你坐车吗?”

“有时一块儿……那天他分了好几个盒子，我就帮他拿来着。我们就一块儿坐车……”

我突然打断她的话：

“你和王经理一块儿坐过车吗?”

我的跳跃提问，真有点儿风马牛不相及。

不过，这又到了关键的问题啦。所以，欧阳云态度很坚决：

“没有。”

“王经理住在什么地方？他家都有什么人?”

这个和“星期四”一样可怕的问题，相信又把欧阳云吓得不轻。好在她还稳得住阵脚：

“不知道。”

“不知道？公司没传达吗?”

“传达了。……听说住东华门。听说他家里有爱人，一个儿子，一个女儿，还有……父亲。”

我知道公司的传达只说了丁字街，并没涉及东华门。

“是传达的东华门吗?”

“……”欧阳云支吾了，“他有几个家，我不知道。这次出事后，我才听说，他和他父亲不在一起过。”

到底也没说出王少怀究竟在哪里住！

欧阳云又拿出了不知王少怀是星期几被害的装傻的看家本领。一到了要害问题，她就装傻。但她说出来的，却绝不是傻话——“这次出事后，我才听说，他和他父亲不在一起过。”这就是很聪明的一句话！她在告诉我，在这次出事之前，她根本就不知道有个丁字街 10 号！

不过，聪明过分，就成了画蛇添足，或者说成了“此地无银三百两”。

好，我心里已经有数了。这个问题，不再追问，重新换个题目：

“你说住房离公司远，王经理去你家了解过吗?”

“没有。”

王少怀也许的确没去过欧阳云家。但我故意装得不相信地又问：

“王经理没到过你家?”

听我一再追问，欧阳云索性提高了嗓门：

“没有!”

可说完了之后，她又莫名其妙地补充了一句：

“我也没去过他家。”

这一句可就节外生枝了。

既然前面说过不知道王少怀的住处，那当然就是“没去过他家”了，何必还在后面来个特别声明呢？这不是多余的话吗？

真是言多必失!

我看看表，该吃中午饭了。

欧阳云矢口否认与王少怀有不平常的关系，同时不如实讲出星期四下班后的去向，既然如此表现，我决定在结束上午的传唤时，给她一点压力，以便下午能在以上两个要害问题上有所突破。

因为，按法律手续，传唤应在当天结束。“王经理那儿除了照片之外，还有你的什么东西?”

“什么也没有了!”

口封得很死。

我站起来：

“你好好想想再说!”

没有还想什么呢?

让你想，自然就是有!

这就是给欧阳云的压力。

这点压力，够她一中午用的了。

八

我没在食堂吃午饭，跟小凤交代了几句，换上便衣就朝车站走去。我在路边买了个面包，边吃边乘车来到电器公司。

我找到了医务室的高伯庆大夫。

高大夫是东北人，说起话直来直去的：

“是啊，星期四那天下班，欧阳云是跟我一起走的。一出医务室，她就叫我：‘高大夫，你要了这么多盒子，我帮你拿吧！’不等我推辞，她就已经把药盒子拿在手里了。就这样，我们一块走的。”

“是她主动走上来叫你的？”

“是啊，主动的。”

“你现在回忆那天她叫你，是不是过分主动了呢？”

“过分？嗯，有点。嗨，不过谁也想不了那么多，反正是空药盒，也不重，她要帮我拿，我当然乐意，其实，她不帮我拿，我也拿得了。就这些啦，有啥说啥，没有也不能添枝加叶，对不？”

“您记得那天她穿的是什么裙子吗？”

“应该说是带白花的蓝裙子。”

“为什么是应该说呢？”

“因为那裙子本来是白底蓝花的，但蓝花太大，也太多，把裙子都占满了，看上去，原来的白底子倒像是蓝底子上的小白花了。”

噢！原来这就是裙子的白蓝之谜。

欧阳云不提白裙子上的大蓝花，显然是有意搅浑水。

跟高大夫分手后，我按照欧阳云提供的路线，掐着表，从电器公司走到红庙车站，坐上112路到沙滩，换103路到动物园，又坐上334路到车道沟下了车。然后按一般速度，步行到欧阳云所住的宿舍楼前。

一看表，总共用了一小时四十五分。

假设欧阳云在案发那天下午五点二十分在红庙上的车，那么，她回到家正好是七点过五分。

也就是说，上午欧阳云所说的乘车时间是对的。如果那天她哪儿也没有去，应该在七点多钟回到家。

我立刻赶到欧阳云的儿子高原念书的学校。真巧，我姐姐正是这个学校的校长。很快，姐姐把高原叫到了校长办公室。

我打开微型录音机，让高原回忆上星期四晚上的事。不料，高原的回答，既在我预料之中，又出我预料之外：

"……叔叔，我错了。是妈妈不让我说真话的。她说，如果有人问，就说她是七点钟回来的。可是，我害怕……妈妈不是七点钟回来的啊！那天晚上，都快九点半了，我妈妈还没有回来，我都等急了！"

啊，九点半还没回来？

"那你吃饭了吗？"

"吃了。"

"是妈妈回来做的？"

"不是，是我自己做的。"

"做的什么？"

"热剩饭，炒黄瓜。"

"那你妈妈是什么时候回来的呀？"

"我都睡了，她才回来。大概快十点钟了。……你为什么要问这个？叔叔，我妈妈她怎么了？啊？我妈妈怎么了？"

十二岁的高原，睁大一双稚气、诚实和在他这个年纪还不应该有的焦虑的眼睛，一动不动地盯住我。

让我说什么好呢？

可怜的孩子，他已经失去了父亲啊！

我在心里叹口气，轻轻抚摸着高原的头：

"没什么，孩子，你好好读书吧。"

我离开学校，又赶到气象局，查阅了北京地区的气象记录。星期四那天晚上，是八点二十分左右开始降雨的。降雨的时候，欧阳云并没有到家，而是在路上！

欧阳云的假话太多了！

那么，从五点二十分她与高大夫在红庙分手，到夜里十点钟回到家，中间整整有四个多小时，欧阳云到底干了些什么呢？

为什么那天下班后她要主动帮助高大夫拿药盒呢？这与她在上午回答问题时主动把高大夫提出来做自己的证人，两者之间有没有内在的联系呢……

我一面想，一面沿着马路朝局里奔走。一恍惚，人行道上的槐树，连同那道边的电杆，都一齐化作了无边的散着落叶腐枝的霉潮气息的森林……

啊，森林，森林！

我又回到了十年前！

我又成了一个为生存没日没夜在森林里奔走的知识青年！

我又背上了长筒猎枪，踏着森林中的鸡肠兽道，在寻找那只狡猾的、富有传奇色彩的狐狸啦！

那是一只谁都想打，可谁也打不着的秃了一只耳朵的母狐狸。

我和这只神奇的秃耳朵狐狸之间，有过多少次浪漫而又惊心动魄的追逐啊！可是，后来我们之间终于酿成了一场悲剧，一场使我永生难忘的悲剧……

汽车喇叭的鸣响，把我从那幕难忘的悲剧的追忆中，迅速拉回到现实中来。

我才意识到自己不是在追狐狸，而是在追一个人。

难道欧阳云是人群里的狐狸吗？

当我汗涔涔地赶回局里，刚进大门，小凤就从传达室里迎出来。

看来，她已等我多时了。

“梁预审，情况是这样的……”

小凤按我的布置，也折腾了一中午。

她从电器公司乘公共汽车出发，只用了二十分钟，便到了丁字街10号。又从丁字街10号乘公共汽车，用了一小时二十分，到了车道沟欧阳云的宿舍。

那么，从电器公司到丁字街，然后再到车道沟，加起来也不过两小时的乘车时间。

现在清楚了，案发那天，从下午五点二十分到晚上十点钟之间，欧阳云坐车到了丁字街现场，再从现场返回车道沟宿舍，总共也不过两小时的乘车时间。那么还剩下两个多小时的时间，她究竟都做了些什么呢？必须让她讲清楚。

“马上把欧阳云带来！”我说。

九

“中午想过了吗？”

“想过了。”

“王经理那里除了照片之外，还有你的什么东西？”

“没有了。”

她想的结果，是要在“信”的问题上，顽抗到底。

“你对王经理的死有什么看法？”

“他死得太可惜了。不该死。现在社会上太复杂，好人不长寿。”

“别人对王经理的死是怎么看的？”

“……有的说，是不是遇上偷东西抢劫的？”

我立刻盯住欧阳云。在公司传达的案情里，并没有东西被偷被抢的情节啊！

欧阳云躲开了我的眼神。

我马上用话追上她：

“谁这样说的？”

“……谁说的我记不得了……”

又拿出看家本领了！

“嗯？”我严厉地盯住她。

“……还有的说，”欧阳云感到我态度的强硬，同时也感到自己说的“偷东西抢劫”真是太不沾边，立刻补充道，“还有的说，是不是作风问题被人发现了？听说，王经理过去有过作风问题，是和我们公司的刘湘淑……”

真是慌不择路，这一主动补充，正说到了我要追问的问题上。

欧阳云也感到了自己的弄巧成拙，立刻闭住嘴。

你想闭住嘴了吗？不行，谁叫你自己起的头呢？

“王经理现在还有作风问题吗？”

“没听说。”

我单刀直入：

“王经理对你怎么样？”

沉默。

这是欧阳云第一次以沉默回答我的提问。

她和我都知道这一提问的分量。

所以，她企图用暂时的沉默来稳定自己的心，以便从满是荆棘的荒野里找出一条出路。

而我呢，面对沉默，不能停顿，应该站在主动的地位上，加快速度和频率，使她被迫接受我的这种速度，无暇周密考虑和拖延回答，因而也就不能一下子从荆棘丛生的荒野里找出一条生路——

“王经理对你怎么样？”

我提高声音追问，迫使她不得不回答。

听得出，欧阳云是仓促上阵，边想边答的：

“……我有换房的事找他，他就帮忙过问了。别人的困难他也帮忙过问。在原则之内能解决的就解决，不能解决的他也给人家做通思想工作……”

我不语，但我的表情又让她感到我对她的话有兴趣。她就继续往下讲：

“……大家都说王经理关心下级同志。我也有同感。他知道我爱人去世了，劝我改嫁，给我介绍对象，比较有同情心……”

欧阳云还想绕山绕水地继续表扬王少怀，从而表明她对王少怀毫无恶感。我突然打断她的话：

“你们最近关系怎么样？”

我故意把“最近”二字咬得特别重。

“最近……他还是挺关心我的！”

当一个人违心地说出自己并不想说的话时，心里究竟是什么滋味呢？

欧阳云的这句话，就是违心地说出来的。

此刻，我想起她在写给王少怀的信中，以乞求的口吻，希望王少怀给她爱，我不由得百感交集，陡然地把问题升到最高峰：

“你和王经理究竟是什么关系？”

沉浸在难言的苦衷中的欧阳云，突然出人意外地强硬起来，面对面地盯住我：

“上下级关系！”

她的突然强硬，的确出乎我的意料。

我看到了她死盯住我的一双眼里，充满了仇恨！

我知道，她已经没有退路了。

这是最后的防线！

如果我凭感情用事，迎刃而上，针尖对麦芒，很可能加剧她的仇恨心理，使抗拒之火烧红她的眼睛。那样，预审室里将出现难堪的僵局。

我先压住了自己的火气。

我决定立即转向，避其锋芒，以四面出击的手法，揭露她的几点谎言，使她顾此失彼，陷入被动，在不得已认错的过程中，逐步削弱她的防御体系，铲平她的抗拒心理，让她把对我的仇恨转化为对她自己处处说谎的怨恨。

只有这样，她才会产生“谎话总要被揭穿，防御也徒劳”的恐惧心理，而从最后的防线上溃退。

“星期四那天你穿的是白裙子吗？”我突然问。

欧阳云明显地愣了一下。她的兴奋中心还来不及从强硬的“上下级关系”上转过弯来。

“……是白裙子。不过，不是纯白的，上面还有蓝花……”

“不是上面还有蓝花，而是蓝花很大，也很多。整个裙子看起来，蓝色比白色还多！是不是？”

“是。”

“那你上午为什么只说是白裙子？”

欧阳云只好认错：“上午说得不准确。”

“是有意不准确吗？”

“……不是有意……”

她支吾起来。

我又出一招：

“那天晚上，你回到家里究竟做饭了没有？”

“……”

她不敢再轻易回答了。

“怎么不说话？你上午不是说炒黄瓜吗？”

“……是炒黄瓜！”

“黄瓜到底是你炒的还是高原炒的？”

我把高原二字咬得特别重。

听我如此胸有成竹，她脸上的肌肉不由自主地抽动了一下：

“……是高原炒的。”

“那你上午为什么说是你炒的呢？”

“我……我也炒过。我做饭的时候多，所以记不清了。”

“那你上午讲得对不对？”

她只好再次认输：“不对。”

“是有意说假话吗？”

“……不是，的确记不清是谁炒的了。”

事不过三！我立刻拿出撒手锏：

“那天晚上，你到底是几点钟到家的？”

欧阳云的脸上，突然鼓起了一块肌肉，使那本来是苹果形的脸蛋，看上去像个土豆了。

在审讯中，由于过分紧张而引起的诸如肌肉收缩、手脚抖动等生理变化，是被审问人无法用意志能控制得住的。

我几乎能听见欧阳云的心跳了！

“……七点多钟。”她沉默了一阵，终于说。

“是七点多钟吗?”

“是。”

“是回到家以后，天才下的雨吗?”

“是。”

紧跟着，预审室里一阵寂静。

我没再提问。

当然，她也没再回答。

我盯住她。

可是，她却低下了头。

我们在无声地交锋。

究竟谁是这场无声交锋中的胜者呢?

突然，像是从辽远的天空里传来的声音，又像是从深邃的地下发出的声音，这声音在预审室里响了起来：

“……叔叔，我错了。是妈妈不让我说真话的。她说，如果有人问，就说她是七点钟回来的。可是，我害怕……妈妈不是七点钟回来的啊……”

这是高原的声音——

充满了稚气、诚实和令人可怜的孩子的声音!

“啊——”

欧阳云的喉咙深处发出一种轻微的、但无比惊恐的叫声。

她抬起脸，瞪大一双因为惊恐而放大了瞳孔的眼睛，盯住案桌上的微型录音机。

录音机在转动。

高原的声音在颤抖：

“……叔叔，你为什么要问这个? 我妈妈她怎么了? 啊? 我妈妈怎么了? ……”

母亲毕竟是母亲啊!

她能承受得了一切降临到自己身上的痛苦、灾难和屈辱，但是，她却承受不了自己未成年的孩子这可怜的、令人心酸的、如泣如诉的声音。

刹那间，欧阳云的全身都颤抖起来。

一汪泪，抑制不住地冲出了她的眼眶。

突然，她尖叫起来：

“别放了！别放了！我……我……”

这尖叫声，像什么东西被撕裂了一般。

我立刻关上录音机。

控制着内心的冲动，我冷静地问：

“从五点二十分离开公司，到快十点钟你才回到家。这中间，除去坐车的两个小时，那剩下的两个多小时里，你究竟干什么去了？”

欧阳云捂住脸，哭了起来。双肩不住地抽动着。

“……我孤儿寡母的，我还带着一个孩子，我的孩子还未成年，我过日子容易吗？……我，我……王少怀的死，怎么能让我承担呢？”

虽然她是答非所问，但我预感到谜底就要揭开了。

我注意到，在她这句思路混乱、近乎呓语般的哭诉里，第一次把“王经理”的尊称改为“王少怀”！

这是一个巨大的变化啊！

我立刻接上去：

“你和王少怀是一般关系吗？”

我也随之改称王经理为王少怀，同时加重“一般”二字的语气，意思是“不一般”。

“……呜……呜……”

欧阳云仍在哭。

是没听到我的提问吗？还是不知道该怎么回答好呢？

我立刻换了一个方式，由提问改为反问：

“不是一般关系吧？”

听来轻松的反问里，蕴含着不容抵辩的压力。

欧阳云没有回答。但是——

她点了点头。

好！要的就是你这一点头。

这一点头，已使欧阳云最后的防线彻底崩溃。

此刻，她虽只点头不语，但满肚子的话——委屈、怨恨、后悔、愤懑；对往事的不堪回首和对未来的凶吉难卜，这一切的一切，都已经在她肚子里开了锅，想关也关不住，想包也包不住了！

我应该给她出路，应该让她看到出路，前面并不只是一片荆棘。

“好，既然你和王少怀关系不一般，那你就应该讲清楚，鼓起勇气讲清楚。是谁的责任，就由谁来承担。你要相信政府，政府是不会冤枉一个好人的。何况，你曾经在部队里，受党教育多年。据我们了解，无论在部队还是在地方，你的工作表现一直都是不错的！”

尚未泯灭的荣誉感和对出路的向往，使欧阳云暂时停止了哭泣。

她抬起泪眼乞怜地望着我，像一个落进井里的人，等待救命的绳子。

我和蔼地说：

“你说吧，不要着急，慢慢说，把委屈，把怨恨，把一切都说出来。上午说错了的地方，可以纠正，可以重说，我们都不再追究了，以现在说的为准吧！”

欧阳云点点头：

“今年……不是三月就是四月的一天，王少怀到医务室来量血压，正好就我一个人值班。王少怀说他同情我，喜欢我。他说他想我好几年了。还说在家里，他爱人对他不好，他们没有爱，孩子也狗仗人势，老是欺负他。他需要温暖和安慰。他对我说，你爱人去世三年了，你在各方面也需要温暖和安慰。说完了，就……就从后面抱住我。我推他，可他抱得很紧……以后，医务室一没人，他就下楼来，叫我到他办公室去说话……”

说到这儿，欧阳云打住了。

我知道下面的内容还很多，但她却打住了。不过，她总算说起来了。虽然说得简单，像是轻描淡写，但细一分析，并不简单。

她打住干什么呢？要等我往下问吗？

“你说的这些都是在什么时间？什么地点？”

“……有时是中午，有时是下班以后，差不多都在他的办公室里……”

说到这儿，她又打住了。

她吞吞吐吐，说说停停，是想等我问一句，讲一句，通过我的问话，不断摸我的底。

“你接着往下说！”

“就这些……”

又想封口啦！

我看她迟迟疑疑，总想摸我的底，我决定立刻向她发出信息，让她明显地感到我手里掌握着她最担心、最心虚的证据，让她感到不交代就过不去；交代了，也就把压在心里的包袱卸下了——

“因为你们之间有了感情，你就把照片送给了王少怀，对吧？”

欧阳云点点头。

“这期间，你还给过王少怀什么东西？”

“……”

“你给王少怀写过什么东西？”

欧阳云终于说了：

“我给他写过我的不幸，写过我的遭遇……因为，他突然向我表示他爱我，使我动了感情……我们在一起的时间短，没有说话的机会。我……我……我是真心爱他的，他也是真心爱我的。他对我说，他爱我……”

“可他是有妇之夫啊！你们打算怎么办？”

“说不出打算怎么办……反正，他不让我调走，说舍不得我走。他说他能看见我，他这一天才过得有意义，才高兴。我想，他对我这么诚心，就没调走，只想换换房子……”

“你给他写过几次你的不幸？”

“……可能是两次……”

两次？

明明我手里就有三封信，起码也是写了三次以上嘛！

为什么这还要躲躲闪闪呢？

难道两次和三次，就会有那么大的区别？

这其中有什么非躲不可的原因呢？

我作为一个问题留在心里，决定不再在信上追问下去了。

“你是真的爱上了王少怀？”

欧阳云点点头。

“王少怀还对你说过什么？”

“……他说，他周围有好多女的围着他转，他都看不上，就是喜欢我……”

话已挑明，我也不必再兜圈子了：

“你和王少怀的关系到底发展到什么程度？”

“……就是他抱我，还吻我，就是这个程度。”

我推断，事实绝不只是“这个程度”。

作为一个女人，羞耻之心是不会让她一下子就把真正的程度和盘托出的。

对这个问题，我先点到为止。

“你再把上星期四下班以后的情况说一下！”

我转了话题。一下子把欧阳云从沉浸在三个月以来她和王少怀之间发生的一系列暧昧、恩怨和了而未了的情账的缠绵回忆中拉出来，又带到了星期四——这个对她来说十分可怕的日子里。

“……”

欧阳云没有说话。她听懂了我的问话，但似乎她的整个情绪还没有完全转过来。

“那天下班以后，你到哪儿去了？”

我有意重复我的问题，让她清醒。

“……我离开公司时已经五点多钟了。我是和高大夫一块儿走的。我在红庙上了112路到沙滩，又换103路到动物园。我在动物园等334路。下班的人很多，挤了三辆车也没挤上去，我就想往前走两站再说。结果，一走，就想起了我和王少怀的事。我很苦闷，不知道前途究竟是什么，心里有说不出的滋味儿……这时候，我就走到了紫竹院公园门口。我心里闷，索性走过去散散心。我就走进了公园，在凳子上坐了很久。后来，天就下雨了……我又跑到亭子里躲雨……”

不是躲雨，而是要躲丁字街。

我知道欧阳云又在编造谎言了。我不打断她的话，就让她按照自己想象的，随意编造下去。并且，我做出特别注意听的神情，好像对她说的这一切都很相信。

通过听她编造下班后的去向，我更加清楚了她极力要回避的是什么。

可以断定，王少怀的死，肯定与欧阳云有关！

至此，我已经获得了在传唤中应该获得的东西。

“……一直等雨停了，我才坐 334 路赶回家去。回家以后，都快十点了……”

“一直在公园转了两个钟头？”

“是的。”

“有谁能证明吗？”

“我一个熟人也没碰上。再说，又是下雨，天又黑了……”

“好，对你的传唤，到此结束。”

欧阳云如释重负般喘了口气。

十

一、欧阳云供认自今年三月以来与王少怀开始有搂抱亲吻等不正常关系，并送给王少怀照片和信；

二、欧阳云供认她具备案发当天群众所见现场嫌疑人的着装（传唤前，已由群众辨认欧阳云本人确系现场嫌疑人）；

三、欧阳云在案发当天下午下班后去向不明。现该人所讲去向不合理，且无见证人。而王少怀正是在欧阳云下班后的时间里被杀。

依据以上三点传唤结果，我填写了拟对欧阳云收容审查和对她的住所进行搜查的报告。

报告在下班前被批准并立即向欧阳云本人宣布了。

已经做好了回家准备的欧阳云被收进了监所。

我参加了对欧阳云住所的搜查。但是，基本上是扑空了。没有找到王少怀给她的任何一点东西，也没有找到与作案有关的任何一点证据。案发那天欧阳云所穿的白底大蓝花的裙子等衣物均在，经检验，上面没有一点血迹。

只是，在欧阳云上班用的小挎包里，找到了一个记着不少人名的通讯录小本和她四月的汽车月票。

月票是夹在一个半透明的塑料夹里的。在这个月票夹里，还夹着一张同月票一样大小的日历卡片。

这张日历卡片的正面，印着画家万籁鸣画的孙悟空大战二郎神的彩色图画；日历卡片的背面，分十二个格，印着一九八三年全年十二个月的日历。就在日历上，有用圆珠笔做的一些记号。

我认真看着这些记号。在三月、四月、五月、六月中，前后共二十九个日子上，画了两种不同的记号——一种是在日子的上方，画一个很小很小的圆圈；另一种则是用一个大圆圈，将这个日子整个圈起来。

这些奇怪的记号说明了什么呢？

我将月票夹和通讯录小本收入了档案袋。

高原是搜查欧阳云住所的见证人。

他咬着嘴唇，缩在角落里，脊背紧贴着墙壁，两眼含着泪。

在搜查的人当中，他对我应该是不陌生的。

但是，他始终没有跟我说一句话。

我看出来了，他害怕我。害怕我们。

不，除了害怕之外，从他含泪的眼里，我还看到了恨！

对我的恨！

对我们的恨！

他是一个要强的孩子，含在眼里的泪始终也没掉下来。

可以想象，作为一个失去爸爸的孩子，他生活在那些既有妈妈也有爸爸的同学中间，他的纯洁、稚气的心灵上，已经落下了多少屈辱、痛苦和孤独的阴影啊！

可如今，他的妈妈……

看着他抖着瘦弱的小手，在搜查记录中“被搜查人家属”一栏里，歪歪扭扭地写下自己的名字时，我的心也跟着他瘦弱的小手在抖动……

回到局里，我给姐姐拨了个电话。

我希望她能照顾照顾这个已经失去了父亲，又面临着新的不幸的未成年的孩子。

由姐姐出面照顾，要比由派出所出面强多少倍啊！

我怎么对姐姐讲呢？

她是一校之长。她会同意吗？

“什么？”我听着姐姐的声音，真有点不相信自己的耳朵了，“你已经把高原接到家里去了？你喜欢高原？你正要打电话告诉我？……姐姐，你真好！我谢谢你！谢谢你！”

我激动得声音都变了。

是啊，姐姐，你真好！

十一

高原有了着落，使我心里一下轻松了许多。

我要集中精力，争取在最短的时间里，攻下欧阳云。

我反复考虑，欧阳云在谈到星期四下班后的去向时，之所以要说到紫竹院公园，无非有三点理由：一是说在公园消磨了时间，听起来可信；二是她要在动物园换车，而紫竹院公园就在附近，是顺路走进公园的，听起来自然；三是她对紫竹院公园有一定的了解，比如关园时间晚，或者夏季不关园。因此，她才敢说出晚上八九点钟还在公园里。

前两点理由不好反驳，对最后这一点理由，我决定亲自去了解一下。

我坐上因为下班人多而拥挤不堪的公共汽车，来到了紫竹院公园。远远的，就看见公园的大门上方横挂着一条大红布标，上面写着“夏季生活用品展销会”。

哦，公园里正在办展销会，怪不得大门口人群熙攘呢！

功夫不负有心人。

从公园管理处，我得到了一个意外的收获：

这个规模不小的夏季生活用品展销会是从六月十七日开始的。为了布置展销会，六月十五日、六月十六日两天，紫竹院公园暂停开放！

欧阳云又失算了！

我明天的提问，就从这里开始！

我离开紫竹院公园，朝回家的路走去。

看看车上的人太挤，我也索性往前走两站再说。

我走在人行道上。来往穿梭的人们，擦着我的身子，向前或向后匆匆地走去。

他们劳累了一天，此刻，都在往家赶！

家，有多么大的吸引力！而组织一个家，过好一个家，使一个家幸福，又是多么不容易啊！

每个人都应该珍惜自己的家！

紧缩在墙角里的高原的一双泪眼在我面前闪现；发出苍老、喑哑、颤抖的抽泣声的王老头儿那不住哆嗦的肩头和抹泪的干枯多筋的手背，在我眼前晃动：“……天啊！我做梦也没想到会出这样的事啊……”王少怀朴实的妻子发自内心的哭诉声，在我耳边颤巍巍地响起……

这是两个家啊，两个家！

欧阳云失去了丈夫，她有权利理直气壮地重新嫁人，可她为什么要选择有妇之夫的王少怀呢？

王少怀身为有妇之夫，有儿有女，家庭本来很美满，可他为什么要一而再，再而三地把手伸向别人的家庭呢?

王少怀主动向欧阳云表示了爱，欧阳云也从心里爱上了王少怀——可为什么，他们之间的爱竟如此短促?

从三月初开始，到六月终止，其间仅三个月的时间呀!

他们都已进入“不惑之年”，对人生、对社会的理解，应该说是成熟的了，可为什么还会如此轻率地处理爱情——这不能轻率处理的事?

不，不是轻率，而是反常!

他们之间互相表露爱情才三个月，信也才写了三封，按照一般规律，正应该是难舍难分的时候，怎么一下子就从天上掉到了地上?

几乎是转眼之间，由强烈的爱就转成刻骨的恨，以致立刻要动刀杀人。这不是太反常了吗?

他们之所以发生巨变的根本原因在哪儿呢?……

我这样边走边想，一抬头，才发现自己不是朝家里走，而是在朝局里走。

我索性就近找了个公用电话，告诉与我住邻居的张处长，让他跟我爱人说说，晚饭我不回家吃了，晚上她和孩子也别等我了。

“怎么，又发现了新线索吗?”张处长问。

“不。我想再看看案卷。”

“悠着点劲儿，梁子。晚上可别回来太晚，又让家里不放心!”

“好。”

我放下电话。

想着张处长那句“又让家里不放心”，眼前不由得闪现出妻子嗔怪而又心疼的眼神；儿子尖叫着：“爸爸你又回来晚啦，快跟妈妈认错!”的怪样。

啊，家，家!

我有一个多么幸福美满的家啊!

只是，我在这个家里待的时间太短、太短了。几乎每天都是这样——早晨走时，妻子和儿子还在熟睡；晚上回来时，他们娘儿俩早已进入了梦乡。

我又何尝不想早早回家，与妻子和儿子待在一起呢？

“我知道，你是为了更多的家……”

每次，妻子总是这样安慰我内疚的心。

她是个好妻子。尽管长得并不漂亮，但，我觉得她很美……

十二

其实，何止我一个人“为了更多的家”呢？

局办公楼那数不清的窗口，几乎都亮着灯光。

这些不眠的眼睛啊！

我打开欧阳云的案卷——

她冲我笑着，笑得很甜。不，她的笑里蕴含着一种说不出的神情。是痛苦？是幽怨？是压抑？还是对自己不可测知的命运的忧虑？

她是一个多愁善感的人！

中年丧夫，给她的笑里都带上了忧愁。

应该说，这是一张出色的艺术照。光线明亮柔和，色彩谐调典雅。摄影师在那难以捕捉的刹那间，栩栩如生地造就了一个有血、有肉有灵魂的欧阳云。

也许，正因为如此吧，欧阳云才把它送给了王少怀。

从照相馆留下的十分精美的摄影纪念标志上，我看到了“1982年春”的字样。

这是欧阳云在去年春天照的。

在失去了丈夫的第二个春天，欧阳云特意去照相馆拍了这张不算小的彩色艺术照，这说明了什么呢？

说明她决心从巨大的悲痛中彻底解脱出来，去寻求新的生活，去安排新的生活吗？

人事部门给予欧阳云“生活作风没发现有问题”的评价，似乎可以这样理解：欧阳云的道德观念是正统的。

那么，在丧夫的第二年春天，她就决心摆脱命运对自己的束缚，摆脱世俗观念的桎梏，大胆地去寻求新的生活，大胆地去争取一个女人应有的权利，她的勇气和力量又是来自何方呢？

我百思不得其解。

在决定人生重大转折的时刻，欧阳云怎么会一下子误入歧途呢？

明眼人一看就知道这是歧途啊，何况欧阳云还是一个最讲求准确无误的外科医生！

这样如此错误的选择，发生在拍摄了彩色艺术照的一年之后，我觉得时间也似乎拉得太长了。

有妇之夫且因为作风问题受过处分的王少怀，是第一个接受这张艺术照片的人吗？

我问欧阳云——

她只是笑，不回答。

我放下欧阳云的照片，又一次拿起欧阳云写给王少怀的第一封信。

这封信写于四月二十八日。如果说，欧阳云与王少怀的接触是从三月初开始的话，那么，这封信是写在他们交往了将近两个月的时候：

> 分手后我心潮起伏，深夜辗转反侧难以成眠。忆往事、看眼前、想今后，多少甜酸苦辣，多少喜怒悲愁。我恨苍天不公平，为什么把人生坎坷、命运曲折、世间不幸，都降临到我一个人头上？我不认名利、地位和金钱，我只认感情重如山。三年来，我孤儿寡母，含辛茹苦，在残酷的生活旋涡里辗转挣扎，在茫茫尘世中浮沉上下。三年来，我没有追求也没有欢乐，有的只是低头走路，抬头叹气……
>
> 是你突然闯进我的生活里，点燃爱之火，温暖了我冰冷的心！我恍然醒悟你三年来时时到医务室来看我，一片

深切的关心体贴原来出于一个“爱”字。从此，我如一潭死水起了波浪。三年来少言寡语、闭门谢客和息掉一切欲念的信守瓦解了。

我的心已被你带走。

我下过决心，为了你，我可以牺牲我的一切。

对你，我没有任何苛求，只求你心似我心。

你可知黄金有价情无价？你可知万两黄金容易得，人间知己最难求？

我们已经十天没相聚了。就是相聚一次，也是来去匆匆，满腹的话诉不尽。我有几件具体的事想跟你商量一下，可你总是忙，下班后的时间也一点舍不得给我。你总有借口……

你可见路旁野花野草，任凭风吹雨打人践踏？

我又何尝不是野花野草的命？我对世人怀戒心、疑心，都因为我命苦如野花野草。我怕我受欺侮被人玩弄，也难免要怀疑你在欺骗我这个天真、善良、纯洁的孤苦之人。你高官厚禄，家有娇妻爱子，你又怎能体会我是如何打发时光的？我每日在寂寞、冷清、孤独、凄凉中度过，真是度日如年。别人盼年盼节盼假日，我最怕过年过节过假日。我是开谢了的花，被人攀折过的柳，有谁会真正怜惜我？我害怕别人说同情我，我更害怕别人用关怀的词句哄骗我。我已是创伤累累，怎能再经受冰上加霜？我已是孤苦伶仃，怎能再经受人生折磨？

你说我是一个怪人，我说我不是。我是一个通情达理、有感情、有良心、有理智、有自知之明、有志气也有自尊心的人。但，这也抵挡不住别人的愚弄和欺骗。

唉，谁让我是一个女人呢？

我的心完全向你敞开了。

你的心向我敞开了多少呢？

你不可怜我，也可怜可怜我苦命的孩子吧，不要欺骗我。如果我们之间是一场梦，那请你早些叫醒我，不要让我睡得太沉太沉……

我疑心我们是一场梦。

我预感我们是一场梦。

是梦总要醒；醒来方知梦。

我不愿意醒，我害怕醒。

你说吧，你说，我只想听你说：——我们不是梦！

不知是第几遍读这封信了。每读一遍，我都不由得被欧阳云的一片痴情所感动。对照信中欧阳云的一言一语，可以得出这样的结论：

欧阳云真的爱上了王少怀。

她在回答我的提问时所说的“他突然向我表示他爱我，使我动了感情”完全是实话。

欧阳云真的爱王少怀，但一个寡妇的敏感和多疑，又使她不能完全相信王少怀，小心地从王少怀的一言一行中去分析他、解剖他、提醒他，甚至乞求他。这些更说明，她对王少怀的爱已经到了如痴如狂的地步。

而王少怀呢？

通过王少怀与欧阳云交往两个月之后的这封信，可以分析出，王少怀并没有像欧阳云爱他那样去爱欧阳云——

欧阳云有事想跟他商量，可他“总有借口”不见欧阳云。

连“下班后的时间也一点舍不得给”欧阳云。

并且，还因为欧阳云爱他爱得发痴，说欧阳云“是一个怪人”。

这也难怪，王少怀毕竟有妻室儿女嘛！他与欧阳云的来往，只能是鬼鬼祟祟的。

就算如此，也不足以解释欧阳云非要杀掉王少怀不可啊！

王少怀之死，对我来说是一个不解之谜。

但我相信，谜底就在欧阳云的心里！

怎样才能获得这个谜底呢？

十三

狡猾的秃耳朵狐狸呀，你使一切都成为谜。所以，更引得猎手们争先恐后、千方百计地寻找你！

这天夜里，我又梦见自己在森林里，顶着漫天风雪，拼命地追赶那只秃耳朵狐狸。

它的耳朵为什么秃了一只，谁也说不清。有人讲是被枪打的，还有人讲是被豹子咬的。总之，当我们看见它的时候，它就秃着一只耳朵。尽管它生着一身夺目的好皮子，可还是落了这么个不怎么漂亮的名字。

在我插队落户的村子后面的那一大片无际的原始森林里，有着数不清的动物。但除了有一天晚上，一只孤狼窜进村子里叼了一只小哑巴猪以外，还没有其他动物像这只秃耳朵狐狸一样，总来光顾我们这个本来就很贫穷的村子。

夏天，它叼走村里的鸭。

冬天，又叼走村里的鸡。

甚至，连挂在屋檐下仅有的一点鱼干、肉干都不放过。

我知道，它这样做是为了生存。

可我们伤身费神地省出自己的口粮养鸭喂鸡，也是为了生存呀！

所以，村子里几个血气方刚的年轻人，都相约着要除掉这只秃耳朵。

上了年岁的老乡劝我们不要打它，说这是一只狐仙，谁打了它，灾难就会降在他一家人的头上。

这样，居然有几个本村的小伙子怯阵了。我想，他们不是为自己，而是为了家人吧。

于是，只剩下不多的几个人。我们守夜，蹲坑，钻林越箐，下夹布套，摆饵设围，风里来雨里去，整宿整宿地熬着不睡，一门心思要打住它。

在走兽里，狐狸生性多疑狡诈。过冰河的时候，明明冰层很厚，它也要走一步，低头听听冰，再走一步，再低头听听冰，生怕冰塌了把它掉进去。为了捕捉行动敏捷的野兔充饥，狐狸就利用野兔胆小好奇的心理，装得若无其事地自己追逐自己的尾巴，跳跳蹦蹦的，像穿插在魔术表演中的小丑，直到把免费观看滑稽表演的野兔看得呆傻，它再以闪电战术突然猛扑过去。当狐狸身上长了虱子，痒得它难受时，它就衔着一根枯树枝慢慢地走进河里，那些躲在皮毛里的虱子随狐狸的身子不断进水而纷纷钻出来，寻找干燥的地方爬。最后，当狐狸全身都没入水中时，虱子就都集中在那根枯树枝上，狐狸大功告成，丢下枯树枝跳上岸……

至于狐狸为躲避天敌、生儿育女而使出的浑身解数，更是听了让人不敢相信。

狐狸的多疑狡诈，说穿了不过是对自然界里生存斗争的适应。它是食肉兽中的弱者，时常要提防强者对它的危害；同时，它又要捕食那些比它更弱者以充饥。于是，它的多疑狡诈、足智多谋就应运而生了。

而我们要打的这只秃耳朵，更精明得出类拔萃。凭着它惊人的胆量和出奇的智慧，一次又一次在我们的眼皮子底下脱逃。甚至，它趁我负责守夜时打盹的空当，神不知鬼不觉地偷走了我们用来当诱饵的小鸡。

终于，大家都熬得皮包骨头、两眼深陷，失去了战胜秃耳朵的信心。

只有我一个人还不死心，非要打住它不可。

有一天，正是个风雪的黄昏。当我听到鸡圈里传来鸡叫之后，立刻追了出来。

又是它！

它咬死了我的最后一只鸡！

我马上回屋里取了长筒猎枪和铁扣夹子，认着它的脚印，顶着风雪追上去。

风刮得我迈不开步，雪打得我睁不开眼。

我咬紧了牙关，心想，也许这风雪的黄昏，正是我与秃耳朵决一死战的时刻！

我决心在黑夜来到之前，无论如何要结果了它！

可是，当我在林子里认着它的脚印追着追着，眼前突然出现了自己的脚印时，我才发现，秃耳朵带着我在林子里整整绕了一个大圆圈。

而且，它的脚印就此失踪了！

在白皑皑的雪地上，只剩下我自己的一行脚印，歪歪扭扭地伸向迷茫的尽头。

唉？秃耳朵哪儿去了？

我再一细瞅，在我先前踩下的那些歪歪扭扭的脚印上，又落下一层薄雪。就在薄雪上，依稀可以辨出秃耳朵新踩的脚印。

啊，我吃了一惊——

本来是它在前，我在后，我寻着它的脚印在追它。可它带着我绕了一圈之后，竟反过来踩着我的脚印，跟在我的身后。这下，倒成了我在前，它在后啦！

它要跟我继续在林子里兜圈子，就这么一圈又一圈地兜下去，一直兜到天黑，兜到我什么也看不见为止。甚至，它还想亲眼看着我如何累倒在雪地里冻僵！

我气得两眼发红！

同时，又为秃耳朵出奇的智慧，深感折服。

我是退却呢？

还是继续兜下去……

十四

直到睁眼醒来，我仿佛仍沉浸在梦里。

小凤今天来得特别早。等我赶到的时候，她已经把记录纸铺好了。

“梁预审，您说，欧阳云那天下班后，真的去紫竹院公园了吗?”

“你怎么看这个问题呢?”我反过来问。

“我……嗯，说她没去，我没理由；可说她一下了班，就跑到丁字街把王少怀杀了，我又觉得……觉得理由不足。”

我笑了：

“怎么，昨晚上没睡好吧？我当书记员的时候，也像你一样，脑子里整天就是‘为什么’‘怎么能’……咱们还是跟欧阳云要答案吧!”

欧阳云被带进来了。

看得出，她一宿没睡好，眼皮有些肿，眼角布满血丝。夜里，她哭过。

欧阳云坐下后，我问：

“昨晚上你想了很多，是吗?”

“我没犯罪，为什么不让我回家?”

看她理直气壮，来得很冲。我没有马上回答。我想，欧阳云在经过一晚上激烈的思想斗争和周密细致的思考，在认真回忆、推敲了我的每一个提问和她自己的每一个回答之后，她又重新为自己制订了一整套防御计划。她是有准备上阵的，因此理直气壮，信心十足。

在这种时候，我只有拿出最有说服力的证据，才能打败她的自信。

“你有什么委屈，可以说。”

“该说的我都说了。为什么不让我回家?”

“六月十六日那天下班后，你是到紫竹院公园去了吗?”

“是。”

“你平时有一个人遛公园的习惯吗?”

“有时候有。”

“你最近去过紫竹院公园吗?”

“没有。”

“也没路过?”

“坐车路过了。”

“那里在办什么展销会？”

“……好像是夏季生活用品展销会。”

“你知道展销会是什么时候开幕的吗？”

欧阳云简直被问蒙了。这是提的什么问题呀？

她那火冒冒的眼神开始平缓下去。她莫名其妙地摇摇头。

“你不知道？我可以告诉你。这个夏季生活用品展销会是六月十七日开幕的。为了布置展销会，六月十五日和十六日两天，紫竹院公园没有开放。”

欧阳云紧咬着牙关，不开腔。

“怎么？你没听明白？”我有意问，“要不要再听听公园管理处的录音？”

我从抽屉里取出微型录音机，放在桌子上。

又是这可怕的录音机！

欧阳云的两腿不由自主地抖动起来。

编织了一夜的计划，被捅开了一个不小的洞！

欧阳云两眼直盯住录音机。她害怕它，害怕它发出的声音！

“我……我听明白了……”

“你听明白什么了？”

“……”

“六月十六日下班后，你究竟到什么地方去了？”

“……”

“你以为那天你没看见别人，别人也没看见你吗？”

“……”

“要想人不知，除非己莫为。你想想，从你来到这里，你讲了多少假话？有些我给你挑明了，有些我还在等你的觉悟。有一点，你必须清楚，事实是客观存在的，我们不会无中生有，你也不要躲躲闪闪。那天下午，你几点钟到的哪儿，几点钟上的楼，几点钟敲的门，我们都知道得一清二楚。欧阳云，是你自己讲呢？还是要我们揭穿你啊？”

“……不是我要去的，是他约我去的!”

她终于吐口了!

“谁约你去的?”

“王少怀!”

“他约你去哪儿?”

“去他家……”

“那是他家吗?”

“……不是，是他父亲家……”

“他怎么约你的?”

“他说：‘五点半到五点四十分到丁字街。’”

“就这么说的?”

“嗯。”

“没说丁字街几号？也没说怎么走?”

“……”

欧阳云摇了摇头，又点了点头。

她在选择什么呢?

“到底说了没有?”

“说了。”

“他怎么说的?”

“他说：‘在丁字街一单元10号，下车后往南走一点就是。’”

我突然问：

“你去过几次?”

欧阳云听我终于还是问出了这句使她害怕的问题，不由得身子在板凳上扭了一下。

她没有回答。

“你去过几次?”

“……就这一次。”

“就这一次吗?”

“嗯。”

欲速不达，我并不急于追问。并且重新起个话头跟她兜圈子：

“你是什么时候听说王少怀出了事的？”

“第二天听说的。”

“听谁说的？”

“第二天听陈大夫说的。”

“陈大夫怎么说？”

“她说：‘三楼出事了。’”

我故意点破她：

“你不是听单位传达才知道的吗？”

“我……我听了单位传达，可我也听陈大夫说了。”

“你知道是谁杀的？”

“不知道。”

“王少怀是坐车上下班吗？”

“不，是骑车。”

“那天你是几点钟到丁字街10号的？”

“五点四十多分到的。”

“是王少怀先到的，还是你先到的？”

“他先到的。”

“你怎么知道他先到的？”

“他骑车比坐车快……”

“你就去过这一次，怎么会知道骑车比坐车快？”

欧阳云立刻改口：

“嗯……我到的时候，看见他的车停在一楼楼道里。所以我得出骑车比坐车快的结论。”

眼看着要问到上楼入室后的关键问题了。我想，欧阳云对这一关键问题，一定是编了又编，堵了又堵的。

怎样才能打破她的防御体系，使问题一下子揭出呢？

我想起欧阳云给王少怀的信里说过，她有几件具体的事情要跟王少怀商量。我立刻有了主意。我突然问：

“那天到底是他约的你，还是你约的他？”

“是他约的我！”

我紧盯住欧阳云：

“你不是有几件具体的事情想跟王少怀商量一下吗？”

欧阳云支吾了：

“我是有事……可那天的确是他约的我……”

“这么说，他跟你也有事要说？”

“……”欧阳云不置可否地眨了眨眼。

我立即提高了嗓门：

“那你们见面后，是谁先说的？”

不料，欧阳云却回答：

“我没见到他！”

在要害问题上欧阳云要编造谎话，这我早有准备。但她说出“我没见到他！”的确出乎我的预料。

“你没见到他？”

“没见到！”

我一追问，欧阳云反而提高了嗓门，口气也强硬起来。

这就怪了！

不知怎么的，我心里一阵热！

“你没上楼？”

“上了。”

“你没敲门？”

“敲了。”

“那为什么没见到他？”

“他没开门。”

“你不是见到他的车了吗？”

“见到了。”

“他是不是已经从公司回到丁字街10号了？”

“应该是。”

“是不是他约的你？”

“是。”

“那他为什么不开门？”

“我不知道。我还奇怪呢！你问我，我问谁去？”

听她如此强硬，我顿时觉得心里火烧火燎的。我提醒自己冷静下来，把放在桌上的录音机收回抽屉，借这个动作来缓和自己的急躁。

我看看欧阳云。

欧阳云已经明显地从崩溃中恢复了正常。显然，她也察觉到我的急躁，并且，抓住我的急躁，用比我的提问更简练的语言和更快的速度，一句紧跟一句地回答我；而我呢，居然在仓促之间被动地顺应了她的供述速度，来不及打断她笼而统之的答话，直至没了词！

如果说，在审讯开始的第一个回合里，我以出其不意的证据，攻下了欧阳云，使她承认了她去过丁字街；那么，在紧跟着而来的第二个回合里，我承认没有取胜。

一比一，我们交了个平手。

此刻，欧阳云感到得意了吗？

起码，她是大大地喘了口气。她在暗暗地积蓄力量，积极组织防线，准备迎接新的挑战。

我这样分析着，心渐渐平静下来。

在第三个回合里，我怎样才能战胜她呢？

我决定减缓速度，深追细问。特别注意抓住关键的情节，让欧阳云详细讲述，从中找出我所需要的信息。

“那天晚上你是几点钟回到家的？”

“我说过了，快十点了。”

“那你是几点钟敲的门？”

“我一到丁字街，就上去敲门了。”

“到底是几点敲的？”

“不到六点吧。可能是五点五十分。”

“你怎么知道的？”

“我看表了。”

“你当时戴着表吗？”

“戴着。”

“是什么牌的？”

“宝石花牌的。”

我突然问：

“七点钟的时候，你在哪儿？”

“七点钟？……”

“对，七点钟！从你上楼敲门后，又过了一个小时的时候，你在哪儿？”

“我在敲门。”

“嗯？”

“我在敲门。”

“从六点钟敲到七点钟？”

“不，七点钟是我第二次敲门。”

“你一共敲了几次？”

“两次。”

“第一次是几点？”

“一到了就敲了，顶多是六点。”

“接着讲！”

“我敲了几下，没人开门。我心想，他会不会临时有事出去了？我就到路口那边去等……”

“在哪儿等？”

“就在丁字街南口的路边上等……”

“接着讲！”

“我等了一个小时，没等着。我又上楼，又敲门。还是没人开。我又下楼，又到路口去等。一边等，一边朝楼门口看。等到快八点了，也没瞧见他。我就乘车回家了……”

“你没再上楼去敲门吗？”

“没有。”

“从六点等到七点，没见到人，你就上去敲门了；为什么从七点等到八点了，你同样没见到人，就不上楼去敲门呢？”

“因为我一直在看，一直没看见他进楼，还上去敲什么？”

“从六点等到七点的时候，你看见他进楼了吗？”

“没有。”

“那你为什么还上去敲门呢？”

“我怕看漏了。”

“那等到八点钟的时候，你就不怕看漏了？”

“我觉得没看漏，他没进楼。”

“你到底敲了几次？”

“两次！两次！”欧阳云终于被我问烦了，她叫起来，“我敲不敲门和他的死有什么关系？你非要让我说敲门和他的死有关系，我说不出来！我没犯罪，我说的都是实话！”

作为被审问者，她的这种对预审员缺乏最起码尊重的态度，应该立即受到谴责。

可我并没在意。

我知道，激愤将使我再次丧失控制而产生急躁情绪。

我以冷静的、但又不容抵赖的口吻说：

“从昨天到今天，你所说的都是实话吗？”

“……”欧阳云被掐到软处，立刻软下来：“开始，我有顾虑，我怕说不清楚，反而给自己找事。我有孩子，我出了事，孩子怎么办？……就算我以前说的都不是实话，可我现在说的都是实话！”

“你应该说实话，为你，也为你的高原！”

“……我上楼以后，的确没有见到王少怀。我敲了两次门，也没人开门。我知道你们是为我好，为我着想，为我的孩子着想。可我没见到他，怎么能说见到了呢？……昨天我说去紫竹院公园，那是瞎话。可我不说瞎话不行啊！我那天去过，他那天就死了，可我真的没见到他，说了谁信呢？我只好说瞎话。我这个人不是贪生怕死的人，只要我做了，我就敢承担。我……我早就活够啦，只是我的高原还没成人，孩子可怜啊！”

说着，欧阳云哭了。大声地哭了。

“黄河的水再浑，打到瓢里也能清。你应该相信政府，政府绝不会冤枉一个好人。但是，你自己的事，你知道的事，你应该毫无保留地全都说出来！只有这样，才能协助政府，最后分清是水还是泥呀！”

“……呜呜……我没杀人！我到死也是这句话！我和王少怀关系暧昧，那是我的错误，一生也无法弥补的错误！可是，可是我没有杀他的想法，没有杀他的行动，我没有杀他！我冤枉，我说不清，谁也不相信我，可我的确没有杀王少怀啊……”

欧阳云一个劲儿哭，一个劲儿重复“我没杀王少怀”！

上午的审讯被迫中断。

第三个回合，彼此不分胜负。

十五

欧阳云为什么死死咬住“我没杀王少怀！”这句话呢？

难道那天她真的没见到王少怀吗？

我仔细看着审讯记录，一句话一句话地分析着。

从她主动或被动地承认了的几个要害情节上看，都是擦着凶手的边：她承认了应约前往，承认了去的时候看见了王少怀的车，也承认了两次敲门（其中包括宋伟所见到的一次）。这些，都说明她与王少怀的死有推脱不掉的关系。但是，出人意料的是她说她没有见到王少怀！没见到，当然就没杀。于是，她抓住这个转折，据理力争，否定了王少怀的死与她的前往有关。

我认为，至此，一味地去追问上楼，敲门，已经没有意义了。

下一步，应该从什么地方入手呢？

我思索着。

苦苦地思索着。

我打开欧阳云的案卷，一页一页地翻着。

我的目光落在欧阳云写给王少怀的第二封信上。这封信是五月三日夜两点写的，离四月二十八日的第一封信，间隔只有六天：

我们虽然近在咫尺，却如同离着千山万水。本来我们情投意合，心心相印，但不知近来为何像有层层阴影相隔？

你现在的行为与你当初的话语千差万别。

我不理解这是为什么？

我们亲密无间相处整整两个月，我把一切都给了你，可你……

难道你的感情如同昙花一样稍纵即逝？

你又要怪我胡思乱想了。可面对现实，我摆脱不了苦思冥想——

当初你每日都要来看我几次，可现在几天你也不来医务室一次。

当初你我约会，每次你都苦苦留我几次，舍不得与我分手，可现在你见了我总想躲着走……

你还说要“等你两年”“看你两年”，在还不足两个月的时间里，你的表现已使我难以接受了。

看了我上次的信，你怎么也无动于衷？

难道我们当真是一场梦？

你现在的表现让我捉摸不定，我希望你给我句实话。只要你对我诚实，你的什么过错我都可以原谅。你不要再跟我捉迷藏了。我实在受不了相思之苦。

如果……如果你现在认为我对你来说已经失去存在的意义，甚至已成为负担，就请你对我直说了吧，不要让我蒙在鼓里。好吗？我求求你！

本周四下午你有时间吗？你能否到我家来与我相聚？你如果怕路远可以让小车把你送到百万庄国家建委，然后你到白石桥坐334路车，我在车站等你。

虽然距离第一封信只有六天时间，可欧阳云与王少怀之间在感情上的距离却越来越远了。

欧阳云依旧如痴如狂地爱着王少怀，度日如年地受着“相思之苦”的折磨。而王少怀却“几天也不来医务室一次”，见了欧阳云“总想躲着走”。

这是为什么呢？

前后仅仅才两个月，王少怀的“行为”为什么就与他“当初的话语千差万别”呢？

我的目光停留在欧阳云的这句话上：

“我把一切都给了你。”

我觉得，这绝不是一句普通的话！

欧阳云的“一切”，包括了感情和身体！

以身相许，往往是女方一片赤诚地向男方表示自己真心相爱的一种极不理智、极不慎重的“实际行动”。

多少教训都说明，在很大程度上，轻易以身相许是使爱情最终演变成悲剧的转折点！

况且，欧阳云和王少怀之间，还称不上爱情呢？

我深深地叹了口气！

如果我分析得不错的话，王少怀占有了欧阳云，而欧阳云所需要的感情，他压根儿就没有！

他欺骗了欧阳云，他玩弄了欧阳云，他毫无人性地、残忍地折磨了一个本来就多灾多难的寡妇的纯真的心！

我“啪”地合上案卷。

我一动不动地望着对面雪白的墙壁。

渐渐地，我恢复了平静。

我的目光从雪白的墙壁上移下来，移到了欧阳云坐的那个板凳上。

忽然，一个念头油然而生：

剖析欧阳云与王少怀之间的感情巨变，不正是打开丁字街血案之谜的钥匙吗？

对，下一步对欧阳云的审讯，就从这里开始！

我又打开欧阳云的案卷，找出那张画着孙悟空大战二郎神的日历卡片，仔细地看着那些用圆珠笔画在不同日子上的不同记号。

日历卡片上出现的第一个记号，是记在三月三日上面的。那是一个很小很小的圆圈，画在三日的左上角。

“三月三日……”

我念叨着。啊，有了！

我立刻翻出第二封信，这封信的落款是五月三日。而就在这封信里，有这样一句话——

“我们亲密无间相处整整两个月。”

从三月三日，到五月三日，不就是整整两个月吗？

马上，我又想到第一封信里的一句话。我找出第一封信，一看，啊，这句话就是第一封信里的第一句话——

“分手后我心潮起伏，深夜辗转反侧难以成眠。”

这封信是四月二十八日写的。

“分手后”，应该指的是四月二十七日的“分手后”。

我再一查日历卡片，果然，在四月二十七日的右上角，画着一个很小很小的圆圈！

在这封信里，还有这样一句话——

“我们已经十天没相聚了。”

那么，从四月二十七日往前数十天，正好是四月十六日。

我一对照日历卡片，可不，在四月十六日上面，果然画着一个很小很小的圆圈。

我心里一阵激动！

那一个个小圆圈在刹那间，变成了一串串脚印——

秃耳朵的脚印！

……当我在茫茫雪地上突然发现秃耳朵的脚印时，不也是这样激动的吗？

多么难寻的脚印啊！

可我终于寻到了！

我寻着这难寻的脚印，一头扎进了漫天风雪的黄昏……

当我发觉秃耳朵在跟我兜了一圈之后，居然踩着我的脚印，准备继续带我兜下去的时候，我气得两眼发红！我冲天发誓，就是冻掉两条腿，我也一定要追上它！

我咬紧牙关，勒紧裤带，踏着秃耳朵的脚印——也就是自己的脚印，迎着风，迎着雪，追了下去，追了下去……

啊！那是一次终生难忘的追逐！

……雪地上的脚印，又变成了日历卡片上的小圆圈，我从十年前那个难忘的风雪之夜，又回到了空荡荡的预审室。

凭着两封信与日历卡片上的三处对照，再加上王少怀死于六月十六日，而日历卡片上的记号止于六月十日这一天，我断定：

日历卡片上的记号，正是欧阳云与王少怀之间交往次数及交往日期的记录！

这真是难得的证据！

只有度日如年的欧阳云，才会留下这样难得的证据。

我静下心来，进一步研究日历卡片。

在三月里，记号留得又多又密，特别到后来，几乎每天都有记号。这些记号，在八日以前，全是在日子的右上角画一个很小很小的圆圈；从八日以后，记号开始变了，改成用一个大圆圈，将这个被记的日子整个圈起来。

我数了一下，这样将日子整个圈起来的记号，几乎都集中在三月八日到三月三十日之间，有十八个之多。

进入四月以后，日历卡片上的记号明显地减少了。整个四月，做记号的日子只有四个，其中四月三日和四月五日的记号，是整个圈起来的，而四月十六日和四月二十七日这两天，是在右上角画的小圆圈。

五月的记号，更是少得可怜，只在月中和月末各记了一个记号，都是在右上角画的小圆圈。

我推算了一下，就连欧阳云在第二封信里约王少怀去她家聚会的那个“周四”，也没有做上记号。显然，王少怀没有去。

而到了六月，只是在六月七日的右上角，画了一个很小很小的圆圈。

看着这些由密到疏的两种不同记号，欧阳云写在第二封信上的话，仿佛变成了她的声音，在我耳边响了起来：

“……当初你每日都要来看我几次，可现在你几天也不来医务室一次；当初你我约会，每次你都苦苦留我几次，舍不得与我分手，可现在你见了我总想躲着走……”

我判断，那画在日期右上角的很小很小的圆圈，代表欧阳云与王少怀的一般暧昧关系；而那个将日期整个圈起来的大圆圈，则代表欧阳云与王少怀发生了性关系！

从三月八日开始，王少怀就以欺骗手段占有了欧阳云。

当欧阳云终于从梦中醒来的时候，她会怎么样呢？

难道，这不正是构成欧阳云与王少怀之间你死我活的冲突的原因吗？

从这个角度推理，王少怀应该死于欧阳云之手。

十六

我的推理成立吗？

我对欧阳云与王少怀之间感情巨变的剖析正确吗？

日历卡片上的两种不同记号是否正如我判断的那样呢？

在紧跟着而来的审讯里，我决定逐一证实这一切。

“上午回去怎么考虑的？”

“我敲了门，但我没见到王少怀，更没杀他！”

一进门，欧阳云就带我朝死胡同里钻。

我看了她一眼：

“你平时写日记吗？”

她眨了眨眼睛：“不写。”

“备忘的事记在哪儿呢？”

“……没有备忘的事。我记性好！”

“王少怀写日记吗？”

“不知道。”

“你和王少怀的暧昧关系是从什么时候开始的?”

“今年。”

“今年几月?”

“不是三月就是四月。”

“到底是几月?”

“……可能是四月。”

“是四月吗?”

“……记不清了。”

好狡猾!

“你给王少怀写过几封信?”

“可能是两封……”

像前次问到信的时候一样，她又省掉了一封。

她为什么要省掉一封呢?

好，我且顺水推舟：

“第一次是什么时候写的?”

“……不是四月就是五月。”

“到底是几月?”

“……记不清了。”

“你再仔细回忆回忆。你不是记性好吗? 我想你是不会忘记的。”

“……”

看她低头不语，我故意打开抽屉，从里面拿出卷宗，摊在桌上，然后打开。

欧阳云听见声音，抬起头，盯住我的一举一动。

我并没有把信从卷宗里拿出来，就那么把卷宗摊开着。

“你回忆不起来了? 要不要我提醒?”

欧阳云又垂下头：

“……是四月……”

“四月几日?”

“真的记不清了。好像是四月底。”

“那第二封信呢？”

“是五月。”

“五月几日？”

“五月……好像是五月初的一天……”

“究竟是哪一天？”

“记不清了。”

“记不清了？对你来说，那不是一个普通的日子。你不会忘记的！”

“……”

“对王少怀来说，也不应该是个普通的日子。但是，他也许不像你记得那么清楚。”

我有意加重“记”字，使它一语双关。

欧阳云的头垂得更低了。

我突然提高了声音：

“是五月三日吗？”

欧阳云点点头。

是迫不得已，也是情不自禁。

对她来说，那的确不是一个普通的日子——

过去如此，眼下也如此！

我的问题立刻又兜了回去：

“你和王少怀的暧昧关系到底是从三月开始的，还是从四月开始的？”

“……三月。”

“是三月三日吗？”

我的提问，就是答案。

欧阳云停顿片刻，终于点点头。

“这么说，到了五月三日，你们已经‘相处整整两个月’了？”

我有意引用欧阳云信中的话，增加压力。

“是。”

“你记下这个日子啦？”

乍一听，我的话问得莫名其妙。

欧阳云一时琢磨不过来，也莫名其妙地跟着点点头。

看她一点头，我跟上去问：

“你记在什么地方了？”

“……啊？”欧阳云这才明白过来：“我什么地方也没记。我不写日记……”

“记日子不一定非得写日记嘛，在哪儿做个符号也可以嘛！你们当医生的不都喜欢用符号来代替烦琐的字吗？”

欧阳云紧张了，紧咬着牙。

但我还是没有提起日历卡片的事。

这又使她略微松了一小口气。

她的一紧一松，更使我有了几分的把握。

“你们两个人在接触中什么时间是高峰？”

听我转了话头，欧阳云一时还揣摩不着我的主攻目标，冷冷地回答：

“一直是那样。”

“一直是这样吗？”

“是。”

“中间没有过矛盾？”

“没有。我一个心眼爱他，他也一个心眼爱我。我们俩一直心心相印。他说他爱人有心脏病，现在我们先秘密来往着，等他爱人什么时候不在了，我们就结婚！……”

——可怜的女人！

王少怀为了逃避责任，竟忍痛讲出如此违心的话。

好，姑且船到桥头自然直吧，我单刀直入地问：

“你去过丁字街几次？”

“就那一次。”

“就那一次？”

“我很为难。我讲了，你们却说我讲得都是假话。”

“我们说你讲的都是假话了吗？你讲的，有些地方是真话，有些地方是假话。你去丁字街10号究竟几次?”

“我以前没去过，就是六月十六日那一次。”

“是事实吗?”

“是。”

“不是事实吧?”

“……”

“你现在心里很紧张。”

“不，我很镇静。”

“你以为你不写日记，王少怀也就不写日记了吗?”

我突然发出一个似是而非的反问。

这一反问，无疑会给欧阳云造成错觉。

她当然不希望王少怀写日记。就是写，最好也不要写他们之间的来往。这就是欧阳云在面临审讯时的心理状态。我的这一突然发问，给了她巨大的压力。她的主观意愿立刻会使她产生出错误的推理判断——

难道王少怀真的写日记?

王少怀真的在日记中详细记了这件事?

如果王少怀没有写日记，预审员为什么会这样问呢……

欧阳云没有立刻回答我的问题，无疑，她的心里已经乱成了一锅稠粥。我就再搅一下：

“任何事只要存在，就是可知的！王少怀很清楚，到了五月三日，你们俩虽说才交往了两个月的时间，可期间的变化并不小！你们从三月三日开始交往，到了三月八日……”

我在这里故意停顿了一下。

啊，三月八日，难忘的三月八日！

欧阳云的肩头在颤抖。她重新修复的防线，又要接近倒塌的边缘了。

“……到了三月八日以后，你们的关系就发展到了高峰！你把你的一切都给了王少怀！不是吗?”

“……”欧阳云抬起脸，瞪大眼睛看着我。

从她的眼里，我看到了恐惧。

“你给王少怀的信里，不也是这么写的吗？”

“……我……我写过。因为王少怀说我文采挺好的，让我写小说来消磨时间。我的信不是对他写的，我是想写小说，那些话是抄别的书上的，所以没有称呼，都是顶格写的……”

“你说什么？”

“我写的不是信，写的是小说。”

“写小说？”

“对，就是想练习练习，写的是小说。”

“那你为什么交给王少怀？”

“王少怀说看我写得怎么样，好的话，可以找个地方出版！”

啊，绝妙！

欧阳云居然有如此狡辩之才能。

“你写的是什么题材？”

“一个女人的不幸！”

我的心颤抖了一下。

想不到她竟会说出这么一句！

“以谁为题材？”

“其中也有我的成分！我的命不好，从小没了父亲，母亲改嫁，我是在亲戚家长大的。我从小就缺少温暖。后来我参了军，和我爱人结了婚。可生活对我太不公平！‘文化大革命’期间，我爱人被关起来受苦，好不容易平反了，想不到又得了肝癌……他死后，丢下我和孩子……谁来同情我们孤儿寡母？谁来帮助我们孤儿寡母？”

“你的小说里有男主角吗？”

“没有。”

“应该说：有！”

“……”

“他一开始说他同情你，帮助你。可是，到后来，他表现得怎么样呢？你约你的男主角在白石桥坐 334 路车去你家，你在车道沟那站等他。可他去了吗？”

“……”

“他没去？是吗？他是不是想躲着你？”

“他没想躲着我。”

“你们已经有六天没见啦。六天前，也就是四月二十八日，你给他写了第一封信，他收到信后也无动于衷。你约他，他也不去。这不是想躲着你吗？”

“不是躲着我。他的事很多，很忙。是我想他，才练习写小说的……”

“不，你过去不是在写小说，现在也不要写啦！我不否认你在外科上有研究，但事实证明你在写小说上是不会有前途的！你以为王少怀死了，你和他的来往我们就不知道啦？你们在短短的三个月里，什么时候是高潮，什么时候是低潮；高潮时你们发展到了什么程度，低潮时又是多少天才好不容易见一回面；在这三个月里，你究竟到丁字街 10 号去过几次，是哪天去的，去了以后，你们都做了些什么……这一切，我们不仅能从王少怀遗留的物品中得到充足的证据，而且，你亲手画上了不同记号的这件物证，也从另一个侧面，把你们之间的一切来往，都暴露得一清二楚！”

说罢，我刷地一声，从卷宗里抽出了那张日历卡片：

“你看！”

欧阳云的脸，顿时成了一张白纸！

十七

“王少怀是有妇之夫，他不应该向我表达爱慕之心；我也不应该跟他有来往……”在晚饭后接着进行的审讯中，欧阳云先这样说，“我们之间的这种关系是错误的。”

看来，她有些想通了：过去说的话，收不回；过去做的事，推不掉。

那么，她是准备和盘托出呢？还是要舍车保帅？

“好，知道错误就好。人的一辈子谁能担保不犯错误呢？关键在于犯了错误要改正，而改正的第一步，就是要敢于承认错误，讲清错误。”

欧阳云点点头：

“可我并没有杀王少怀呀!”

“我现在也并没有问你这个问题呀？我问你，你和王少怀到底是什么关系?”

“我讲清了跟他的关系，就能说明我不是杀人犯了吗?”

一个善于狡辩的人，有时候也会说出幼稚的话。

“现在咱们不讲杀人。只讲你和王少怀的关系。”

欧阳云点点头：

“今年三月三日，王少怀到医务室去量血压。当时医务室里没人，他就来搂我，我挣开了。他说他已经想我好几年了，他很同情我，并说要找个地方跟我好好谈谈。这以后，他几乎每天到医务室好几趟。到了三月八日，他跟我讲，他父亲有一套房子在丁字街10号，约我去那里谈谈。我坐车到了雅宝路，他在车站接的我。到了他父亲家，他跟我说他是真心爱我，我就哭了。我说我爱人去世后自己心情很苦恼。他说我们可以互相安慰。我说你是有妇之夫，我们这样来往多不好，时间长了感情越陷越深就不好办了。他就说他跟他爱人没感情，还说他爱人有心脏病，等她死了以后，一定和我结婚。说着，他就要和我发生关系。我不同意，没想到他突然跪下求我，我……我就同意了。从这以后，他每天都趁他父亲不在的时间，约我去丁字街……”

我突然打断她的话：

“每次，你都用圆圈把日子圈起来吗?”

欧阳云点点头。

“如果只是一般的约会，你就在日子的右上角画一个很小很小的圆圈，是吗?”

“是。”

至此，日历卡片之谜已经揭晓。它为我提供了欧阳云与王少怀来往接触的全部记录。

首战告捷，我决定乘胜追击，马上转入另一个主题。

“为什么到了四月，王少怀就不愿意见你了?”

“他没有不愿意见我。”

“事实上你们见面的次数越来越少了!”

“……他是公司总经理，大事小事都找他，他很忙。为了考工程师，他还要学习……”

“这些，是不是他的借口?”

“不是。他的确忙!”

“他真的想和你好到底吗?”

“想和我好到底。”

“事实上，王少怀到了四月以后，不想跟你继续有这种关系了。他千方百计躲着你。”

话说出口，我才感到这话说得苍白无力。既不到水到渠成的时机，也没拿出令人信服的证据。我太心急了!

我应该承认，在这个主题上，我推理的成分多，而实际的证据太少。

欧阳云立刻用近乎嘲弄的口吻反问我:

“那他为什么还跟我要照片?”

“他什么时候跟你要的照片?”

“五月。”

“你跟他要了吗?”

“他说他给我。”

“他给你了吗?”

“……没有。”

“怎么没给你?”

“他忙。”

“忙得连给照片的时间都没有了吗?”

“不是忙得没时间给，是因为我给他的是一张彩色照片，他说他也给我一张彩色照片，附近的照相馆照不了彩色照片，可远处的照相馆他又忙得没时间去照……”

“你认为他讲的这些都是真话吗?”

“是！直到他被人害死之前的六月七日，我们还在一起谈了今后的打算呢！怎么能说他不想跟我好了呢?”

这是她在短时间里，第二次反问我了。

我后悔第二个主题转得太急。解开日历卡片之谜后，我求胜心太切了。而在这个主题里，有一个关键性的问题，我没有想深想透，那就是，从迹象上看，欧阳云并没有逼着王少怀立刻跟她结婚，那王少怀为什么要急于甩掉欧阳云呢?

我应该立即停止审讯，去寻找王少怀急于甩掉欧阳云的理由。只有找到这个理由，才能攻下欧阳云。

遗憾的是，我当时并没有立即停止审讯。

“欧阳云，你说王少怀对你一直很好，那你为什么在给王少怀的信里说，不足两个月的时间，王少怀的表现已使你难以接受了呢？为什么说你们之间好像有层层阴影相隔呢?”

“这是我在抒发自己的感情，并不是指责王少怀……”

“你怎样解释这句话?”

“王少怀太忙，我们总没时间在一起，我想他，想得很苦闷，很忧郁，就这么写了。根本不是针对王少怀的！我是一个寡妇，几年来，心里一直是有阴影的。我命苦……”

“不！你在信中的话，正表达了你当时担心被甩掉的苦恼心情！这是你回避不了的！如果你和王少怀是合法夫妻，你可以到法院去告他！可你们的关系是非法的，所以，王少怀就是有意躲你，你也只能采取秘密的诸如写信这类办法来反抗他!”

“不！他从没有有意躲我，他从没有想甩掉我，他一直在爱我，一直对我很好!”

“那你那么想他，那么求他，约他见见面，他也没去，这又怎么理解呢?”

“他忙！他忙！我不早就说了吗？我承认我和王少怀发生不正当关系是错误的，可你们不能就凭我和王少怀有这种关系，就凭那天王少怀约我，我去了，就给我定个杀人罪吧？我为什么要杀他呢？你们绕来绕去，一定要我说我恨王少怀，所以我杀了王少怀。可他爱我，我为什么要恨他呢？再说……就算王少怀甩我，我还可以再找别人，不一定非要杀他！”

“不！”我不愿意再听她说出如此违心的话了，我大声说，“你不是这样不重感情的人！你曾发疯似的爱着王少怀，当你一旦发现王少怀是在戏弄你时，你就会对王少怀产生一种巨大的仇恨！”

欧阳云浑身剧烈地一颤！

但是，她却提高了声音：

“不，王少怀也不是那种人！当初，他跟刘湘淑的事发生后，他挨了处分，可也没把事做绝！他当了经理，还提拔刘湘淑当了科长。他对得起刘湘淑，也同样对得起我！我们的关系一直很好！我不恨王少怀！我不同意你的说法！我……我原来以为公安机关对人是很负责的，没有确凿证据是不会随便抓人的。可是，你们对我这苦命的人不一样！你们有什么证据说我杀人了？我关在这里好几天了，也不知道孩子怎么样。我和王少怀关系不正常是不对，但在孩子面前，我还是母亲！……孩子已经没有了父亲，现在我又被冤枉地关起来，孩子怎么办？怎么办？难道孩子也要走我小时候走过的路？我没杀人，我不是杀人犯！你们如果抓不到真正的凶手，就拿我去报功吧！我早就活够了！可让我冤死，我死不瞑目！呜……呜……我要求在临死前看一眼我的孩子，告诉他要好好学习，好好活着，告诉他永远记住，我是含冤而死的！……我早已没什么牵挂，我就是可怜我那苦命的高原……”

十八

审讯再次中断了。

与小凤一起走出机关大楼，我默默地抬头望着满天繁星。不知怎么的，突然，那大大小小的星星，竟纷纷从天上落了下来。

……哦，那落下来的不是星星，而是一片片鹅毛般的雪花。

好大的雪哟，纷纷扬扬，天地间一片白茫茫，白茫茫……

……我咬紧牙关，勒紧裤带，决定跟有意带我兜圈子的秃耳朵决一死战！

我踏着秃耳朵的脚印——也就是我自己的脚印，继续往前追下去，追下去。

当我的第三次脚印与第二次脚印再次重叠的时候，我知道，我和秃耳朵又在林子里从头到尾重新兜了一个大圆圈。

可是，秃耳朵还要踩着我的脚印，跟我继续兜下去。

我回过身，用雪将铁夹子巧妙地安在我第三次的脚印上。如果秃耳朵兜着兜着，再踩到这个脚印上时，它就跑不掉啦！

我安好夹子后，继续兜下去。一面兜，一面竖直耳朵听着狐狸中夹的叫声。

可是，秃耳朵识破了我的计谋，它走到那个埋伏着危机的脚印前时，犹豫片刻，竟然一纵身跳了过去。

它躲开了我的夹子，继续跟我兜圈子。

而我呢，东倒西歪的我，因为累，因为饿，因为冷，因为大雪已经盖住了我留下的暗号，就像一个故事里讲的那样，我一脚踩下去，踩中了我自己下的夹子……

我惨叫一声，跌倒在漫天风雪里……

“梁预审，车来啦，该上车啦！”

小凤的叫声猛地打断我的回忆。

可不，汽车真的来啦！

我们坐上车，直奔王少怀家。

王妻还没有睡。

我知道她也睡不着。

看着她那深陷的眼窝和哭得红肿的眼睛，我真不知道该怎么安慰她才好。

“您得注意身体啦，”我说，“过分悲伤，身体会支持不住的！”

“我身体挺好，支持得住……”

“您的身体一直挺好吗？”

“挺好。”

“没有什么大病吗?”

“没有大病。”

这就是说，王少怀跟欧阳云说他的妻子有心脏病，纯属欺骗!

“王少怀出事后，有外人来家里打听过吗?”

“有。都是左右邻居和我们单位的人。”

“还有别人吗?”

“……没有。”

“王少怀爱和什么人来往?”

“不清楚。他总是忙，一天忙到晚。我也忙，真没留神他爱和什么人来往……”

“你仔细想一想，他最近一段时间，有没有跟什么女的有来往?”

王妻把头低下去。

我也为她感到难受。

“……听说他们公司有个叫欧阳云的女的被抓了。我心里很不是滋味，我担心少怀是不是老毛病又犯了?”

“最近一两个月，王少怀是按时上下班吗?”

“上班按时，可下班从不按时。有时候他回来得太晚，我也问过他。我不是怀疑他什么。我觉得那次事后，少怀已经改正了。我问他，是关心他，怕路上不安全，怕他太操劳，他血压高……”

“他怎么说的?”

“他说他要考工程师，在单位跟人学英语，所以回来就晚了。”

“他从几月份开始因为学英语回来晚的?”

“三月份吧……反正从三月份开始，他就一直说要考工程师，要补习英语。”

“他说他跟谁补习英语了吗?”

“说了。我随便问过。他说，他跟公司的金翻译补习。”

“金翻译是男的，还是女的?”

“我没问过，他也没说过。”

金翻译?

金翻译……

从王少怀家里出来，我与小凤分手，又赶回办公室。

看看表，已经快十二点了，可我忍不住，还是抓起了电话，拨到了电器公司人事处长家。

“实在对不起啊！……”听到电话铃响了半天，对方才拿起听筒，我抱歉地说。

“噢……”人事处长弄清楚我的身份后，说，“其实，我也没睡着。公司里出了这么一大摊事，唉！……”

“听说王少怀在这段时间里正准备考工程师？”

“是的。公司特别开会研究过这件事，支持他考工程师。”

“为此他在跟公司的金翻译补习英语吗？”

“啊……是的。”

“金翻译是男的还是女的？”

“女的。”

“女的？”

“是，女的。”

“我想知道她的一般情况。”

“姓名：金飞飞；性别：女；一九五五年生于吉林长春；文化程度：大专；已婚，丈夫现在吉林一家进出口公司任日文翻译。该同志政治可靠，要求上进，英语水平在公司数一数二。”

真是个人事处长！满肚子装的都是人事档案！

“这么说，金飞飞与丈夫分居？”

“分居多年啰！咱们搞不到进京指标，一时还解决不了她的困难。”

“王少怀是从什么时候跟金飞飞补习英语的？”

“今年四月初开始的。这也是公司开会决定的。”

“什么时候开始的？”

“今年四月初。”

啊，四月初……

“一直到出事，都在补习吗？”

“都在补习。”

“一般是什么时间补习？”

“下班后，有时候星期天也补习。”

“都在哪儿补习？”

“在他办公室里。这也是公司开会决定的……听说，有时候也去家里补习……”

“去谁家？”

“当然是王经理家呗！……不过，这是我瞎分析的，不算结论。因为金飞飞在京无亲属，现住公司女单身宿舍。”

去王少怀家？这显然与王妻说的情况不符。

难道，王少怀也把金飞飞带到了丁字街？

啊，四月初——

这是王少怀开始跟金飞飞补习英语的日子，也是王少怀与欧阳云之间的关系开始走下坡路的日子。

难道，这只是在时间上的偶然巧合吗？

我一步步设想着。

我又一次次把设想推翻。

一切都是谜。

答案在哪里？

我抬头望望窗外，仿佛满天的繁星已不像刚才那样多了，也不像刚才那样亮了。夜也如同睡着了一般，睡得那样深沉，远处近处都没有一点声响。

可我却没有半点儿睡意。如山的问题，一齐在脑子里翻腾。

不知怎么的，我忽然想起几年前读过的一篇关于研究人的思维效率的论文。这篇妙不可言的论文先阐述了生物界里的如下奇妙的现象：公鸡到了黎明就高声啼叫；蝙蝠在夜间却异常活跃；向日葵在阳光下抬起笑脸；夜来香却在月色里散发幽香……在阐述了这些奇妙的现象之后，十分精辟地分析了人在凌晨、清早、上午、中午、下午、傍晚、深夜等不同时间里的不同思维效果。得出了一个非常有趣的结论：人的大脑生物节律有两种类型，一种是“百灵鸟型”，另一种是“猫头鹰型”。属于“百灵鸟型”的人，在清晨和上午精神焕发，朝气蓬勃，记忆和创作效率较高，而一到了晚上，大脑的工作效率就低了；属于“猫头鹰型”的呢，则恰恰相反，这种人一到夜间，脑细胞即转入高度兴奋状态，精力集中，思维十分活跃，许多出色的成果，往往产生于月朗星稀之夜……

那我呢？

显然，我是属于“猫头鹰型”了。

猫头鹰啊，你不是夜的精灵吗？你的眼睛不是在夜间最敏锐吗？

我收回了凝视满天繁星的目光，打开欧阳云的卷宗，从里面找出欧阳云写给王少怀的第三封信。

> 你可知我对你一片芳心情意长，并非你所责怪的那种嫉妒心很强的庸俗之辈。否则，我也不会劝你念旧情，对你过去的情人不要太无情了。我知道你过去发生的事情，也如同现在跟我一样，完全是出于你与妻子之间没有真正的爱情。你追求真正的感情，就像我追求你一样。我为了试探你是不是一个喜新厌旧的不义之徒，曾问你为何不与无爱情的妻子分手，你说你怜念她为你生儿育女，不能在她暮年之时将她抛弃。我觉得你是一个道德崇高、有良心、重感情、懂得爱的人，我也并不愿意把自己的欢乐建立在别人的痛苦之上。我同意你的意见，让我们耐心地等下去，只要两心不变，又岂在朝朝暮暮？
>
> 想不到我一片好心，招来你如此大怒。你一番薄情无义之词，如同万把钢刀，句句刺伤我的心。害得我不知又要度过几个不眠之夜。你说我在监视你，真让我有口难言。我多日来不断听别人说你的不光彩的话，我既心疼又担心。心疼你身患高血压这样整日忙忙碌碌，还要遭人非议；担心你被色迷心窍，再犯错误，那岂不是自毁己身？我劝你并非出于争风吃醋，而只因为我们关系不一般，完

全出于对你一片赤诚。你可知我此生灾难重重，心灵千疮百孔，已到了不能再承受灾难的时候？你可知我日思夜想，每天都在窗前巴望，一天见不到你就心里发慌，两天见不到你就担心你是否病倒在床？你若真心爱我就应该理解我对你的一片衷肠。正因为爱你爱得太深，我那天说你才说得太重。请大哥哥千万原谅小妹妹的不冷静，我知道你在家没温暖心里也难受，我应该让你得到你应该享受的天伦之乐。请你在百忙之中，抽空给我写封信，也使我这内疚的心得到一点安宁。

我接连读了三遍，察觉到欧阳云为什么要有意躲开这封信了。应该说，在这封信里，明显地暴露了他们之间的“爱”发生巨变的原因——

王少怀责怪欧阳云嫉妒什么？嫉妒谁？

欧阳云又担心王少怀被谁的色迷住心窍？

王少怀为什么“如此大怒”，说欧阳云在“监视”他？

欧阳云又为什么要“说”王少怀，并且“因为爱得太深”，就“说得太重”呢？

王少怀为什么会遭人非议，他做了什么“不光彩”的事？

欧阳云又为什么表白自己不是“争风吃醋”？

显然，在欧阳云与王少怀之间，又多出了一个人——

一个女人！

这是痴情的欧阳云无论如何也接受不了的！

也是无情的王少怀无论如何也解释不清的！

一个要追根寻底；一个要躲闪推脱。

从暗到明，从明到烈，从烈到炽——

终于，欧阳云明白了一切！

欧阳云的梦破灭了。

不，用她自己的话来说，“是梦总要醒，醒来方知梦”。

她从梦中醒来了。

她与王少怀之间是一场梦！一场噩梦！

她苦心追求的，她惨淡经营的，她昼夜思念的，一切的一切，都在无比残酷、无比狰狞的事实面前，被撞得粉碎！

多少卿卿我我，多少恩恩爱爱，多少对天发誓，多少指地为盟，刹那间烟消云散，刹那间无影无踪！

只留下虚情假意的笑影，只留下口是心非的话音。

一切都是骗局！

而这骗局却偏偏布向了一颗因为承受不住打击而唯恐受骗的寡妇的心！

多么残忍！

多么卑鄙！

命运对一个女人中的弱者，竟是如此不公平！

委屈、耻辱、追悔、悲愤，会使一颗本来善良、痴情、懦弱的心，爆发出惊人的勇气、力量和仇恨的火焰！

世上有爱，就有恨。

爱得深，恨得切！

火山喷发般的恨，一旦冲出了理智的山口，就会使一个人，忘记自我的存在，忘记家人的存在，更忘记社会的存在！

有的，只是仇恨！

有的，只是仇敌！

有的，只是复仇！

向仇敌复仇，向仇敌讨还事实上永远也不可能讨还的债！

就这样，欧阳云举起了刀……

她举起刀了吗？

她举得起刀吗？

窗外晨曦微露，又一个不眠之夜过去了。

猫头鹰，你要休息一会儿吗？

我自己问自己。

不是逞强，我真的没有丝毫睡意。

怎么，又要变成百灵鸟了吗？

百灵鸟就百灵鸟！

我抓起电话筒，又害得被我半夜叫醒的人事处长起了个大早。

我告诉他，我想找金飞飞了解有关王少怀的情况。

“哦？”这回，我听出这位人事处长真的醒了。

“是的，我一早就想见金飞飞！”

“好，好，我一定通知，一定做好她的思想工作。不过，不过……”

“您还有什么顾虑？”

“嗯，是这么回事……让金飞飞给王经理补习英语，是……是我提议的。因为，因为她英语水平高……后来，公司开会就这么决定了。也是我找金飞飞谈的话，告之她此事……如果，假如……我想我还是先把这件事讲清楚好些……对这件事，需要我写材料，我一定如实写……”

十九

金飞飞几乎是跟小凤同时来到的。

怎么形容她呢？

瓜子脸，大眼睛，皮肤白皙。看得出那又细又弯的眉毛是经过精心修整的；嘴唇上薄薄地涂了一层变色口红，红得自然柔和；一头披肩发黑亮亮地散在肩上。与她的修饰相反，她的穿着朴素，一身淡绿色的亚麻连衣裙，已经洗得有些白了，可因为合身，式样又新颖，在朴素中，仍显出一种现代的美。

的确，金飞飞不但比欧阳云年轻十一岁，而且，更显得漂亮、端庄。

她的脸上没有笑容，特别是在进了屋子以后，两条又细又弯的眉毛，更皱得紧了。

“请坐吧！”

我客气地指给她座位。

她坐下后，抬起眼不安地望着我。

我这才看清她的眼睛里布满血丝。

“我知道你们会找到我的……”金飞飞的声音很小，就像蚊子叫那样，“这些天我想得很多。我心里很后悔。谁想到他会死呢？我想来想去，心里很矛盾……可是，我也知道不讲清楚不行，只求你们能……能为我保密……我跟我丈夫感情很好，我也是为他……我还得在单位工作下去……”

“好！我们欢迎你这种诚恳的态度。只要你能把事讲清楚，我们会设身处地为你着想的。这些，你就放心好了，不要有什么顾虑。”

“……今年四月二日，人事处长找我谈话，说王经理要考工程师，公司决定让我辅导王经理英语，必要时可以半天脱产辅导。我想，王经理是公司领导，辅导他学英语，正好有机会跟他多谈谈自己的分居问题，请他在上面托托人，帮忙要一个进京的指标……”

听到这儿，我的心咯噔了一下！

天啊！夫妻分居！金飞飞有求于王少怀！

“……没过一天，王经理就找到我，我就开始辅导他英语了。开始是在他的办公室里。辅导了几天，他就说一些不好听的话……他说我长得漂亮，说公司里没人能比上我，说从我一分配到公司来，他就看上我了……他说，他一定为我努力争取进京指标，解决我们夫妻分居的困难。说他认识劳动人事局的人，能想办法要指标，让我不要着急。我一听这个，心里就高兴啦，他再说什么难听的话，也忍着了。到了四月中旬，是四月十六日那天，他对我说，他已经跟家里人说好了，让我到家里去辅导他英语。他让我坐车到朝外大街下车，他在那站等我。那天下午三点多钟，我去了。到了丁字街10号，才发现那不是他家，是他父亲家。他父亲不在家，屋里阴森森的，我说挺害怕。他说怕什么呀？他给我倒了一杯水，然后让我上床休息，还给我脱鞋。我说我不累，他一下子就给我跪下了，求我，还磕头……我心里很害怕，他是领导，是经理，我解决分居的困难还得靠他……我就同意了。后来，他又约我去丁字街，我不去，他说他嘴上都急得起疱了，又在办公室给我跪下求我。我没办法，又跟他去了丁字街。从这往后，差不多每天下午他都让我去丁字街……这都怪我，为了解决夫妻分居的困难……”

说到这儿，金飞飞哭了。

她哭得那么悲伤，仿佛已经忘记了世界的存在！

她的泪，是从心底流出来的啊！

听着她的恸哭声，看着她抽动的肩膀，我真不知道该说什么好！

弱者，你的名字是女人！

——这是莎士比亚在三百多年前写下的名句吗？

是的，我记得那是《哈姆莱特》中丹麦王子在谴责他的母后再嫁时说的一句著名独白。

唉！可怜的金飞飞，你爱你的丈夫，你渴望与你的丈夫团聚，你以如此昂贵的代价，去换取你的追求。而你追求的，却在换取中永远地丢失了！

王少怀以同样的花言巧语，以同样的乞求下跪，把痴情的欧阳云带入梦中，不等她醒过来，又把懦弱的金飞飞带入梦中！

“你仔细想想，在你和王少怀有了这种关系以后，有什么人在注意你们吗？”

“好像没有。”

“你多次去丁字街10号，没碰到过熟人吗？”

“没有……就是有一次，我从丁字街10号出来，远远地，看见树下站着一个人，好像是……”

“是谁？”

“好像是公司医务室的欧阳云。”

“哦？你看准了吗？”

“我觉得很像。”

“她看见你了吗？”

“说不清……”

“她站在树下干什么？”

“看不出是干什么。好像就是那么站着。”

“你还记得这是哪天的事吗？”

“是五月二十四日的下午，大概快五点钟了。”

“你就看见过这一次？”

“嗯。”

“你告诉王少怀了吗？”

“告诉了。他说我看花眼了。还说，谁看见也不怕，这是公司决定的脱产辅导英语！”

“在公司你跟欧阳云说话吗？”

“我这个人很少生病，几乎不怎么去医务室。但那儿以后，我总觉得树下站着的就是欧阳云。我假装嗓子疼去拿药，故意找茬儿跟欧阳云说话。可是，她不太理我，我什么也没探听到。不过……不过，从她冷冰冰的样子上，我想到她好像知道了我的丑事，从心里看不起我似的……现在，欧阳云被抓起来了，这两天我翻来覆去地想，越想越觉得欧阳云是知道我和王少怀的丑事的！我越想越后悔。我是自己毁自己啊！”

至此，我感到已经抓住了欧阳云与王少怀感情突变的要害——

他们之间又多出了一个金飞飞！

金飞飞不但比欧阳云年轻，长得也比欧阳云更漂亮。

欧阳云彻底明白自己是被王少怀玩弄了！

抓住了这个要害，我对攻下欧阳云充满了信心。

可是，当欧阳云被带进来的时候，我才发觉，经过一个不眠的长夜，不但我有收获，欧阳云的思想，也起了巨大的变化！

二十

“我恨王少怀！”

欧阳云一上来就这样说。

变化真大啊，简直是一百八十度！

“你为什么恨他？”

“因为他欺骗了我！”

“他怎么欺骗你啦?”

“他……他是个骗子，是个流氓！他用花言巧语，他用乞求下跪，把我骗到了手！……我恨我太幼稚！太善良！太痴情！太可欺！我……”

“你怎么知道他是欺骗你呢?”

“因为他在骗我的同时，又把另一个女人骗到手了。我相信，王少怀也会对这个女人花言巧语，也会对这个女人乞求下跪！他这个丧尽天良的色鬼！我现在想起来，恨不得把他生吃了!”

“你说的这个女人是谁?”

“金飞飞！公司情报所的翻译。”

欧阳云是咬着牙齿说出这个名字的！

“你有什么证据这样说呢?”

“从四月初王少怀一沾上她，我就感到王少怀开始变了，老躲着我，行动鬼鬼祟祟的。有一次我约他，他说要去开会，其实没去开会，而是溜到了丁字街。他前脚走，金飞飞后脚也走了。我是过来人，我明白王少怀这一套！他瞒得了别人，瞒不了我！我一直在暗中盯住他们。他们到了丁字街，我就跟到丁字街！他们关上门，我就站在门外贴着门听！他们根本不是在学英语！可怜的金飞飞像我一样不幸！我是被王少怀欺骗的，真的动了感情，实心实意地爱上了他，愿意等他，想最终与他成为夫妻。可金飞飞又图什么呢?她才二十八岁，二十八岁啊！王少怀比她大了整整二十岁啊！……做女人的为什么都这么命苦呢?”

“金飞飞看出你在监视他们吗?”

“我知道她心里有鬼，有时候故意跑医务室来跟我没话找话说……但我憋在心里，没露出来……”

“王少怀看出你在监视他们吗?”

“不清楚……”

我突然问：

“你不是在写给王少怀的第三封信里，谈到王少怀说你在监视他吗?”

这话问得突然，一下子点出了欧阳云一直隐瞒着的第三封信。

她愣住了，抬起眼睛望着我。

“是的，第三封信。这封信是你五月二十六日写给王少怀的！”我不容否认地说。

欧阳云点点头，声音低了下去：“我是给王少怀写过三封信……我恨他！我给他写第三封信的时候，还没有拿到准确的证据，我抱着最后一线希望给他写信，我希望我对他与金飞飞的猜测不是真的……但是，我错了。我恨我自己！”

说到这儿，欧阳云突然抬起头，瞪大眼睛望着我：

“我恨王少怀，可我并没有杀他！”

她又要把问题立刻扯到六月十六日了。

我不动声色地说：

“我们现在不谈杀不杀的事。当你知道王少怀是欺骗你以后，你是怎么样的？”

“我恨他！”

“你想解这个恨吗？”

“想！”

“想怎么解呢？”

“他还以为我不知道他的事！他还以为我被他蒙在鼓里了！他想占有我的时候，把我捧上天；他想甩掉我的时候，就把我看成个傻瓜了！事情没那么容易！可我找不到机会报复他。六月十六日那天，他又约我去丁字街，正好！我就是要去抽他的脸！撕他的嘴！让他再给我跪下！我豁出我这条命了……”

“您豁出命要干什么？”

“我想杀死他！杀他这个忘恩负义的无耻小人！杀死他也不解我的恨！”欧阳云停顿了一下，话头一转，“我是想杀死他，可事实上我没有杀他！”

“那王少怀死了吗？”

“死了。”

“他怎么死的？”

“被人杀死的！可那不是我杀的！我那天真的没见着他！再说，我的照片和信都在他手里，我再愚蠢也不会干这种事！那天我敲了门，可没人开门。我没有那个门的钥匙，没进去。我没杀人！你们要抓不到真正的凶手，就把我枪毙好了，越快越好！我不怕死，我早就活够了！”

“你应该冷静点！”

我这样提醒她。

也是在提醒我自己。

欧阳云的脖子软了下来。

“这是你第二次说想死了。从心里讲，你觉得你该不该死？”

“我不该死！我是好人，我是受害者。我跟王少怀关系不正当，这我承认，你们该用哪条法，就用哪条法吧！可别的死罪我没犯！”

“你既然没犯死罪，为什么老是说到死呢？”

“我心里难受！……从我爱人一死，我的处境就一天比一天坏。在我最痛苦的时候，最需要安慰的时候，王少怀又欺骗了我的感情，叫我哭都不敢当着人哭，生怕这件事被人发觉。现在，你们又怀疑我杀了人……我想，我这么活着还不如死了好。就算我活着出去了，以后也不会有好日子过。”

“那你愿意这事怎样解决？”

“人不是我杀的。你们非要我承认，就把我枪毙好了，我不求宽大。”

“怎么又说这个了？”

“……”

“你说你没有丁字街10号的钥匙？”

“没有。”

“王少怀跟你说过，除了他和他父亲外，还有谁有这个门钥匙吗？”

“没说过。他说过公司有派性，是‘文化大革命’结下的，有些人跟他是死对头……”

“你说这话是什么意思？”

“没什么意思。反正人不是我杀的。如果你们硬要安在我头上，我是改变不了的。因为你们有权力，我是阶下囚。什么时候都会有冤案，从古到今都如此。我这件事就是冤案！”

“有冤你为什么不讲？”

“讲了你们也不信。”

“你讲的实话，我们都信！事实说明，你和王少怀关系的发展，必然要导致这种结果。现在你回顾一下你走过的路，难道你不后悔吗？”

“我唯一后悔的，只是我不该上王少怀的当！”

“我相信你这是一句发自心底的真话！问题在于后悔之后怎么办？是把事情的真相讲清楚呢？还是顽固下去？”

“我不是顽固，我是冤枉！因为我那天的确没见到王少怀，所以，我讲不清楚！”

“一个人不尊重事实，那么，事情的发展趋向，往往违背其意愿，向相反的方向发展。后果是十分可悲的！”

“如果我的命是这样，那么我认命！”

审讯陷入了僵局。

二十一

我有意中断了两天的审讯，想以这种冷处理的办法，使欧阳云从盲目的冲动和自信中自我解脱出来。

可是，从第三天开始的接连几次审讯，仍旧没有打开这种僵局。

夜深了，我伏在案前，反复读着这几次一直处于僵局的审讯记录：

六月二十九日

“为什么这两天你情绪低沉？”

“我没有高兴的事。”

“你憋在心里的话怎么总不愿意讲出来？”

“没什么可讲的了。”

“不，你心里有话。”

“我永远也不会像你们想象的那样来回答问题的！”

……

六月三十日

“你睡得好吗？”

“睡得很好。”

“不，你心里有事，并没有睡好。这从你的脸上、眼睛上、整个精神状态上，都能看得出来。”

“我要有问题，我就坦白。可现在我没杀人，你叫我说什么呀？”

“我只要求你按事实去说。”

“事实只有我最清楚！我这个人就是受苦的命，走哪条道都不通。你们就枪毙了我吧！我活在世上，痛苦多于快乐！”

“你的这种悲观情绪，这种对今后的生活失去信心的情绪，也是阻碍你讲事情真相的原因之一。当然，还有其他方面的原因，包括最重要的原因！你心里有顾虑，一时想不通，我们允许你慢慢想。我们相信你是能够想通的，因为你受党的教育这么多年，你有基本的觉悟……”

“我没什么顾虑，没什么想不通的，杀了就杀了，没杀就没杀！我没杀！”

……

七月二日

“回去以后考虑了吗？”

“考虑了。我没什么可说的了。你劝我的话是真心真意的，也是合理的。我很感激！”

“你在哪些方面还有压力？”

“那天王少怀约了我，我也去了；恰恰他又是那天死的，我的确不知道他是怎么死的。我说不清这个问题。你们怀疑我是有道理的，我不怪你们。”

“并不仅仅因为你去了，他死了，我们就把你带到这儿来的。事情没那么简单！”

“我知道事情不简单，杀人是要偿命的。所以我没杀就不能说杀了。可现在，我想通了。我已经被抓到这儿来了，我和王少怀的关系已经暴露了，我一直视为生命的名誉也从此完了。我对不起我死去的爱人，也对不起孩子。我是一个爱脸面的人。本来在公司，在社会上，就有人看我是寡妇，想欺负我。这样一来，欺负我的人就更多了。我从这里活着出去，还不如死在这里！”

“你是不是说讲不讲清楚这件事，对于你的结果都一样？”

“我实在讲不清楚这件事，我愿承担责任，我不喊冤，还不行吗？我觉得你们不让我死，对我并不好。”

“其实，王少怀是怎么死的，你很清楚。”

“是杀死的。”

“谁杀的？”

“不知道。”

“用什么杀的？”

“用刀杀的。”

“什么样的刀？”

“……我也没看到，不知道用什么刀。”

“致王少怀死的力量来自哪里？”

“来自人呗！是人杀的！”

“谁杀的？”

“你们说是我就是我。”

……

七月三日

“昨天晚上跟你讲的话，你听明白了吗？”

“听明白了。”

“你怎么理解那些话？”

“你们讲得通情达理，都是为我好。”

“你愿意依靠政府把事情弄清楚吗？”

“依靠不依靠也没多大意思了。”

“你这话是什么意思?”

“反正我已经做好死的准备了。”

“你相信我们能找出真正的杀人犯吗?”

“也相信，也不相信。”

“那天是王少怀约你的，还是你约王少怀的?”

“他约我的。”

“你分析分析王少怀是在什么时间死的?”

“可能是我还没到那儿他就死了，可能是我到那儿他死的，也可能是我离开那儿他才死的。”

“在这三个可能中，王少怀最可能在什么时间被害死?”

“我不知道。”

“你很清楚。”

“我确实不知道。”

“你最顾虑的是什么?”

“我最顾虑的是这案子你们搞不清，老关着我。我活也活不了，死也死不了!”

“你最担心的是什么?”

“我最担心的就是死不了，活受罪!”

……

审讯陷入僵局，这使我很苦恼。可是，这天夜里闯入我梦中的追捕，却是成功的。

是的，应该说，那是一次成功的追捕。

对秃耳朵来说，也是最后一次!

……自从在那个难忘的风雪黄昏里，在与狡猾的秃耳朵兜圈子中，我踩中了自己布下的铁夹后，一个冬天我都很少出门。我的腿被夹子夹得不轻，伤着了骨头。俗话说，伤筋动骨一百天。老猎手武大伯给我包上草药。我整整在屋子里憋了三个月。

说也奇怪，在我养伤的这个冬天，秃耳朵也没再来捣乱了。

也许，那难忘的追逐把它也吓坏了，它远离了这个地方吧?

也许，它遭了难，被豹子咬死了吧？

可是，一到春天，当我的腿好利索了，秃耳朵却又跑出来兴风作浪了。仍旧是无止境地咬鸡叼鸭，害得大家不得安宁。

好，它既然又来了，我还要跟它干！

武大伯告诉我，春天是狐狸的发情期，它要配对，要生儿育女。秃耳朵是母狐狸，对公狐狸的气味一定追得很紧。武大伯说，如果能想办法弄来公狐狸尿，涂在夹子上，然后把夹子用草伪装好，秃耳朵嗅着公狐狸的尿味，准会飞跑过去的。

这个主意挺好，可到哪儿去找公狐狸尿呢？

为了到林子里去找公狐狸尿，可把我们几个年轻人累得够呛。结果，一个个累得瘦了一圈儿，连只公狐狸的影儿也没见到。

那是春末夏初的一个下午，我们一伙人正坐在屋里议论着打秃耳朵的事，一个孩子气喘吁吁地冲进来，连声叫着秃耳朵。

原来，这孩子看见秃耳朵躲在村东的那一片草丛里，正探头探脑地朝村里看呢！

我真不敢相信，怎么大白天的，秃耳朵就跑来啦？

武大伯说，咱们先别慌着惊动它，让它进村吧！

说着，武大伯把人分成两伙，他和我一伙，带上几个夹子，绕道去村东；另一伙人躲在村子里，监视秃耳朵。武大伯再三交代说："等秃耳朵一进村，你们就叫喊着朝村西跑，就好像村西来了狐狸一样。秃耳朵看看不是追它，就会沿着进村来的道儿，朝村东的草地里跑。村东的草地里有它自己留下的气味，我们就把夹子下在那里！"

有个毛头孩子问："如果我们就盯着秃耳朵朝东追，它不就更慌神，更容易踩着夹子吗？"

武大伯说："你那么一撵，它就慌不择路，不会再沿着进村来的道儿跑了。那样一来，我们的夹子就白下啰！"

一切都按布置的进行了。

果然，就在村西响起一片叫喊声的时候，秃耳朵连跑带颠儿地沿着原路朝村东的草地跑过来。一边跑，它还一边不放心地回头看呢！

不知怎的，我觉得它跑得挺笨。

它再也想不到草丛里已布下好几个铁夹子。

只听“咔嚓”一声夹子响，秃耳朵栽倒了。

但是，它没有叫，连吭都没有吭一声。

草丛在剧烈地摇动。

我知道，那是它在拼命挣扎。

一股从没有过的兴奋，电流般冲过我的全身。胜利了！我们终于胜利了！为了这胜利的一天，我们付出了多少代价啊！

我一下子从隐身的大树后跳出来，疯了一样地大声叫起来：

“噢！噢！打着了！打着了！”

我撒开腿，朝摇动的草丛跑过去。就在这一瞬间——

“咔噢！——”

随着一声凄厉的、令人血液凝固的惨叫，我看见了一双挤满泪水的大眼睛。

这是秃耳朵的眼睛——

在挣扎中感到了死亡来临的绝望的眼睛！

由于极度惊悸，两只瞳孔睁得像两颗黑色的药丸，透过混浊的泪水，闪出恐惧、憎恨和野兽特有的凶光。

不，除去恐惧、憎恨和野兽特有的凶光外，在这双绝望的泪眼里，我还看到了乞怜、悲哀和对生的向往！

这双泪眼直盯着我，我也从这双泪眼里看到了自己的眼睛。

在这目光交错的刹那间，仿佛时空突然停顿，天地间的一切都一动不动地凝固了——

只有森林里蕴含着冷气的风，吹动树梢，发出令人屏息的沙沙声……

这时，武大伯赶上来，他看着蜷缩在草丛里的全身颤抖着的秃耳朵说：

“哟，瞧它那肚子！它怀了小狐狸啦！”

“啊！”我瞪大了眼睛。怪不得我看它跑得笨拙呢。

“少说也有四五只呢！怪不得它大白天就来了，它是饿的呀！饿的呀！为了肚子里的儿女，它真是连命都不要了！”

不知怎的，我鼻子突然一酸，泪水立刻就糊满了眼窝。

我扭过脸去，不忍心再看那蜷缩在草丛里颤抖的身躯了。

武大伯掏出刀，冲秃耳朵逼近。

秃耳朵强忍着疼痛，吃力朝后挪腾着身子。

“大伯！”我一把拉住武大伯，“咱们……咱们把它放了吧！”

“嗯？”武大伯愣住了。

“……把它放了吧，让它把孩子生出来吧！它的孩子们有什么罪呢？”我几乎是在乞求武大伯了。

武大伯摇摇头：“不行啦，它的腿已经被夹断了。放了它，它也难活了。还不如让它死了好！省得它受罪！”

“那……”我连连摇着武大伯的胳膊，“我们把它养活起来，给它的腿包上草药……”

“就像我给你的腿包上草药一样？”

“对，对！”

“你呀！看不出小小年纪，还有这么一副菩萨心肠！”

就这样，我们把秃耳朵抬回了村里。

武大伯给它的伤腿包上草药，把它锁在我们房后的栅栏院里。村子里的小伙子们还从家里抱来干草，给它铺了个窝。我扛来一个破箱子，里面铺上草，给它生孩子用。

可是，秃耳朵并没有理解我。

我喂它食物，它怎么也不吃，还想咬我。

因为，它已经从气味上认出了我。

在它的眼里，我仍是那个风雪黄昏里穷追不舍的对手……

……我知道，我又是在做梦。可我怎么也醒不了。

当我终于醒来的时候，天还没亮。

我躺在床上，在黎明前的昏暗中思索着。

我努力忘记那绝望的挤满泪的双眼，努力忘记那凄厉的、令人血液凝固的惨叫。

我的眼前，又闪现出欧阳云那充满悲愤、追悔、倔强的目光。我的耳边，又响起欧阳云那蕴含着凄苦、痴情、恼怒的声音。

我对她已经审讯了十六次。十六次啊！

仔细分析了这十六次中的起起落落，我开始动摇了。

不，如同我刚接案时就曾产生过的疑问一样——

王少怀是欧阳云杀的吗？

欧阳云有作案动机，也有作案时间，并且，她的确到过现场。

但是，王少怀真的是她杀的吗？

不像！

不是！

我必须到社会中去，再做深入一步的调查研究……

二十二

不料，在第十七次审讯中，欧阳云突然一反常态。

"王少怀是我杀的！"

她还没坐下就说。

"什么？"

我一下子愣住了。

"王少怀是我杀的。"

欧阳云又重复了一遍。以沉着冷静的声音，回答我发自内心的惊愕。

我沉下心来，盯住她：

"那你谈谈吧！"

欧阳云咬咬牙：

"没什么好谈的，是我杀了他！这件事到昨天为止，我一直不承认，给你们的工作带来许多麻烦，我对不起你们。你们对我一直很耐心，我很感激你们。"

"你为什么要杀王少怀？"

"我已经说过了，我恨他！在我需要同情和帮助的时候，他欺骗了我。我起先想告他，但一想我们的事情说不出口，我到哪儿去告呢？我找不到说理的地方。再说，就是告下来了，他顶多挨个处分，照样当他的官，可我却完了。名声完了，人完了，工作也完了……为了出这口气，为了讨还我失去的，也为了惩罚我自己，我决定杀了他！”

“你哪天杀的他？”

“六月十六日，星期四。那天他约我到丁字街，我就去了。我敲门，他开了，我就进去了。趁他抱我的时候，我用刀子照他心口上刺了几下，又朝他背上刺了几下。他就倒在地上死了。”

“那天你俩谁先到的？”

“他先到，我后到。”

“他几点钟到的？”

“不知道。”

“你几点钟到的？”

“七点钟。”

“你几点钟离开的公司？”

“五点多钟。”

“从公司到丁字街用不了那么长的时间。你离开公司后，还干了什么？”

“我拿刀去了。”

“到哪儿拿刀去了？”

“回家。”

“车道沟？”

“是。”

“你用的是什么刀？”

“是一把用钢管磨的刀。”

我一听这话，心里吃了一惊——

在电器公司传达的案情报告里，并没讲到用的是什么刀呀！

欧阳云怎么会知道的？

“那就不是刀，而是管叉了？”我问。

“我不懂什么管叉不管叉的，反正是用钢管磨的刀。”

“你哪儿来的这东西？”

“那还是在‘文革’闹武斗的时候，我捡的。那时候社会乱，大家都准备这种东西防身用。我捡了没扔，就一直留着。”

“这把刀现在在什么地方？”

“第二天我坐44路在新街口下车，往西走了一段路以后，把它扔在马路上了。”

“那天你杀他，你是怎么带的刀？”

“我用报纸包着。”

“那天王少怀穿的什么衣服？”

“穿的白衣服，灰裤子，黑皮凉鞋。”

“你进屋后怎么动的手？”

“我一进屋，王少怀就把我抱住了。我就给了他心口一刀，他就倒下了。”

“就是说，第一刀扎的前胸？”

“对。”

“你一共扎了他几刀？”

“四五刀。”

“都扎了哪儿？”

“前胸，后背。”

“还扎了哪儿？”

“……我记不清了。”

“你再想想。”

“记不清了。当时我都蒙了！”

“你在什么位置杀的他？”

“我都蒙了，我记不清了。”

“那他倒在什么地方了？”

“倒在里屋地上了。”

“倒在里屋南边，还是北边？”

“记不清了。”

“南边北边都记不清了?”

“……北边。”

“你离开时，怎么把刀带出屋子的?”

“我放在王少怀的黑皮包里带出去的!”

我心里又吃了一惊——

黑皮包!

“是什么样的黑皮包?”

“就是王少怀上下班常用的那个黑皮包。”

“黑皮包里装的什么?”

“就装着一个茶杯、一把扇子和一个本子。”

“你为什么要拿这个黑皮包?”

“为了把带血的刀藏好带出去。”

“现在这个黑皮包在哪儿?”

“我扔了。”

“扔在哪儿了?”

“扔在动物园和展览馆之间的马路上了。”

好，又是马路上，跟管叉提供的下落一样，根本无法查找!

“你再好好想想，除了前胸和后背，你还扎了王少怀哪些地方?”

“我记不清了。”

“你今天能转变立场，迈出第一步，我们很欢迎。但是，现在，你还应该把事情的真相讲清楚。”

“我不是讲清楚了吗?”欧阳云忽然发起急来，“王少怀的确是我杀的！我到哪儿都承认！我知道你们不愿意冤枉我，可的确是我杀的他呀！我杀了人，我就是凶手。你们找出凶手不就完了吗？现在凶手找到了，你们就快往上报吧！还一个劲儿问什么？我杀人，愿意偿命。他是罪有应得，我也是罪有应得！我没有别的要求，只要求跟我的孩子脱离母子关系，让他别受我的连累，让他忘掉他的母亲！……别的，没什么好说的了!”

二十三

尽管欧阳云的话如同砖头瓦块一般砸过来，但我冷静分析后，还是找到了她特别强调的一句话——

“你们找出凶手不就完了吗？”

欧阳云抛弃了在前十六次审讯中以步步抵抗的努力去顽强追求的一切，现在只希望用自己承认自己是凶手来迅速了结此案！

是什么力量促使这个并不懦弱的女人，在一夜之间来了个一百八十度的大转弯呢？

她为什么这样急切，几乎是刻不容缓地希望此案迅速了结呢？

欧阳云承认自己杀了王少怀，可在她供认的杀人过程里，却又有三点重大疑问：

第一，欧阳云说当天下午五点多钟离开公司后，先去车道沟拿管叉，然后再去的丁字街。根据我和小凤的实地调查，她从公司到车道沟得用一小时四十五分，从车道沟到丁字街得用一小时二十分。加起来最少也得用三个小时的时间。七点半以前，她是无论如何也赶不到丁字街的。除非，她租用了出租汽车——不过，这可以通过出租汽车站查清。要么，就是有人驾车参与了此事！

第二，王少怀是倒在里屋南边的，可欧阳云却说他倒在里屋北边。

第三，欧阳云说她只扎了王少怀的前胸和后背，而王少怀的太阳穴上还有两刀，其中一刀竟扎穿了太阳穴。当然，凶手杀人时往往唯恐对方不死，就往死里乱扎。凶手可能忘记扎了多少刀，但所扎的要害部位，像太阳穴这样的部位，凶手是不会忘记的！特别是当刀尖扎穿太阳穴的那一刹那间的贯通感，会给凶手留下永远难忘的深刻印象。欧阳云是不会忘记太阳穴上的这一刀的！

这三点疑问，令人琢磨。

欧阳云不顾一切地要迅速了结此案的急迫心情，更耐人寻味。

我感到，在这一切的背后，隐藏着更重要的秘密！

正是这个秘密，在摆布欧阳云，在折磨欧阳云，在吞噬欧阳云！

这个秘密是什么呢？

这天下午，我又审问了欧阳云。就以上三个重大疑问，让她重新讲述。

欧阳云的讲述，仍旧同上午一样。

至此，我更坚信了自己的判断：

欧阳云不是凶手！

王少怀不是她杀的！

但是——

欧阳云肯定了解王少怀被杀的内幕！

欧阳云肯定认识凶手！

因为，在她供述的杀人过程里，直接涉及了并未公布的案情：

一、凶器是管叉；

二、王少怀失踪的黑皮包。

那么，真正的凶手又是谁呢？

欧阳云为什么不惜承担凶手的罪名，竟然以自己的性命掩护他呢？

啊，掩护……竟然以自己的性命掩护！

刹那间，在我的眼前，仿佛又出现了秃耳朵那蜷缩成一团的身躯……

我把被夹子打断了腿的秃耳朵锁在后院的栅栏院里养起来，我在心里暗暗祝愿它的腿能早日养好，祝愿它能顺利地把它的孩子生出来，带回森林里去。

可是，我喂它食物，它却不吃。它已经从气味上认出了我。在它的眼里，我仍是那个风雪黄昏的对手。

然而，我不生它的气。

因为，它有理由恨我呀！

我耐心地喂它。

终于，它吃食了。

不过，从它的眼神里，我看得出来，它仍旧在恨我，恨我！它之所以吃食，全是为了它肚子里的孩子们。

但我却高兴极了：只要秃耳朵吃食，它就能活下去，它的伤腿就能养好，它的孩子们就能生出来，它就能重新返回森林里。

一天清晨，我去后院喂食，刚一打开栅栏门，就看见一只狐狸噌地从栅栏里跳了出去。

我大吃一惊，还以为是秃耳朵挣断锁链逃跑了呢！定睛一看，秃耳朵没有跑，正蜷缩在草堆里，睁大一双眼睛，不安地瞧着我。而且，它好像把什么东西藏在了草底下，正慌乱地用一只前腿压住。

这是怎么回事呢？

再走近一看，我顿时愣住了：

啊？秃耳朵藏在草底下的，竟然是一只野兔！

一只已经被咬死了的野兔。

我再看看留在栅栏院里的一串脚印，看看秃耳朵不安的神色，我全明白了——

跳出栅栏的，是尚未出世的小狐狸的爸爸！

它寻找了几天几夜，终于在这里找到了它的妻子。

也许，它是昨天夜里找到的秃耳朵，也许是今天清晨才找到的。

它看见它可怜的妻子断了一条腿，正蜷缩在栅栏院的草堆里。也许，它曾试着召唤妻子随它走，但是，它终于发现妻子是被铁链锁住的。

它担心孤独的妻子在这里挨饿，就急忙去抓了一只野兔给它送来。

并且，它决心救它的妻子出去——

在锁着秃耳朵的铁链上，我发现了几颗闪亮的牙齿印。

那一定是秃耳朵的丈夫咬的！

它等不得秃耳朵养好腿伤了。

也许，就在它咬铁链子的时候，我进来了。它吓跑了。

我呆呆地愣在那儿，心里有一股说不出的滋味！我盯住公狐狸留在地上的脚印想，为了心爱的妻子，为了尚未出世的孩子，它还会来的，一定还会来的！

果然，第二天清晨，当我去后院的时候，我又看见了它！尽管我放轻了脚步，可还是惊动了它，吓跑了它。

不过，这一回我看清了，公狐狸果然是来咬铁链子的！

它哪里知道，它是咬不断铁链子的。

它就是知道咬不断铁链子，它也会咬的！

因为，铁链子锁住了它的妻子，锁住了它尚未出世的孩子！

我真想上去解开秃耳朵的锁链，但一想起武大伯的话，又怕断了腿的秃耳朵跑走了也难活。我忍住了。我没走过去，扭头回屋了。

我希望公狐狸看到我走了，能再跑回来安慰它受伤的妻子。

我趴在窗口，偷偷地向后院瞅着。

可是，公狐狸却没有来。

院子里静悄悄的，只有秃耳朵孤零零地蜷缩在草堆里。不时的，它抬起头来，朝公狐狸逃走的方向望望，又低下头去，用后腿轻轻地挠挠肚皮。

也许，孩子们在它的肚子里闹着要出来啦！

那天夜里，我隐约听见了一声尖叫。好像是秃耳朵在叫。但，我分不清自己是醒还是睡着，终于没有起床。

第二天清晨，我决定不去后院了，就从窗口看看，以免再惊动了这对患难夫妻的相会。

可是，当我从窗口偷偷往草堆上看的时候，一个万万想不到的情景，惊得我失声叫了起来：

“啊呀——”

秃耳朵死了。

蜷曲着身子缩在草堆里死了。

它的那只本来用草药包得好好的腿，不知怎么断了，从伤口里流出的紫血，染红了金黄的稻草。

那血，已经干了。

秃耳朵的身子，也已经僵硬了。

我一拳头打碎了玻璃，从窗口跳了出去。

我看明白了，全看明白了！

秃耳朵的嘴上沾着草药和纱布片，那本来包得好好的腿，是它自己给咬断的呀！

它知道我已经两次看见了它的丈夫，它害怕它的丈夫因为营救它，而落得同它一样的下场！

但是，它知道它的丈夫是不怕死的，只要不把它救出来，它的丈夫决不会甘心！

它身负重伤，没有别的办法能让丈夫死了这条心。它痛苦地在尚未出世的孩子与丈夫之间，选择了丈夫！

它用自杀，使丈夫死了挽救它的心！

它用自己的性命，也是用孩子们的性命，挽救丈夫，掩护丈夫！

我这才明白了秃耳朵被夹子打中的时候，所发出的那一声凄厉的、令人血液凝固的惨叫的真正含义——它不是为自己悲哀，而是为了孩子，更为了将要失去妻子和孩子的可怜的公狐狸！

我再也抑制不住自己了，放声哭起来……

从那以后，公狐狸再也没来过我的后院了。

我呢，也把夹兽的铁夹子全扔进铁匠炉里化成水，打成镰刀和锄头了。

……一晃十年过去了。可每当我想起这段往事的时候，秃耳朵那蜷缩的僵冷的身躯，就清清楚楚地浮现在我的眼前。

十年前的事，就好像发生在昨天，不，就好像发生在今天，发生在现在！

可现在……

欧阳云要用自己的性命掩护谁呢？

她为什么要用自己的性命掩护这个人呢？

二十四

我翻开欧阳云记满了人名、地址和电话的通信小本，准备从与欧阳云经常保持接触和联系的人员中，寻找真正的凶手。

我初步统计了一下，仅通信小本上记载的人名，就有四十六个。相信与欧阳云保持接触和联系的人员，绝不仅仅是这四十六个。但是，我决定先以这四十六个人为重点，从时间、因素和条件上，逐个进行摸底工作。如果这四十六个人均被排除，我再深入一步了解欧阳云的其他社会关系，从中找出嫌疑者。

就在我的排查工作刚刚开始不久，我接到了一个电话，是姐姐从学校打来的。

一听姐姐的声音，不等她讲，我马上抢先问：

“高原怎么样？他在姐姐家生活得习惯吗？”

“这孩子很倔，可能是和从小失去了爸爸有关系。我很喜欢这孩子的倔劲儿。有倔劲儿，长大了才能有出息。他现在生活得很习惯了，我和你姐夫把他当成自己的孩子，他也把我们当成他的亲人……是啊，他毕竟还是个孩子啊！”

“他知道你和我之间的关系了吗？”

“开始不知道。现在已经知道了，是我告诉他的。他听了以后哭了……”

我又想起高原脊背靠着墙壁，紧咬着嘴唇，缩在角落里的情景，我又看见了他含泪的双眼，看见了他对我又怕又恨的眼神，看见了他在搜查记录上签名时的颤抖的小手……

“……他知道了我和你的关系后，”姐姐继续说，“有两天没怎么理我。可我和你姐夫对他更加关心。有一天，他哭了，他对我说，他恨你！但是，现在想到自己错了。今天，他到校长室来找我，特意告诉了我一件事，让我告诉你……”

“什么事？”

“他说，有人找到他，向他打听消息。”

“谁?”

“这个人姓丁名力，是车道沟煤厂的工人。高原说，以前丁力也到他们家去过。”

“他向高原打听什么消息?”

“打听你们那天搜查的事。他问高原，侦查员搜到了什么?”

“哦！……高原自己怎么不来跟我说呀?”

“他怕你。”

“怕我?”

“但不恨你。”

我笑了。

丁力这个名字，在欧阳云的通信小本里没有。

我立刻通知车道沟煤厂，送来了丁力的档案。

丁力今年三十三岁，未婚。他曾在乡下插过队，在农村当过保卫干事。后来，病退回城待业。三年前他在煤厂工作的父亲不幸死于车祸，丁力接替父亲到煤厂当送煤工至今。他安心工作，积极肯干，常常得到用户的表扬。从今年二月初起，丁力参加文化补习夜校，每晚七点半，到西单绒线胡同小学上课。

丁力为什么要打听搜查消息呢?

是一般关心，还是好奇，还是……

我决定先从作案时间上对丁力进行调查，必要时可以正面接触!

煤厂保卫科告诉我，六月十六日下午，丁力说他头疼，三点多钟就离开班上回家了。他家住车道沟小经厂。小经厂居委会主任告诉我，快五点钟的时候，她看见丁力去小经厂街道医院了。我到医院查了挂号登记，丁力果然去看了病。经了解，因为当时医院快下班了，看病的人很少。可尽管如此，看病带拿药，最少也要二十分钟。也就是说，五点二十分以前，他都在小经厂。我又赶到绒线胡同小学，夜校任课教师告诉我，六月十六日那天，丁力没有缺勤，是准时来教室上课的。也就是说，丁力是七点三十分来到教室的。

我计算了一下，丁力从离开医院到来到绒线胡同，这中间只有两个小时零十分钟；而从小经厂乘车到丁字街，再从丁字街乘车到绒线胡同，最少也得两小时二十分钟。而且，这中间得马不停蹄地走，包括在丁字街，几乎是进了10号门就立刻走出来才行。

照这样计算，丁力一个人几乎是没有作案时间的。

当然，还有两种可能，一是丁力提前租好了出租车；二是有人驾车参与此事，协助丁力（丁力本人不会开车）。

出租汽车公司很快就有了答复：六月十六日下午五点钟左右，小经厂附近没有人租用出租车；在同一时间里，全市的出租汽车都没有开到丁字街方向。

租出租车的可能被否决了。

只剩下有没有人协助丁力驾车参与此事了。

要对在同一时间里，全市各单位及私人出车的情况进行一次调查，可不是一件容易的事！

我决定两条腿走路，一方面进行出车调查，另一方面调查丁力的社会关系中有无与车打交道的人。如果这些努力都不成功，我就正面接触他一次！

我的两条腿还没开走，秘书科就打来了电话。

电话里的消息令我一惊！

“王少怀被害一案，有人前来自首。”

“谁？”

“丁力！”

二十五

丁力的个头不高，人也生得黑；因为嘴唇厚，加上早该剃却还没剃的头、胡子，使本来就瘦的脸颊更显得如刀削一般；过度的疲劳在他的额头上留下了与他年龄不相称的深深的皱纹。但是，像所有送煤工一样，尽管他面有倦容，但仍旧浑身是劲，一屁股坐下时，砸得板凳咯吱响。我注意到他那双眼睛，眼睛不大，但黑而有神，闪着令人难忘的光。

“我要说清楚，我很镇静。王少怀是我杀的，我既然讲了这话，就永远也不推翻。我的结局我清楚，最后我会走上刑场的。我过去干过保卫，与公安打过交道。我绝不耽误你们的时间。时间也是我自己的。事情是我办的，人是我杀的，与欧阳云没关系，你们要枪毙，就枪毙我好了，不要冤枉了欧阳云！"

听得出来，丁力的确很镇静。

我没插话，就由他讲下去。

"我这个人，超过了一般的人。你们搜欧阳云家的时候，我就在外边听着。我知道欧阳云一进去就很难出来了。她早晚要说出来的。因为她是一个女人，王少怀是一个大公司的领导，他的事属于道德上的事。遗憾的是我们现在没有道德法。所以，法律上制裁不了他。顶多也不过是给他个处分，他照样当他的官！照样利用职权玩弄手下的妇女。可被他玩弄了的妇女，被他欺负了的孤儿寡母，又该怎么办呢？只能忍气吞声。这还有公理吗？于是，我决定杀了他！我一是为出口气，为被他欺负的可怜的孤儿寡母出口气；二是想到他这种人留着还会害更多的人！今天是欧阳云、金飞飞，明天还不定是谁！所以，我最后下决心走这个极端，消灭了他！我在农村杀过猪，我知道，我是在干一件蠢事……"

我在心里点点头：丁力，你的确是在干一件蠢事！你所选择的路是不可取的！王少怀这样的人，依靠组织和司法机关，是完全可以制裁他的，你的做法只能毁灭自己。当你醒悟过来的时候，一切都已经迟了。

"……在电子工业方面，王少怀是一个人才，我也佩服过他。但是，他这个人道德太坏，为人太坏，我不能留着他！我干过保卫，了解公安，研究过怎样为自己找证人，也研究过怎样不留痕迹。我杀王少怀采取的方法是走时间差！我把时间安排得特别紧凑。六月十六日下午，我三点四十分跟头儿请假离开班上，一到家就提上早已装好衣服、手套、鞋袜和管叉的书包，去医院看病。我去医院是故意从居委会主任家门口走的。五点十二分我就离开了医院，乘车赶到丁字街的时候是五点三十三分。就在我到达丁字街的时候，我看见一个胖男人进了 10 号。我没见过王少怀，但估计他就是。我立刻把带来的袜子套在鞋外面，又戴上手套跟了上去。我正要敲门，没想到大门根本没锁，我一推就进去了，见过道里没人，我就往里走。王少怀猛地看见我，一愣。我怕认错了人，就问他：‘你是不是叫王少怀?’他说：‘我叫王少怀。你有什么事?’这时，正好从楼上掉下来一件什么东西，好像是楼上晒的衣服，被风刮下来，从阳台上一闪而过。王少怀就回头看。趁这当口，我掏出管叉，照他后心捅了一下。不等他回过头，我又接连在他背上捅了两下。这时，他就伸手扶墙了。他转过身，我问他：‘你知道你犯什么罪了吗?’他两眼直瞪着我，想说话又说不出来。我说：‘你犯了罪，你罪有应得，我让你死个明白!’说完，我又照他前胸捅了几下。这时，流出的血已是黑颜色的了。我看他还有点动弹，就照他太阳穴上补了两叉子。我看见王少怀的黑皮包就放在床上，顺手拿过来，装上管叉走了。临走时，把大门一拽，门上的暗锁就自己撞上了。前后只用了一两分钟的时间。我都没想到会这么快。我身上几乎没沾一点血，可我还是在附近一个公共厕所里把衣服、鞋都换了新的，然后立刻乘车往西单走。恰好，车也顺。我到西单的时候，下车就拼命跑，终于在七点半到了学校。”

“我想到自己在现场没留下任何痕迹，也想到自己有证人可以证明我没有作案时间，我为我的作案成功，曾有过幻想。但你们把欧阳云一抓进去，就使我打破了幻想。我每天掐着指头算。我知道过了这么多天，你们都没抓到我头上，是因为欧阳云始终咬着牙没招出我来。可我也知道，欧阳云不招，你们是不会放过她的！我不愿意在外面等着你们反复审问欧阳云，我不愿意让欧阳云为我而在精神上受刺激。她身体不好，她还有孩子……所以，我自己来了！我用我的自首，来承担我应该承担的法律责任，来解脱你们对欧阳云的反复审问——因为我爱她!”

啊？丁力的最后一句话，震动了我。

“你爱她?”

“是的，我爱她！我不忍心让我所爱的人为了我一天天受牢狱之苦！但是，已经到了这种时候，我不愿意再谈什么爱不爱了。因为我所爱的，我所追求的，都已经失去了，永远也找不回来了！我没有求生的欲望。生在一个没有爱，也没有追求的世上，无异于行尸走肉！我的愚蠢行动，已经给欧阳云家带来了困难和痛苦。我受到良心的谴责，可我不能挽回一切，所以我才来自首，来把问题讲清楚。我讲的句句是实话，你们不要花费时间问来问去的，我绝不推翻。我知道杀了人，政府不会对我手软，我应该受到法律制裁。对此，我没什么可说的，认罪伏法！自古以来，杀人偿命，我到枪毙的那一天，也不怨恨政府，也不对抗政府。我唯一的要求就是，人是我杀的，不关欧阳云的事！欧阳云没有罪！我杀王少怀，是瞒着欧阳云干的，她根本不知道。你们千万不要冤枉了欧阳云，千万不要处罚欧阳云。如果你们冤枉了欧阳云，我死不瞑目！如果你们冤枉了欧阳云，那她可怜的高原就成了孤儿……本来，我可以成为高原的父亲，我愿意做他的父亲，保护他，保护欧阳云，让他们孤儿寡母不再受人欺负。可现在……”

二十六

丁力被带下去以后，我决定立即提审欧阳云，核实丁力的话。

我说不清自己是怀着一种什么样的心情来等候欧阳云的。

我想，也许，这是我对她的最后一次审问了。

她进来了，头发乱蓬蓬的，行动迟缓，满面倦容。

“你回去以后，考虑得怎么样？”我问。

“我没什么好考虑的。王少怀是我杀的，我到哪儿也不改口。我就希望政府早早枪毙我，越快越好！我受不了这份罪啦！我一天也不想活啦！”

“王少怀究竟是不是你杀的？”我又问。

“是！他欺骗了我，可我没办法。我不懂法律，我没法去告他。我一腔怨恨无处申诉，只有自己解放自己，杀了他！”

我突然问：

“你认识丁力吗？”

“啊，谁？……谁?”欧阳云颤抖着向我瞪大一双充血的眼睛。

“丁力!”

“丁力？丁力怎么啦？……他怎么啦？啊？你们不能抓丁力！你们不能抓丁力！这事全是我一个人做的，跟他没关系，跟他没关系！……啊噢——”

随着一声惊人的野兽般的尖叫，欧阳云连人带板凳一起倒在地上……

二十七

因为过度冲动，欧阳云突然昏厥了。

她被医生抬走了。

可她倒地刹那间发出惊人的野兽般的尖叫声，却久久地回响在预审室里。

“啊噢！——”

欧阳云的尖叫声，在我的耳畔渐渐地被另一种难忘的叫声代替：

“咔噢！——”

那是秃耳朵的叫声。

为自己，为孩子，更为孩子的父亲发出的凄厉的、令人血液凝固的惨叫!

二十八

当欧阳云从昏厥中醒来，明白大势已去时，她几乎是从头到尾哭着对我诉说了以下的话：

“……我对不起丁力，我害了丁力。我之所以要主动承认是我杀的王少怀，就是害怕时间一长，你们会查出是丁力……我之所以要求死，是为了惩罚我自己！我没良心，我害了丁力！在这个世界上，只有两个人真正爱过我，一个是我的丈夫老高，另一个就是丁力！老高在世的时候，处处体贴我，没想到我们夫妻好不容易熬过了那个使老高备受摧残的‘文革’，好景不长，老高又病了。医院诊断是肝癌。他不服命，非要做手术。医院拗不过他，我也拗不过他，只好做了手术。手术后没几天他的病情就恶化了。当时只有我一个人照顾他，他的亲戚一个也不来，我要求双方单位派人来，双方单位也迟迟派不出人来。我只好请事假在家。这对我是一个打击，我觉得世上的人真是无情无义。这时候，丁力因为给我们家送煤，看到了我们家的困难。后来，他就常常利用下班的时间，来帮助我照顾老高，帮助我做些体力活。”

“终于，老高开始出现昏迷，临死前，他拽着我的手，让我一定要养好高原……我和孩子成了孤儿寡母，我在家照顾老高九个多月，单位只给了一个月的工资。这期间跟单位借的钱，抚恤金都不够顶。我拉着一个上学的孩子，手里没有一分钱，日子实在难熬。贫困使我不得已打主意让孩子退学当小工了。孩子哭着要上学……他说他不是因为懒不想当小工，也不是不心疼妈妈，他是想学知识……当我们娘儿俩正抱头痛哭时，丁力又来了。他把他刚拿到的工资，全塞给了我。他说，再困难也得让孩子上学，孩子上不了学，就对不起老高。他还说，他过去因为‘文革’，读书读少了，到现在还受人歧视。他不愿意看着高原也受人歧视。他这样一说，我哭得更厉害了……丁力同情我、帮助我，时间一长，我们就产生了感情。我感到生活有了指望。我特意去照相馆拍了一张彩色艺术照。我是为丁力拍的，但我当时却没敢给他。这事一想起来，我就后悔……我对不起丁力……丁力也是个苦命的人。在父亲死了以后，他一个人要养活没有工作的母亲，经济上一直吃紧，加上人长得黑，长得矮，又是送煤工，被人瞧不起，所以他一直也找不到对象。去年年底，丁力正式提出要跟我结婚，并且说他已经偷偷地准备好了结婚用品。我心里很矛盾。我知道他是真心爱我，我也爱他。可是，我们的岁数差别太大。我比他大六岁，又是个拖着孩子的寡妇，他母亲会同意吗？我的孩子会同意吗？社会舆论我们受得了吗？我强忍着内心的感情，对丁力说，老高刚死，这事先放一放。”

“今年春节，他又跟我提出结婚，我心里仍是顾虑重重，不知背着丁力流了多少泪，还是没有答应他。就在这个时候，王少怀突然闯进了我的生活里，我被他的花言巧语迷住了心窍。在这种关键的时候，我有了私心，我对不起丁力。我想，嫁给丁力不如嫁给王少怀。我孤儿寡母受人欺负，正需要一个有权有势的给我撑腰。王少怀是经理，说一不二，我有这样的大树好乘凉。再说，我们俩的年纪也相配。我决定等王少怀……可这个老流氓，他欺骗了我，玩弄了我……丁力跟我好了一年多了，连结婚的东西都为我准备了，可他从没动过我，连我的手都没摸过一下啊！……天杀的王少怀，他对我真下得了手啊！才一个多月，他就想甩掉我了！到了六月十日，我终于发现王少怀又看上金飞飞了，这才彻底明白自己受了骗！我恨啊！我哭得死去活来。就在这个时候，丁力来找我了。他追问我为什么哭，我说：‘我对你有罪，我对不起你，我没脸再见你了！’我哭着告诉了丁力。丁力一听，也哭了。我知道，他为什么哭。他是一个坚强的人。可是，他所爱的，他所追求的，都已经丢失了，而且永远也找不回来了。所以，他哭了。都是我辜负了他，都是我坑害了他呀！……丁力真是个好人，他哭了一阵后，抹抹眼泪对我说：‘我原谅你了！你生活不易，这都是为生活所迫。我们现在就结婚吧！一结了婚，就没人再敢欺负你了！’我哭着答应了丁力。我知道，这才是真正的爱，比金子还珍贵的爱！但是，我已经不配得到这种爱了。第二天，我去找王少怀，让他给我开结婚证明。王少怀一听就傻眼了。”

“我说：‘因为你对我不是真心的，我不愿意做多余的第三者、第四者！’王少怀一听就跟我瞪眼了。他说：‘你不要胡说八道！我没有和别人有什么关系。我不同意你结婚，不给你开证明！你不要再听别人瞎说，你多考虑考虑你的处境，现在马上就要调工资了。你想不想调？你要小心点！你还想让你儿子以后到公司来工作，你也得为孩子想想！’王少怀威胁完了，又说，让我十六日下午到丁字街去，他再跟我好好谈谈，他说婚是一定不同意我结的！我当时就同意了。我说：‘十六日下午我去，你带上我给你的信和照片吧！’王少怀答应了。我想，那天去，就当面揭穿他和金飞飞的事，跟他要回信和照片。回家后，我把王少怀不同意我结婚的事告诉了丁力。丁力说：‘欺人太甚！我谁都能原谅，就是不能原谅王少怀！’想不到，他就这样杀了王少怀！那天我去丁字街10号没见到王少怀。我就赶紧跑到绒线胡同去找丁力。”

“我想把没见到王少怀的事告诉他。我一到学校，刚好赶上下课。我一眼就看到丁力提着王少怀的黑皮包。当时我就被吓住了。丁力说：‘仇已经报了！’我说：‘你要为我报仇，也应该告诉我。’丁力说：‘不能告诉你！告诉了你，就成了合谋杀人，那样就要连累你了！’他怕吓着我，没具体跟我讲是怎么杀的。我们一直朝西走，走到了玉渊潭公园。我们在河边上，借着路灯打开王少怀的黑皮包一看，里面没有信和照片。丁力就把王少怀的黑皮包，连同管叉、衣服、鞋袜等一起，捆上石头，扔到河里了……丁力是为我杀的王少怀，责任在我！我已经坑害了丁力，我不能再坑害他了！你们要枪毙就枪毙我吧！我已经做好了死的准备。只有用我的死，才能赎回我对丁力的罪过；只有用我的死，才能安慰我负罪的心灵！舍此，没有其他路可走，没有其他路可走啊……”

二十九

根据丁力和欧阳云的供述，我们在玉渊潭公园的后湖东岸，打捞到王少怀的黑皮包，从中找到管叉及丁力作案时穿戴的衣服、手套等物品。

至此，丁字街血案真相大白。

我逐项填写了结案报告，将这一案件移送检察院审查起诉。

不久，检察院向法院提起了公诉。

一个月后，法庭宣布了判决：

丁力因故意杀人罪，依照《中华人民共和国刑法》第132条第53条第1款之规定，判处死刑。

欧阳云的行为已构成包庇罪，因情节较轻，所以免于刑事处分。

当张处长告诉我这一判决时，我问：

“丁力上诉了吗?”

张处长摇摇头。

我长长地叹了一口气。

我又问：

“欧阳云呢?”

“已经被释放回家了。”

我刚要拿起电话，想把这一情况告诉姐姐，电话铃突然响了起来。

是车道沟派出所打来的。

“什么……”我大声叫着，“你说什么?”

“欧阳云自杀了!”电话里又重复了一遍，“在她自己家里。尸体……”

“……”

我说不出话来了。

电话里还在讲。

我已经听不清是在讲什么了。

猫头鹰，你这是怎么了?

我终于听清了——

一声凄厉的、令人血液凝固的惨叫声，似乎从很远、很远的地方传来：

“咔噢!——”

（原载《啄木鸟》1984年第4期）

李迪，1948年11月生，北京人。中国作家协会会员，全国公安文联首批签约作家、名誉理事，中国报告文学学会理事。创作出版《丹东看守所的故事》、《警官王快乐》等中长篇小说、报告文学40余部。多部作品拍摄成电影、电视剧，荣获中国新闻报告文学金奖、“三个一百”原创图书出版工程奖、金盾文学奖等多项文学奖。写于上世纪八十年代的代表作《傍晚敲门的女人》相继在苏联、法国、韩国出版，开创了中国推理小说走向世界之先河。

枉然不供

王朔

韩健是个粗壮的矮个子，一张大嘴总是笑呵呵的，每天下班，甚至没下班——旷工也要和他的哥儿们、姐儿们一起去筒子河滑野冰。他嗜好滑冰，擅长滑冰，脚蹬细长锃亮的冰刀往冰上一站，总是感觉那么良好，身心舒畅。一旦两脚生风，高速驰行，泥鳅般穿梭于人群中，更有御风长啸、人莫予毒的快慰和自信。他的速滑是那样孔武有力、势不可当，以致当他突然矮了一截，迅即从冰上消失时，周围的人都没反应过来，仍然悠哉游哉地滑着，不时用倾慕中略带些困惑的眼神注视着他消失的冰面。

——韩健的头露出来，水淋淋的，脸上的笑容消失了，一副可怜无助的表情，他莽撞地一扑，随着“咔嚓”的巨响，冰层又一次坍塌，他再次沉入水中。

筒子河上一片惊叫，聚在一起的人们作鸟兽散，一些技高胆大、侠义心肠的小伙子则驰向冰窟窿，欲作援手。

韩健再次从冰水里冒出，沉重、绝望地扑向结实的冰层。冰层不再坍塌了，几个小伙子把呢大氅浸透水、比原来重了许多的韩健拖死狗似的拖出水面，撂在冰上，扶他站起来。

冷风吹来，韩健抖成一团，呢大氅上的水滴冻成冰凌。他嘴唇乌紫，牙齿打战，眼神惊恐。朋友们帮他卸去“铠甲”，一个朋友把自己的棉大衣给他披上，簇拥着他趔趔趄趄地向岸边走去，脚下的冰鞋成了累赘，一走一歪，使他不得不依靠别人架着走。他的女友和其他女孩子在岸边迎接了他，关切地询问他，他仍然惊恐万状，说不出话来，架着他的一个朋友笑着说：“他冻傻了。”女友愤怒地瞪了眼这个幸灾乐祸的家伙，同时不满地看着韩健，期待着他重新豪迈、乐观起来。难道最恰如其分的不该是以幽默的态度对待这种从天而降、猝不及防、人人都有幸遇到的难堪局面吗？

可韩健仍然是有点跌份儿地恐惧和筛糠。

“水下有……”他哆哆嗦嗦地说，“一具女尸，无头女尸。”

单立人知道“筒子河无头女尸案”，已经是下午快下班的时候。刑警队的那帮小伙子兴冲冲地戴帽穿大衣，奔下楼去把警车开出来，在院子里就把警笛鸣得“呜呜”叫，一溜烟儿地驶上大街。

单立人则慢吞吞地穿上没有任何标志的蓝棉大衣，带上门回家了。

他早过“不惑”之年，离“知天命”不远了。30年前从部队转业进入公安系统以来，他一步一个脚印地从派出所干到分局再到市局，户籍、治安、刑侦、预审无不涉足，威风也威风过了，厌烦也厌烦过了，现在就像一般国家机关资深的科员，精通本行，一丝不苟，上班来下班走，该干的干，该推的推，既无野心也不好奇，既不负责也不误事，像一部效率不高却十分可靠的老式机器，开起来运转自如，停下来一声不响。

从开始发胖他就不穿警服了，老是一身的确良蓝便装，一年四季不换。烟虽没戒掉，抽得也不多，有茶喝茶，没茶白开水也行。跟谁都是和和气气，对犯人也不例外。没事时，除了爱按摩自己的胖脸之外，其他什么嗜好也没有，完全是个地地道道的阔脸单眼皮扁鼻头，与世无争，安分守己，闷头闷脑过日子，放在人堆就找不出来的普通市民形象。

他离开了局机关，迎着北风费力地蹬着自行车，夹在蓝灰色的人流中往家骑，脑子里只有一个念头：早点到家，在暖和、热气腾腾的厨房掌勺烹调，然后坐在炉边美美地饱餐一顿，边吃边看电视（但愿今晚别四个台一起放破案片）。

他路过一家菜场，忽然想起家里大葱没了，便停下车，推车上便道，一边对迎上来要给他的车挂牌的存车老太太说："我进去瞅瞅就出来。"一边锁上车走进菜市场。他在蔬菜柜台翻拣裹着泥、夹着冰碴儿的大葱捆，邋遢的女售货员冲他吼："不许挑！"他不管不顾，照旧细致、内行地挑着大葱，终于挑了捆茁壮、没全冻坏的大葱扔到气呼呼地瞪着他的售货员的秤盘上，拍着手上的泥，斤斤计较地盯着秤盘星，掏出叠得整整齐齐的一叠毛票，一五一十地数给售货员，对售货员的白眼坦然自若。对一个每天触目皆是杀人放火、抢劫强奸的人来说，实在可以对一个售货员的侮辱漠然视之。

单立人当晚如愿以偿地吃了一大锅有肉片、白菜、土豆、粉条、大葱、大蒜的炖菜，看了两小时电视播放的京戏，便安然入睡了。

第二天，单立人踩着点儿到了办公室，刚沏了杯茶坐下，主管业务的副局长就打来电话，通知他局里决定让他参加"无头女尸案"的破案工作，他"嗯"了一声表示认可，放下电话又坐回自己的办公桌边吸吸溜溜喝茶。

穿戴齐整的青年刑警曲强推门进来找他，说自己将在破案工作中担当他的助手。单立人望了望这个见过面，但不熟悉的小伙子，宽厚地笑笑。

"要不要陪您去看看尸体？"曲强恭敬地问。

“不必了。”单立人说，“我去不如法医去有用，等着看尸检报告吧。”

单立人对死尸的厌恶和恐惧不亚于初学解剖的医学院女学生，年轻时他的这种恐惧曾长期被同事们当作笑柄。他之所以宁肯弃分局局长的官职不当，在市局机关屈就当一个小科员，可以不出现场也是一个小原因。

“小曲，”单立人对始终站着、一时有点手足无措的曲强倚老卖老地说，“我年龄大了，腿脚不利索，以后跑跑颠颠的事你就多干点，对你们年轻人也是个锻炼，有问题咱们再一起商量。”

“我多干点是应当的。”曲强满脸堆笑地回答，心想这位老先生真是典型的革命意志衰退，不让他退休留着干吗？

曲强接了案子本打算大干一场，现在的感觉是给窝囊住了，反倒无所事事了。尽管昨天已经参加了破冰打捞尸体的工作，他还是不甘心就这么待着，这会儿又驾车去了医院。

医院太平间负责人为他拉开了盛死尸的大抽屉，掀开盖在死尸身上的白布。死尸静静地躺着，因为没有头，显得无动于衷。尸体皮肤紧密细腻，乳房丰满而不下垂，一望可知是个年轻、窈窕动人的女子，可缺了头，美丽珍贵的身体变成一堆冷冰冰的器官和肢体。法医昨夜解剖了尸体，纵贯胸腹部的切口胡乱用线缝了起来，更使尸体丑陋、冷酷，令人惊心动魄。曲强疾首蹙额，长时间凝视着尸体沉默不语，最后示意把尸体盖上，垂头出了太平间。在开车驶过树木光秃、行人稀少、寒风劲吹的大街回局时，他脑海里总闪着一个漂亮长发女人在阳光中左顾右盼、嫣然而笑的头，犹如电视里洗发精广告上的那个女人。

尸检报告午饭前就送到了单立人的办公桌上，可他一直到吃完午饭，睡好午觉，下午上班时间到了才开始看，然后匆匆去会议室参加有局领导、刑侦、法医各方面专家到场的案情分析会。

根据法医对尸体骨骼的 X 光透视和乳腺切片检验以及对皮肤外观的观察，推断死者应是 25 周岁至 30 周岁的妇女，尚未生育；头颈部断面系死后伤，全身各部位完好，无外力打击及脏器致命损坏；胃内容空虚，无药物中毒现象；尸体腐败程度属早期。综上所述，可以确认这是一起杀人分尸的恶性案件，很可能是先击打被害人头部致死，然后断头移尸灭迹。专家意见认为，考虑到现在正值隆冬，气温、水温均为全年最低期，且断头时大部分血液已流失，尸体不易腐败，不能按常规推断死亡时间为近期。相反，因尸体在封固的冰层下面飘浮，去年冬天上冻之际应视为杀人抛尸日期的最大可能。

关于杀人第一现场在哪儿的问题，专家认为，从尸体不易搬运等因素看，应假定为本市，不排除筒子河周围灌木地带，虽然刑警队对筒子河周围地带的勘查一无所获。

局领导问老单有什么看法，老单表示同意诸位专家的分析。

“没什么说的了，现在应该动员各区公安局和派出所，在全市范围排查失踪女人，查明死者身份，同时继续组织人力在筒子河打捞死尸脑袋。”

“您怎么能断定死者就是本市失踪者。”曲强问，“死者一丝不挂，怎么能看出她是哪儿人?”

老单耷拉着眼皮儿说：“正因为无法断定她是哪里人，所以只能先从本市查起，总不能先从海南岛查。”

在散会回到办公室后，老单对曲强说：“通报各分局、派出所的事就劳驾你去办了。”然后拎上包回家了。

其后几天，曲强没白天没黑夜地忙，跑遍了10个分局，100个派出所，《日报》《晚报》，腿遛细了，轮胎放了炮，抽烟抽紫了嘴唇，熬夜熬红了眼睛，终于搞出一份厚达数百页的列有100多名一时去向不明的年轻女子的详细报告。他去办公室找老单的时间是17点过5分，老单已经准时下班了。曲强到局值班室查出老单家所在胡同的传呼电话，打过去，那边一个大嗓门娘儿们接了电话，毫不客气地告诉曲强，她也到下班的点了，“不管传”。曲强说自己是公安局的，那娘儿们说：“政治局的也不行，到点了就是到点了，这是制度!”不由分说挂了电话。曲强奔出大楼，开上警车直杵老单家。到了胡同口，拉响警笛，横冲直撞开进去。

老单正在家喝酒，和女儿怄气。上高一的女儿期中考试不及格，用攒的零钱去了趟兴城，海边上逛了几天，海没跳又回来了。这时，她正一副受尽虐待、为自己的民主权利斗争不顾一切的毅然决然相，同老单相持着。曲强进来看到的是脸红脖子粗、没好气的老单。曲强也没好气，特别是听到老单说："什么急事还找到家里来，上班的时候怎么不办?"

曲强忽着气把那厚厚一叠报告从公文包拿出来，放到杯盘狼藉的桌上那还算干净的一角。

"这是您要的本市失踪女人的名单和情况简介。我 5 点整去办公室找您，您已经不在了。"

"你要 5 点整去找我，肯定会在办公室门口遇到我，也许你的表慢了五分钟。"

老单托起那份沉甸甸的名单，只看到第一页第一个人名就火了。这正是他的女儿。他斜眼看看旁边坐着、表情坚决地大口吃饭的女儿，把名单揭下。

"这名单范围太广，你再重新核实一遍，不要鱼龙混杂，泥沙俱下。"

寥寥数语，使曲强几天几夜的辛苦前功尽弃。

"您认为我这个名单搞得不好?"

"水分太大，要挤干，拧干，像拧手巾一样。这么广的面，我们怎么能有效地抓住重点？我、你都不是三头六臂。"

看到曲强不吭声。老单又说："你也不要傻干，事必躬亲，打几个电话叫他们派出所去查，否则人没查出来，我们先累死了。"

老单把一脸不服的曲强送出门。暮色里，胡同里的闲人、孩子都聚在闪着灯的警车旁，默默、好奇地看着出来的曲强和老单。

"以后到我这儿来不要转灯拉笛摆阵势，唯恐别人不知道这儿住着个警察。"

"我觉得您用不着隐瞒自个儿的职业。"曲强边上车边说，"又不是什么不光明正大的职业。"

没等老单再开口，曲强一踩油门开车走了。

曲强又开始驱车往一个一个分局、一个一个派出所跑，甚至直接到失踪者家里调查，通宵达旦地坐在办公室里把那些失而复返、有了下落的年轻女子一一从名单上画掉。

这期间，东北发生了一起特大抢枪杀人案，三名凶手潜逃到本市，刑警队全部动员，在武警部队的配合下巡查全市大街小巷、所有旅馆，拉网搜捕。看到同事们每天荷枪实弹、耀武扬威地挤满巡逻车出动，战果累累，擒获颇丰（一些鼠窃狗盗之徒纷纷落网），曲强暗暗羡慕，深为自己枯燥乏味的文牍工作苦恼。他当警察是想轰轰烈烈干一场，可不是为了每天坐在屋里演算加减法。

曲强桌上的名单薄了下去，最后只剩不到十页，被证明确有失踪可能的仅有五人，名列榜首的是川湘餐厅 26 岁的女服务员刘丽珠。

刘丽珠，女，26 周岁，高中文化程度，已婚，家住东城豆芽胡同七号西屋。据其娘家、夫家人陈述：去年 11 月 20 日下午 6 时许刘从娘家蚊香胡同 68 号吃完晚饭出去，声称回豆芽胡同丈夫家，结果一去不返。两日后，其夫任北海去刘娘家查询，不得要领，旋去川湘餐厅打听，川湘餐厅经理称刘已两天未来上班。至此，刘的家属感到惊慌，即向当地派出所和市局治安处作了报告，11 月 27 日又在《日报》登了寻人启事，并向所有亲朋处写信询问，然而，一直杳无音信。

单立人仔细看了其余四人的简介，放下名单，看了看坐在对面的曲强，开口说：

“没有什么讨巧的办法了，走吧，咱们挨个儿拜访这几家人去吧。”

豆芽胡同位于老城区，房子还是前清时期的旧房，有些颓败，但并不妨碍主人在屋里设置新式家具和各种电器，刘丽珠家就是这样一个外拙内秀、家具电器堆得转不开身、透着幸福富裕气氛的小屋。她丈夫任北海是市电信局才华横溢、很有前程的年轻工程师，相貌英俊，举止潇洒，待客得体。但曲强仍对他印象不好，不能说是嫉妒他的得天独厚，应该说对他的脸上没有流露出一点理应流露的悲痛不满。

他们是在当地派出所民警的陪同下来到刘家的，任北海接到派出所的通知，专门请了假在家里等他们。

老单一进门就津津有味地看起墙上、写字台、床头柜——无处不在的一个漂亮女人的各个侧面、各种媚笑的彩色照片。

“这就是你媳妇？”

“是的。”任北海眼中悲戚顿生。

“长得不赖。”老单赞赏地冲小伙子点点头，“这样美丽的头颅简直可以当艺术品收藏了。”

任北海面如死灰：“您什么意思？”

老单同情地看看小伙子：“是的，她的头被人割走了，我们那儿只有一具身子。当然，不一定是你媳妇，最好不是，这需要我们核实——在你的帮助下，坐吧。”

大家坐下来，开始由曲强问了些任北海本人的一般情况，接着转入对刘丽珠情况的询问。

“你们什么时候结的婚？”

“三年前。”

“怎么认识的？经人介绍？”

“不，自由恋爱，自己认识的，嗯，在去餐厅吃饭时认识的——总是额外多给我上一道菜。”

“有意思，她对所有顾客都这么热情。”

“当然不，那样她们餐厅非破产不可，这种小恩小惠只施与她们喜欢、中意或者有用的人。”

“刘丽珠挺喜欢结识人？”

“这大概是她们的职业特点使然，我并不觉得孟浪、轻浮，实际上她给我的第一印象是落落大方，温柔体贴。”

“可以意会，如果也有人让我花一份钱吃双份菜的话。”

任北海不吭声了，曲强再问，他也不作答，显然曲强的揶揄惹恼了他。

老单插嘴问：“你们婚后感情怎么样？”

任北海低着头，点着一支烟，仰起脸：“不错。”

“当然，”老单由衷地说，“基础牢固嘛。”

“是牢固，”任北海傲慢地说，“可不是建立在一道块儿八毛的炒肉丝上。”

老单没理会任北海话里的挑衅味道，说：“你能不能给我们形容一下刘丽珠什么样？具体一些。”

“我很难表达得准确、客观，我不是搞文学的，再说情人眼里出西施，最好你们自己看照片。”

“我不是指照片那样的，我是问不穿衣服，光身子的时候是什么样，您不会有裸体照片吧？”

“你打听她光身子什么样干吗？这跟你的工作，人民警察从事的高尚、光荣的工作有什么关系？”任北海已经不仅仅不愉快，几乎有些气愤了，“这话要从大林嘴里说出来我倒不奇怪。”

“大林是谁？”老单好奇地问。

任北海鄙夷地一挥手：“邻居的一个小流氓，专干扒女厕所、女澡堂的勾当。”

曲强闻言脸红了，正要驳斥任北海几句，老单用目光制止了他。严肃地对任北海说：

“小任同志，希望你不要有什么误解，我询问你这个问题并不是出于低级庸俗的好奇心，恰恰是因为这个问题和我们正在进行的工作密切相关。我们来是要核实一具无名尸体是否是你的妻子，我们不认识你妻子，那具尸体又没有头，所以我们只能从体态寻求吻合，无论从哪个意义上来讲，我们的问话都是无可非议，光明磊落的。”

“对不起。”

“我觉得我们之间不应该存在任何敌意、腼腆、羞于启齿之类的不健康情绪，可以告诉你，在座的（老单毫不犹豫地把尚未谈恋爱的小曲及那个一声不响、年轻得像个孩子的派出所民警包括进来）都是结婚多年的，对女人身体已没有多余的兴趣。”

任北海看看三个骤然庄严起来的民警，不由肃然起敬。

民警们终于得到了任北海详尽、形象、细致入微的陈述，经过曲强对无头女尸的追忆，结论是：“极为相似。”

“最后还有一个问题，”老单说，“你们婚后在家做饭吗？”

“是的，”任北海干巴巴地说，“实际上在我们的关系确定并公开后，她也就无法再给我多上菜了，要知道每次我在餐厅出现，都会招致众目睽睽。”

他的话引起三位民警意外的笑容。老单笑着说：

“我并没有暗指你们会长期占公家便宜。我想问的是你做饭还是她做饭，抑或是分头、集体上各自的父母家蹭饭？”

任北海脸上也露出了笑容，掷地有声地说：“当然她做！尽管我是支持妇女解放的，但我也不同意用把男的变成女的作为这种解放的代价。”

三个民警，三个男人都对任北海的见解表示理解，深有同感。民警们在友好的气氛中与任北海分手，老单叮嘱他：

“这几天你不要动厨房的任何东西，我们很快派人来取指纹。”

刑事技术人员经过仔细搜索，终于在胡椒面瓶上取得一枚刘丽珠右手拇指指纹，经与女尸右手拇指指纹进行了比对鉴定，认定为同一枚。又经多次复核，确认无误，无名女尸就是刘丽珠。

刑事技术人员同时对刘家地面进行了血痕预试，反应阴性，基本排除刘家为杀人现场。

曲强精神焕发地来到办公室，笑着和老单打招呼，老单却愁眉苦脸地边喝茶边用手按摩着胖脸。

“我弄不懂您是怎么回事，”小曲不满地说，“该高兴不高兴，该发愁却又没事人一样。”

“有什么可高兴的？”老单说，“你也别高兴得太早。烦琐讨厌的工作还在后面，该排查凶手了。这刘丽珠干吗不是个家庭妇女，是个工人也好，偏偏是个服务员，我真怕她认识个几百人。”

“您的意思是凶手是她认识的人？”

“假定，如同假定死者是本市人一样，我们只能从她认识的人查起，另外，我不能想象一个临时见财起意、见色起意的流窜犯会那么费事地割下她的头，剥去衣服，抛进水里。”

“您认为谁嫌疑最大？”

“当然是她的丈夫。说来也怪没趣的，夫妻本是最亲密无间的，可一旦一方意外死亡，另一方就马上成为最大嫌疑，连过去那么疼姑爷的丈母娘也反目成仇。”

“我女儿就是让任北海那个挨千刀的杀的！”

刘丽珠的母亲，一个退休的餐厅服务员向毫无表情地坐在她对面的单立人和曲强哭诉。

“别看那小子装得五讲四美、人五人六的样儿，其实一肚子男盗女娼，背着人嘴脏着呢。喜新厌旧，满脑子资产阶级思想，只钻在他的专业里，从不学毛主席著作，不用毛泽东思想武装头脑的人怎么能不变坏？”

“您说他谋杀您女儿有什么证据吗？”曲强趁老太太抽泣的空当插话。

“他不肯要小孩。我早想抱外孙，可他却说趁年轻多玩玩，要个小孩多累赘，花言巧语，死活不肯让我女儿怀上，这不是憋着将来一脚蹬了她，无牵无挂另纳个小娼妇的坏？到底下了毒手，同志，咱们可千万不能让他得逞啊！咱们老辈人打下的江山可不能在他们手里和平演变，变得跟美国一样，美国不就可以随便乱搞嘛。谢天谢地，咱们生活在社会主义中国。”

“我问您的是您有没有您女婿谋害您女儿的具体证据？”曲强尽量客气地说，“譬如，他说过什么威胁性的话，实施过什么犯罪准备？”

“说过！”满脸鼻涕眼泪的老太太大声说，“我亲耳听到过他当面对我女儿说：小该死的，没人我再收拾你。”

“他说过这样的话?”曲强身子往前一冲，几乎不相信自己的耳朵。

“他是在什么情况下说的这种话?”老单缓缓地问，“用什么语气说的? 当时什么气氛?”

“当时他们小两口正在打闹，笑着说的。”老太太声音低了八度，旋又扬声，“他脸上笑着，谁知他心里包藏什么祸心? 有文化的人有几个不是笑里藏刀、口蜜腹剑，脸上一盆火，脚下使绊子?”

“您还觉得有别的什么人可能谋害您女儿吗?”曲强明显有些不耐烦了。

“别人?”老太太收住泪想了想，接着振振有词地说，“别人干吗要害我女儿? 我女儿脾性那么好，见人不笑不说话；尊敬领导，团结同志，爱护公物，干起活来又麻利又仔细，别人的便宜一点都不占。我从小就教导她，人最重要的是志气，人穷志不短，不是自己的东西给也不要，要好好学习，天天向上。别人全夸她，店里领导、同事、街坊四邻没有不夸她的——夸我教育得好。夸还来不及，怎么会害她? 害她除了任北海没别人。”

老太太又哭起来：“同志，你们可得给我做主，不能让姓任的小子逍遥法外。”

老单送老太太往外走：“放心，我们一定会抓住凶手，现在凶手是谁还不知道，任北海有嫌疑，但在没最后弄清事实前，您不要一口咬定就是他杀的，四处张扬，这样一不利破案工作，二影响也不好，你们将来的关系也不好处……”

“我女儿一死，我跟他小子恩断义绝!”

“最重要的是，”老单接着被老太太打断的话说，“指控一个人犯有谋杀罪是要慎之又慎、证据确凿的，是要负责的! 这关系到一个人的生命剥夺与否，我、你，每一个人都不能感情用事，妄加揣测或信口开河。我希望你节哀，相信司法机关的公正明断。”

老太太信赖地冲大义凛然的老单点点头，蹒跚走出几步，又转回来，对老单严肃地说：

“我女儿是共青团员，希望政府能记着这个，当成对罪犯加重处罚的事儿考虑。”

在办公室里，曲强摘下帽子，擦着额头上的汗，笑着对老单说：

“这老太太搅得我几乎要相信任北海是无辜的了。”

“我不能说他是有罪的，也不能说他是无辜的。”老单说。

“我知道你们怀疑我，我的岳母已经把我当凶手告发了，你现在看我的眼神就像猎人觊觎猎物一样。我知道我现在处境危险。英美法系是先假定一个人无辜，然后由检察官罗织有罪的证据。只要证据不充分，就仍然认为这个人是无罪的。而我们中国则是先假定一个人是有罪的，如果这个‘有罪’的人不能提出充分的证据洗清自己，那他就将是有罪的。尽管我是中国人，一个热爱祖国的人，我也决不隐瞒自己的倾向：我认为英美法系的思维逻辑是公正的，而我们的习惯想法带有赤裸裸的偏见。”

“首先，”老单待任北海的侃侃而谈告一段落后，字斟句酌地开了口。“我看你的眼神是简单的、一个人倾听另一个讲话并对这个人表示尊重所流露出的顺乎自然的关注，不包藏任何用心，如果没有什么异样，也只是因我老眼昏花，看人需要超出常人的聚瞳，并非说明我对你有什么先入为主的恶意，实际上我不妨告诉你，我倒乐意看到能最终证明你是清白的结果。‘罗织’与‘洗清’仅是措辞的不同，改变不了问题的实质，不管从哪个方向走下去，我们都必须接触到事实的真相，就是说完全客观、原始、未经过任何矫饰与偷梁换柱的证据。现在请你回答，去年 11 月 20 日下午 6 点以后你在哪里？在干什么？有什么人可以为你做证？”

“我在家，一个人待着，没接触任何人，当然，我家不够装电话的资格，也不可能有人在这段时间听到我在家讲话。”

“就是说除了你自述，没有任何旁证可以证明你在家？”

“可以这么说，没有任何旁证证明我在家或不在家！”

“下面我给你念一下同样居住在豆芽胡同七号院的李翠花大妈的证词：‘11 月 20 日那天晚上我印象很深，那天我拉稀，一会儿跑一趟茅房……我看到西屋没人，黑着灯，锁着门，一点声音也没有。半夜1点我再次出去上茅房，在院门口遇到任北海，他刚从外边回来，穿着大衣戴着围巾，看见我低头装没看见。他这人总是这么傲慢，街里街坊住着，平时见了我也不打招呼，好像跟我说话会玷辱他身份似的。丽珠那孩子比他懂事多了，对人和气，热心肠，我觉得姓任的不配她。他们两口子这阵子关系不好，老吵架，有时还摔盘子摔碗……’这都是离题话了，你对李大妈的证词有什么感想？”

“她说的全是事实，但是事实也不能证明我不在家。事实是我黑着灯，躺在床上，而且我家门是撞锁，从外面根本看不出屋内是否有人。她在院门口看见我正是我等丽珠等得心焦，放心不下，出门去车站等她没等回来，我当时没想到出门时也必须让拉稀的李大妈看到才稳妥。”

“你为什么要一个人黑着灯躺在床上？”曲强问。“6点，就是冬天也不是睡觉时间。”

“我累了，”任北海简慢地说，“干了一天‘四化’，累了。别说躺着，就是竖蜻蜓谁管得着？我是在自己家里。”

“这问题先问到这儿。”老单从容地说，“第二个问题：你和刘丽珠婚后感情到底如何？”

“一个字：好！就是吵架摔东西，也是透着好，透着恩爱，打是亲骂是爱。”

“我给你念一下居住在豆芽胡同七号北屋的王春花大妈的证词：‘这小两口刚结婚的时候倒算和美，有几个刚结婚时不和美呢？新鲜劲儿嘛。打去年下半年起，这小两口开始别扭上了，先是为鸡毛蒜皮的事拌嘴，接着越闹越欢，国庆节那会儿就大打出手了，整宿整宿地吵闹混打。不是我溜人墙根儿，爱听人家夫妻吵架，是他那话往咱耳朵里送，这么个小院，也不隔音，谁一吵架不出屋也听得清楚。我听到他们吵的起因好像是丽珠说小任在外面找了个，用老话说，破鞋。我信！男人都是禽兽，噢，我倒不是说您两位公安同志，您们跟凡人不一样。实话说吧，小任找这破鞋我还真见过，来过这儿，常来，开始我没介意，后来我就琢磨开了；为啥这小娘儿们总是趁丽珠不在家的时候来？为啥两个大活人一进屋就没了动静？可疑！丽珠这丫头可怜啊，寻了这么个坏枣，别看那坏枣念过大书，可心术不正，他瞧不上我们这些百姓人家，跟我们住在一起他嫌寒碜。有一次我家来客，我揪了他窗台上两头蒜，他就背后骂我老帮子，说跟我住街坊‘算倒血霉了’。损不损？有本事住中南海去，那儿没人揪蒜。要说他把小刘宰了，我信，老话说：蔫狗咬人。”

老单念完王大妈的证词，抬头看任北海，任北海脸上红一块白一块，半天，苦笑说：

“没想到大妈们早跟我这房前屋后张下天罗地网了。”

“王大妈所说是不是事实？”

“不是！纯粹是造谣诽谤，挟嫌报复。”

“小任同志，”老单推心置腹地说，“我希望你冷静一些，先不要急于否认，分清主次，认清利害关系，不要因为某些小小不言的难堪，就置自己于更大的被动。你现在当务之急是要澄清自己有无杀妻嫌疑，其余一切顾虑、难言之隐统统都需让路，我们对你的私生活不感兴趣，我们不是妇联下来的偏执狂热的卫道士，你所说的一切将受到我们永久、万无一失的保密。平心而论，男人有时产生的见异思迁并不罕见，我都可以理解，并寄予最大限度的同情。我也是从年轻时候过来的，不要认为上了年纪的人就一定保守、封建顽固。我年轻的时候也对自己的婚姻状况产生过不满，当然我没有你们现在某些年轻人的胆量，但也不是完全无懈可击的，这不妨碍我忠诚老实地为党工作。”

曲强忍俊不禁，任北海无动于衷，坚定地声称：

“第一，我不在犯罪现场，去年 11 月 20 日整个晚上在家；第二，我没有任何值得一提的外遇，具备因奸杀人的动机。你是你，我是我。我没有杀刘丽珠，一指头也没碰她！”

“收审算了，让丫姓任的牛×。”从任家出来后，曲强气愤地说。

“这小伙子在给自己找麻烦。”老单没表态，“大概他受到某种近似海誓山盟的重大承诺的约束，顾脸不顾命，作为一个中国人，我理解这种‘高贵’的情操，作为一个彻底的唯物主义者，我认为毫不可取。”

“我现在才发觉您不是个肉头。”小曲笑着说。

“我当然不是。”

“能不能给我讲讲你年轻时是怎么风流的？”

“不要胡猜，我刚才只不过是种策略：将心换心。不过，要是你请我喝顿酒，我可以向你披露一二。那是我当兵时驻地的一个渔家姑娘、民兵排长。”

老单陶醉地遐想，小曲哧哧笑着爬上警车。

“你开车慢点，坐你的车我的心脏病都得加重。”

警车载着小曲和老单，稳稳地行驶。

一个长发小伙子驾着摩托车从豆芽胡同出来，尾随而去。

“我叫大林，是来反映任北海的事。”长发小伙子正儿八经地站在接待室，对老单说。

“坐吧，”老单和气地说，“有话请说。”

“任大哥去年 11 月 20 日的确在家，没去杀嫂子，我可以做证。”

“你目睹了？”

“是的。”

“那请把详细情况讲一遍。”老单摊开讯问记录纸，准备记录。

大林却局促不安起来。

“我跟您说可以，您别记下来，这事您知道就行了。”

“这不行。”老单说，“这都是有规定的，记完了你还要签字，否则怎么能证明你确曾说过这些话？”

“我这算不算将功抵过？能不能对我免于追究？”

“你怎么啦？这里有你什么事？”

“本来我不想管这事，一说出来非把自己抖搂出来。可现在瞅着，我要不说，就没人知道，任大哥就得让你们给冤枉了。我大林这人没别的，就是仗义，宁肯别人不仁，不能咱自己不义；宁肯自己倒霉，不能见死不救。”

“你有什么话就放心说吧，如果牵扯你的什么不法行为，只要不是法律……你盗窃的数额大吗？”

“不，我从不偷东西，咱这人虽说不怎么样吧，偷可不沾。偷？不劳而获，那是人干的吗？咱大林这点原则性还是有的。我最恨小偷，每逢逮着就打个半死。”

“那你干了什么？”老单迷惑不解地问。

“我……”小伙子脸红了，羞羞答答的。“我有一个爱好，我自己也知道不太光彩，每回干了我都狠狠骂自个儿：真是畜类！可下回事到临头，又情不自禁，不去干就煎熬得受不了。您知道我没结婚，岁数也不小了，国家提倡晚婚轻松一说，咱年轻人身体发育可不按国家号召等到二十七八才全乎儿，要说这也是被逼的。我早想给中央写信了，不就是头疼咱中国人口多嘛，节育呗，大大的避孕套发下去，效果就有了，何必晚婚？瞎耽误工夫，毁我青春，社会上强奸发案率也降不下来。”

“你强奸人了？”老单吓了一跳，声音颤抖地问。

“没有，我知道那是犯罪，犯罪的事咱不干，咱没那能耐，咱这是有色心没色胆，光瞜一眼就能吓出一身汗。”

老单明白了，厌恶地说：“别兜圈子了，有话直说吧。我给你打保票，你这事算了，人民内部矛盾，不予追究。”

大林又欣慰又难为情，酝酿半天，鼓起勇气说：“那天，11 月 20 日，我天一黑就上屋顶窥探任大哥了。我一准知道他今晚有节目，我们住同院都摸着规律了，只要他晚上不开灯，那就是‘拔火罐’呢。果然我扒着房檐借月光那么一瞭，屋里两个人正热火朝天地干呢，任大哥劲大，足足两个时辰，我在房上都快冻成冰棍了还不见完，我得坚持啊。”

“那女的是谁？”老单公事公办地问，“你能认出来吗？”

“黑着灯我也就看了个大概，脸哪儿认得出来，都挡着。男的是任大哥没错，反正那女的不是丽珠嫂，他们俩我熟。”

“你以后规矩点。”大林把他的丑事陈述完毕，签字按过手印，老单训诫他。“挺大的人啦，别老干这猪不吃狗不理的缺德事，找个媳妇，让家里人帮帮忙。老这样对你自个儿身心健康也不好，丢人不说管什么用呀。”

“我是打算痛改前非。”大林认真地说，“您要不信您盯着我，再干把我手剁下来。”

“剁也没必要，盯你我也没那么大闲工夫，但你这事下回让人抓住，我非送你三年劳教不可。”

任北海的嫌疑排除后，侦查范围非但没缩小，反而扩大了，光是刘丽珠的电话号码本上就有上百个熟人电话，五行八作，三教九流，党政工农兵学商无不囊括。单立人和曲强咒骂着逐个调查排队，奔波取证，分析推断，将一般关系的和关系密切的区分开来，又从关系密切的人里甄别出在刘失踪前与她频繁接触的 30 个人，画掉其中 13 个女的，将其余 17 个男人中有劣迹的 9 个作为重点审查对象。经过反复核查，证明这 9 个人 11 月 20 日都没有犯罪时间，其中 5 个在牢里；1 个正在偷东西；1 个正在酗酒吵闹；1 个正在向妻子忏悔；1 个正在和哥儿们闲聊瞎侃。推而广之，剩下的 8 个“模范公民”经过调查也都不具备犯罪时间，4 个正在家里和妻儿父母怄气；2 个正在和别人的老婆幽会；1 个正在单位值班室闲得发呆；1 个正在足球场起哄。

“你还坚持认为不是流窜作案？”小曲问老单。

“是的，要是这样认为就意味着我们只得放弃侦查努力，坐等该犯因他案就擒后主动吐实，我认为我们漏掉一个人。”

“谁？”

“不知道。以我的经验，这时我们只要再坚持五分钟，再耐心等待五分钟，就会有新的线索出现。”

新的线索出现了。

一、据川湘餐厅服务员反映，去年 11 月初至发案前，有一个文质彬彬、中等个头的年轻男人屡次来餐厅就餐，每次都坐在刘丽珠服务的八号桌上，与刘有说有笑，十分亲热，照例恬不知耻地享受了一份钱吃双份菜的待遇。刘曾对同事讲，该男人为某电影厂导演，正在为其《男人中的女人》一片选演员。公安人员将刘丽珠“联络图”上全部 57 名年轻男人的照片一一摆在桌上请女服务员们辨认，结果被全部否定，一致认为：“没有一个像那个人那么潇洒的。”

二、刘丽珠的电话号码本末页发现一个无名的电话号码。

“什么人的电话号码才会不加注名字呢?”老单问小曲。

“容易引起他人注目带来麻烦的；意味着某种不可告人的秘密；极为熟悉、密切、刻骨铭心并达到高度默契的。一句话：一个关系特殊又特殊的朋友!”

老单和小曲对电影厂的调查是令人失望的，电影厂保卫部门介绍说，该厂从未拍过什么《男人中的女人》，去年年底倒是有一部片子名叫《男人上面的女人》，并把该片导演组的全体成员：两个导演，一个副导演，一个助理导演，两个场记统统找来请老单和小曲过目。导演们虽然都很年轻，也都很潇洒，遗憾的是：全是女的。这点本来早该从片名就领悟到的。

那个无名电话号码通过电话局查到了，也是非常令人莫名其妙的，是一个清洁车辆厂的传达室的电话。这个清洁车辆厂有职工近千人，百分之八十是年轻男人。

“您总不见得想把这千儿八百人再从头捋一遍吧?”去清洁车辆厂的路上，小曲怀着侥幸心理问老单。

“不得已，只能如此。”老单冷冷地回答。

“老天，我怎么干上警察这一行?”小曲痛苦地呻吟，一打方向盘，车画了个大之字形，差点开上便道，路边的交通警扬手把他们拦下。

“我们是市局的，有任务。”小曲有气无力地向交通警解释。

“甭跟我说这个，听见没？”交通警一脸不屑，一边刷刷撕着收据票，“就是局长他本人犯在我手里也得照章罚款，我不管你们有没有任务，全国人民都有任务。”

“这电话，是人就来打。”传达室的大爷说，“厂子里厂子外，我认都认不过来，都瞅着这儿不收费了，打起来那叫一个玩命，特别是那些小年轻，给对象打电话长聊，我是深更半夜不得觉睡。什么话不说？什么叫寒碜——不知道！电影电视里的爱情片酸吧？酸不过我这电话。这不，我京戏也不听了，相声也不听了，全改听这电话了，倒是个乐子。”

“那么有没有女的往里打电话？您一般给传吗？”小曲问。

“我传得过来吗？”老头说，“八百多个小伙子就得有八百多个姑娘成天打这一个号码，还不算一个找俩的。除了领导、公事，别的不传，叫多好听也不传。有的姑娘嘴可甜了，我说：‘别说叫大爷，叫亲爷爷我也不听那套。你这是用着我了，用不着，迎头撞上我，你也把我当老帮菜不带正眼夹的。”

“那么说，往里打是打不进来的——私事。”

“没错，除了我们传达室这老哥儿几个，别人只能往外打。”

“您这传达室的人里有没有年轻的？”老单问。

“没有！”老头一梗脖子，“年轻的稀罕干这个？都开公司当经理去了。”

老单和小曲笑了，接着发起愁来。

“不过，前一阵子我们这儿倒来过一个小伙子。”老头话又绕了回来，“年轻的，没干几天就走了。”

小曲精神大振，连珠炮地问：“去年什么时候？这小伙子长得什么样？叫什么？”

“去年下半年吧。”老头慢腾腾地说，“小伙子长得文质彬彬，中等个，叫李建平。”

李建平，绰号“大轴李”，32 岁，未婚，居本市东城头发丝胡同六号，1973 年高中毕业于本市女十四中，因逃避上山下乡被街道取消分配资格，一直无业，夏天卖冰棍，冬天卖糖葫芦。自1977年起，到某文学出版社做临时工当收发；1978年在某电影厂当夜间警卫；1979年到某美术出版社当管子工；1980年到某音乐学院当木工。调查中发现，李建平利用在上述文艺单位工作过熟悉情况的条件，常冒充文艺界人士在马路上骗取女青年好感，有轻微违警记录。1977年他在某文学出版社当收发时，曾冒充该社编辑约见投稿女作者和上门组稿，引起极大混乱；1978年在某电影厂当夜间警卫时，冒充导演去各歌舞团挑选女演员，曾在某歌舞团被识破扣留；1979年在某美术出版社当管子工期间，曾满大街纠缠女青年，找模特儿，口称："你可以拒绝我，但不能拒绝艺术。"多次被群众扭送派出所。

经川湘餐厅服务员辨认李建平的照片，确认其为常去找刘丽珠的"导演"。

李建平父母已去世多年，有胞弟一人，二人合住头发丝胡同六号南屋两间。两年前两个人因家庭琐事争吵，堵死间壁门。今年元旦期间，李建平一反常态，主动提出把自己住的较大的一间换给其弟结婚，并于当月调换就绪，其弟正在彻底粉刷李建平原住房间。据当地派出所同志提供的情况表明，李建平之弟有聚赌抽头、开黑灯舞会等不法行为。

老单和小曲又专门去头发丝胡同踏勘了地形，发现头发丝胡同毗邻筒子河，周围林木繁茂，若趁天黑无人，抛尸河内极为容易。六号院南屋为过去官宦人家所建，墙厚窗严，若在屋内杀人断头，邻居很难发现。

在局里召开的案情分析会上，大家一致认为，李建平与刘丽珠有近期交往，刘被害后又主动调换住房，假定李是杀人凶手，其原住房间很可能是杀人现场，现李弟正对房子彻底粉刷，现场很可能要遭到破坏，对头发丝胡同六号南屋必须立即进行勘验检查。为不失时机又不致过早暴露侦查意图，经研究决定：抓住李弟聚赌等不法行为，对其进行传唤，同时搜查其住宅。

单立人和曲强在派出所的配合下传唤了李弟，他供认了聚赌抽头、开黑灯舞会等违法行为，还交代了一起盗窃某单位电化教研室录像设备的犯罪事实。

刑事技术人员首先对李建平原住房间地面进行了血痕预试，发现阳性反应明显，但因粉刷房屋，洒满泥水粉浆，已失掉鉴定价值。此时，李建平的家具和其他物品已搬至其弟原住房间，其弟的家具物品及盗窃所得录像设备也因粉刷房屋存放在李建平现住房间，因此，同时搜查了李建平现住房间，除起出赃物，在李建平的写字台、书柜等白坯家具上还发现可疑血痕多处，有鉴定价值。

李弟供称，录像设备放在李建平房间是在其完全知悉内幕后明确首肯的。李建平还对搜查人员诡称录像设备是其个人所购，已构成窝赃罪。

局领导根据上述情况，同意进一步采取以下措施：一、立即将李氏兄弟收容审查；二、认真检验李建平家具上的血痕；三、查封他们的住宅，并进行彻底搜查。

市局的法医组成了专门的血痕检验小组，对从李建平的家具上提取的血痕进行了检验，判明均系 B 型人血，同时查明死者刘丽珠是 B 型血，而李建平本人为 O 型血，然后又将上述提取的血痕送请公安部某研究所鉴定，进一步判明为女性 B 型人血。

单立人坐在办公室里一只手按捏胖脸，另一只手翻拣着从李建平家搜出的记有川湘餐厅店堂电话号码的笔记本和一张去年 11 月 27 日载有刘丽珠失踪的寻人启事的报纸。

曲强推门进来：“李建平已经押进看守所，什么时候提审？”

“今天夜里。”老单闷闷不乐地说，“不能让他准备充分。”

“你情绪不高？”

“心里没底呀。”老单承认。“如果真是他作的案，那他对证据销毁得相当彻底。我们了解得太少，我们手头这点东西除了证明他的确认识刘丽珠以外，别的什么也不能证明。他和刘丽珠怎么认识的？他们之间发生了什么事？刘丽珠因何致死？我们一点都不知道，只有揣测推断，一句话说虚，他就会坚不吐实，回旋余地太小。你去抓他，他什么反应?”

“装傻，一副茫然的样子，很顺从。”

“我就怕这种外表温顺的人。”

夜里，衣饰仍然很整洁的李建平被看守带进灯光雪亮的讯问室。他注意到讯问台后面坐着的主审是个慈眉善目、好好先生模样的胖子，一旁记录的是到过他家的那个英气逼人的小伙子。

“坐吧。”单立人和气地说，指指台子上放的一包烟，“要抽烟自便。”

“谢谢。”李建平坐下，态度冷漠地说，“我不会抽，从小没染上这个恶习。”

“知道为什么叫你到这儿来吗?”在问完姓名职业、家庭情况后，老单把球踢向李建平。

“知道。”李建平也是一副坦荡的样子，“我被兄弟私情蒙住了眼睛，做了不该做的事情。”

“做了什么不该做的事情?”

“我弟弟粉刷房屋期间，同意他把盗窃来的录像设备临时放在我的房间，客观上起了窝藏赃物、包庇坏人的作用。这都是由于我不懂法，不学法造成的后果，给我的教训是很沉痛的，我愿意接受政府的处分。”

“愿意吸取教训这种态度很好，要求得到政府的宽大处理，就要彻底坦白交代，遮遮掩掩，吞吞吐吐是没有用的。”

“我会合作的，有一说一，有二说二，不隐瞒，不妄言，请您问吧。”

“什么叫我问?既要争取个好的态度，你就主动说。”

“我弟弟他除了盗窃行为，还经常在家聚众赌博，甚至有时带一些不三不四的女人来家里举行舞会，夜里就都住在一起，为这事我说过要他注意影响，可他不听，我们还吵过一架，后来我见劝阻无效，就采取了消极的做法，把间壁门堵了起来，只是自己洁身自好，没有向派出所报告，客观上起了纵容他的作用。我当时的错误思想是：不管怎么说，弟弟总是弟弟，父母去世早，只有我们俩相依为命，能教育尽量教育，不能轻率走极端。”

“难兄难弟！”曲强冷笑一声，“你还挺有主见，干脆把我们公安局的牌子摘了挂你屋里吧。”

李建平低下头，半天没吭声，接着昂起头：“我希望主持讯问的同志不要用这种口气说话，你以为我听不出这是嘲讽吗？嘲讽人人都会，特别是处于您的地位。我是犯了错误，这点我不否认，但我仍是中华人民共和国的公民，我的公民权利还没被剥夺，我有权要求别人对我尊重。你们代表政府，更应该严肃认真，你们不能指望我听到拿我真挚的亲情关系开玩笑的话无动于衷。”

“对不起，”老单说，“我向你道歉，并向你保证，我们的讯问将是严肃认真的。但要向你指出，你刚才的回答是避重就轻、不着边际的。你的错误并不是对你弟弟教育不周，我们叫你来也不是你弟弟牵连了你，你心里应该清楚你有什么问题。我们想听的是这个，你弟弟的问题他自己会作交代的。”

“我没有什么问题，虽然我家境并不宽裕，生活也不顺心，但我自认为我是能在逆境中严格要求自己的。不义之财，分文不取；非分之念，从不萌生；虽无惊天地、泣鬼神、利国利民的大功德，也是乐天敬业，不越雷池一步。我的生活信条是：达则兼济天下，穷则独善其身。胸怀坦白，问心无愧，夜道遇鬼胆气壮，半夜敲门心不惊。”

“真是这么清白吗？”

“到阎王老子那里，三曹对案，也是这些话。”

“那么你最近又找什么女作者约稿了吗？”

李建平的脸腾地红了。

“还是去哪儿挑女演员了？”

老单这句话一出口就有些后悔了，这句有重要暗示的话与前句同样涉及隐情的话叠问，冲淡了如雷轰顶的效果，甚至会使李建平重新找到立足点，合而为一，打马虎眼，继续使讯问停留在琐碎、微不足道的一般问题上。

李建平果然很快镇定下来，道貌岸然地开了口：

“我承认我年轻时候荒唐过，至今想起仍使我脸红，谁不是从年轻时候过来的？谁没有过充满浪漫想象的年龄？是啊，那时我很幼稚，又很自傲，狂热地认为自己没有办不成的事，认为自己将来必有大成就，天生我才必有用！认定一切机会都在等着我去利用，可事实与我的理想差距是那样大。我聪明、好学、富有才智，但我生活在社会底层，一个可怜、卑微、仰人鼻息的临时收发员，那种辉煌、具有丰盛精神享受的生活纤毫毕见地展现在我眼前，伸手可触，却又那么高不可攀，无径可寻，我渴望与人交流，进行充满智慧、哲理、风趣，能使双方获益匪浅、怦然心动、豁然开朗的倾谈。我孤独，胸中壅塞如坝横长河。可没人会注意我，没人会关心一个衣衫破旧的收发员是否盈盈欲滴。人们趋炎附势，直奔簇拥最亮、最夺目的星座，灿烂的星又是那么多，如银河下泻，哪有我插足、亮相的余地？我实在是太渺小了，只有粉墨登场，拉大旗，作虎皮，出此下策，炉存似火，聊胜于无。当然，随着开头的一帆风顺，势必走向出乖露丑、活现眼前，终被人所不齿。”

李建平眼里闪动着从哪种意义上说都是真诚的泪花，鼻腔堵住了。

老单蓦地发现自己开始同情他了，连忙克己，压下去这股油然而起、只会使自己的理智受到干扰的感情潜流。

“社会的不公正，机会的不均等，命运的捉弄在任何时候都是存在的。这并不能作为使卑鄙的行为变得正当的理由，正如姚锦云十恶不赦的行为并未因其事出有因而受到法律和人们的宽恕一样。从这点上说，社会是无情的，它所制定的规范律条，所维系的秩序是铁一般不可动摇的。”

“我同意。”李建平说，“虽然我之所以摒弃那种生活，返璞归真，从冒险家变成一个淡泊自持、清心寡欲的人并不是出于对触犯法律的恐惧，而仅仅是出于道德上的自省和良知的发现——我明晰法律许可的范围，从未使自己的行为超越一定限度，就是说若以犯罪与否论处，我是无懈可击的。”

“未必，”老单加重语气，“未必！首先冒充国家工作人员招摇撞骗就是刑法所列罪行之一。《刑法》第166条并没以是否牟利或其他例如诱奸作为构成该罪的必须条件，仅招摇撞骗行为本身一实施即可视为犯罪，所以你并不是安全的，况且你也不是像自己所说那样幡然醒悟、洗手不干的。我们有证据证明，就在最近，你还故技重施，冒充过你很熟悉但并无资格、从未干过、对年轻无知的女性有着莫大吸引力的某一职业的人，从事该职业的人毫无疑问应被视为国家公职人员。

“你指什么?”

“你自己清楚。你并不是你大肆渲染、描绘、想强加给我们的那种知书达礼、有着高尚理想和追求、只是偶尔愤世嫉俗、行动出轨的下层小知识分子的形象!”

李建平此刻不再挑剔、反驳，只是正视老单和小曲，眉头微皱。

第二天，老单拿到李建平交上来的蒙骗过的女青年名单，发现上面没有刘丽珠，这正说明他对刘丽珠讳莫如深。他急急找到小曲，叫他带些人，把名单上的张丽、李萍、赵红、白玲调查一遍，重点了解李建平和她们的关系，特别注意有无诱奸、强奸及惯用手段等。他自己立即提审李建平之弟，从另一个侧面了解李建平的日常生活习性及不法行为。

李建平之弟供称：其兄平时深居简出，对个人物品管理极严，凡抽屉箱柜均上锁，也很少与自己谈论个人私事。二人合住期间未发现有留女人奸宿；分居后，二人来往更稀少，但有几次其弟早起，发现有女人自其兄屋内匆匆而出。对刘丽珠的照片感到陌生。问及去年11月20日其兄的动向，李弟自称那几天在别人家通宵达旦赌博，不知其详。

曲强对女青年的调查也无甚收获，多数女青年说李是个“神叨叨”的人，少数称已无印象，全体女青年均否认与李有肉体关系。

给女青年们排队时发现一个有趣现象：李在1980年前结识的女青年多为未婚年少者，而1980年后结识的女青年全部是已婚少妇。

“你这几天考虑得怎么样？”单立人和曲强再次提审李建平。

“我翻来覆去检讨了自己的一生，认定自己是清白的，除了为虚度光阴、老大无成而嗟叹，并无心惊肉跳、大奸大恶之事。”

“这么说我们抓你是抓错了？”

“你们自己清楚，应该有正视错误、修正错误的勇气，亡羊而补牢，未为迟也，我是不会计较的。”

老单和小曲都笑了。老单说：“你不觉得自己太天真、太笨拙了吗？这话应该我们对你说，当然，你的事不是什么错误了。早坦白早解脱，一意孤行，一条道走到黑，恐怕只能使自己抱憾终生。”

“你不要威胁我，我这个人是早把生死置之度外的，民不畏死，奈何以死惧之？”

“不要说大话，命如朝露，弃之亦不复来。这几天我们按你的交代做了些调查。”

“我相信您不是尸位素餐，占着茅坑不拉屎，终日只知吃干饭的人。”

“我们发觉你的态度不老实，交代的那些人都是无关痛痒的。”

“这不正说明我的清白无辜。我与那些女孩子的交往仅限于精神境界，难道还非要我杜撰出什么和我有不法关系的人吗？你们要是爱听，换个场合，譬如坐在酒馆里，你们付钱，我倒可以编编，现在我没心情。”

“你和那些女孩子一般都在什么地方交往？”

“她们的宿舍、公园、饭馆，当然都是高尚的场所。”

“带没带个别………情投意合的去过你家？”

“没有，我很在乎保持一己清静之地，不会让那些庸俗、势利的女人去玷污。实话说，向往艺术的女孩子没有几个不是低级浅薄、俗不可耐的。”

“你的意思是说，但凡带到你家里去的都是趣味高雅、才华过人的?”

“不，我的意思是我从未带人去过我家——女人。”

“那就不对了。”老单不满意地指出，“那些早上从你房里偷偷溜出去的有着长发和丰满身体的是何许人？嬉皮士？神仙？你的弟弟，与你仅一墙之隔，双眼视力均在1.5的亲弟弟白日见鬼了？还是你撒谎?”

李建平紧闭嘴垂下头。

“你还否认你和某些女人有不法的奸宿关系吗?”

李建平神色黯然，半响长叹：“众叛亲离，落井下石，自古亦然。不，我不否认，君子之过，如日月之蚀。”

“是君子之过还是小人之罪，自有公论，现在你需要交代你和这些高雅的女士的关系及她们的姓名。”

“决不！我有权保留自己私生活的秘密，我的爱情生活与对象神圣不可侵犯，决不会讲出来让你们当笑料。”

“你必须讲！请你注意，我们是代表公安司法机关对你进行合法的讯问，根据《刑事诉讼法》第64条，你有义务如实供述涉及你的一切。”

“正是根据该条款，我拒绝回答与本案无关的问题。”

“不，我所问及的恰恰是本案的关键所在。”

李建平拒不回答。

“我在等你。”老单说，“你在浪费时间。”

李建平仍不回答。

“你的态度将被视为抗拒讯问记录在案。我提醒你，你的抗拒是无济于事的，在我们扣押的物品中有你的笔记本，通过它我们可以找到所有与你关系暧昧的女人。”

“随你们调查好啦，她们若说是她们的责任，我不放弃自己的承诺。”

“你的缄默已作为抗拒讯问记录在案。下面我们问下一个问题，你是否认识刘丽珠?”

“刘丽珠?”李建平思索片刻，否认。“不，我不认识，我认识的人中没有叫这个名字的。”

老单出示刘丽珠的照片，李建平趋前端详，接着退回原处：“不认识。”

“再好好看看。”

“不用看了，不认识。”

“我们有100个人可以证明你认识她，而且你的笔记本里也有她的电话号码，你白吃了那么多次饭，你不记得别人，别人可记得你。”

看到李建平不出声，老单又说：“怎么样，是你自己承认，还是我们请来证人逼你承认？我要是你，我就决不否认不可否认的事实。”

“我承认，我认识这个女人。”李建平说，接着反问，“认识她又怎么啦？她出什么事了？”

“你心虚了？怎么想到她会出事，出什么事？”

“我怎么知道？我才不心虚，只是对你们苦苦逼我承认认识这个女人感到纳闷，我和她是一般认识。”

“怎么认识的？都有什么来往？”

“想不起来了，谁有工夫老去想这些平凡庸碌、举目皆是的女人。”

老单看看手表：“现在是半夜12点，给你两个小时，好好想想。”

“你们不能不让人睡觉。”李建平急了，“还讲不讲人道主义？”

“怎么不讲？”老单慢条斯理地说，“我们讲的是革命的人道主义，没打你没骂你，给你饭吃，虽说睡得晚点，可我们两个人都在陪着你。你要想早点回去睡觉，那就痛快讲嘛，主动权全在你手里。”

老单给自己和小曲各沏了杯酽茶，抽着烟，悠闲地低声议论起局里最近的人事变动。

“我实在记不清了，”李建平愁眉苦脸地说，“好像就是吃饭认识的，没有什么其他接触，这都是很早以前的事了，真的，我要记得我就说了。我有什么好瞒的？那么多人都告诉了你们，何苦这个不说，我跟她又没什么事。”

“我认为你恰恰这个不愿意说，这也正好证明了你跟她并不是‘没什么事’。这时间过得并不久，就在去年年底，你不是还经常去找她?”

“我哪是去找她，我是去吃饭，那个餐厅的服务员我认识多了，差不多一半。要是其中哪个出了点事都找我，我顾得过来吗?”

“不是出了点事，而是出大事了。”老单开宗明义，亮出底牌，“刘丽珠死了!”

令人意外的是，李建平竟没露出任何失态：“她死活跟我有什么关系？就因为我认识她？难道她只认识我一个人?”

“这事巧了，你认识的一个人死了，被人谋杀了，还偏偏在你家发现了和死者血型相同的血痕。”

“胡扯、妄断！纯粹是天方夜谭。”李建平神经质地笑起来，“我会杀人？一个老实胆小、手无缚鸡之力的人会去杀另一个跟我毫无利害关系的人？这简直是笑话、丑闻，是你们这些迫害狂的异想天开。我为什么要杀她，葬送自己？这事说给谁谁也不信，这不符合我的性格，我的审美，我的价值观。我不是铤而走险的人，

事实上我也不缺女人，尽管有些女人对我不公正，我也从不记恨，更不会想到会去毁灭一个美丽的女性，毁灭美？那是天大的罪孽。我爱自己胜过一切，没有任何人的生命抵得上、值得我为之置自己的安危于不顾。你好好看看我，别带成见，平心静气地看看我，我像杀人犯吗?”

“没什么不像的。”老单冷漠地说，“杀人犯又不像白痴有特殊的、典型的外貌特征。”

“你是一个多么冷酷的人呀，没有任何感情。”李建平面露痛楚地说，“我为我的命运掌握在你这样的人手里不寒而栗。”

“关于我的为人，可以留待以后专题讨论，现在还是让我们继续来搞清你的为人吧。去年 11 月 20 日你在什么地方？在干什么?”

“记不得了。”李建平喃喃地说，“我现在脑子很乱，不能想事。”

“你静下来好好想想你那天都干了些什么，有何人可以做证，

这对你来说是很重要的。”

“如果我回忆不起来，又无人可以做证，那又怎么样？”

“怎么也不怎么，那就意味着假如你是凶手，你就有作案时间。”

“这么说刘丽珠是那天被杀的。太可怕了，一个人如果说不清他过去岁月中某一天的去向，就要被认定为杀人凶手，这是什么逻辑？又是什么法则？公民的幸福保障安在？一个孤独、没有朋友、单身居住的人岂不是每时每刻都要沾上一桩莫名其妙杀人案的嫌疑？这么说，只有每天从早到晚待在熟人中间，不停地说话，连上厕所也要拉上个伴儿才是安全的啦？”

“你这种担忧大可不必，构成杀人嫌疑的因素不是单一的，司法机关也不会单凭一件孤立的证据给人定罪。你还是把关注的重点落回到自己身上吧。”

“我有个请求，”李建平说，“鉴于这件事的认定是如此事关重大，而我自己现在的精神状态又极为糟糕，恍惚紊乱，不能自主，我请求让我回牢房去写而不是现在就说，这同样是为了证据的准确有效，排除无辜，缉拿真凶。”

“可以。”老单同意，“你要实话实说，不要耍滑头，那样对你不利。”

“这是不言而喻的。”李建平说，“我不会拿自己的性命开玩笑。”

“整个11月的活动都要写，按日期列好。”

李建平被带下去后，老单和小曲立刻同时显出疲惫不堪的样子。

小曲说：“他不会实事求是，痛痛快快交代的。”

“当然，我对此根本不抱希望，这不是个省油的灯，也许我不该过早提到刘丽珠之死。”

“我看出来了，无所谓。如果我们不主动提到，这家伙会永远跟我们在枝节问题上兜来兜去。你真有涵养，能忍得住那家伙的胡说八道，瞧他那副故作正经、大发议论的样子，我真想四马攒蹄给他吊到房梁上，杀了人还跟咱们谈人道主义！”

“抓紧时间睡会儿吧。”老单闭着眼睛说，“我累坏了，烟抽得太多。”说着他咳嗽起来。

李建平交上第一份煞费苦心、工工整整、充满自我标榜的日程表。

“11 月 1 日，全天在清洁车辆厂值班，晚上回家，独自一人看斯大林著《列宁主义问题》至凌晨就寝。

11 月 2 日，全天在清洁车辆厂值班，晚上回家，独自一人看黑格尔著《哲学史演讲录》至凌晨就寝。

11 月 3 日，全天在清洁车辆厂值班，晚上回家，独自一人看毛泽东同志著作《论持久战》《敦促杜聿明等投降书》至 10 时就寝。

“11 月 4 日，休息，全天在家看书，计有《资治通鉴》第九卷；《实用心脏病学》；《中国古代兵法选》；《一八七一年公社史》；《了解你的基因》；《食在广州》；《全国铁路列车时刻表》。晚上去‘群众影院’看电影《主犯就在你身边》。”

……

11 月 20 日上午在清洁车辆厂上班，下午请假去‘美琪’浴池修脚，晚上去二百五十中学听吉他速成课，夜 9 时归家途中遇一迷路老人，状极可怜，生恻隐之心，主动护送其回善良路 412 号老人家，谢绝老人家属挽留，愉快步行回家，到家 12 时半，上床安然入睡。”

经查，11 月 20 日晚，在二百五十中学上吉他速成课的 37 人中，有四人是清洁车辆厂工人，与李认识，四人均表示那日上课没见到李。

善良路住户门牌到 411 号即截止，再过去只有一公共厕所。

李建平旋又提供第二份日程表，称自己 11 月 19 日晚在“光明电影院”看夜场电影《马可·波罗》至清晨。

经查：“光明电影院”放映《马可·波罗》为 11 月 19 日星期

六夜里，20 日放映的是旧片《欢天喜地对亲家》，没有夜场。

在依据笔记本提供的线索核查李建平姘妇方面也取得一些进展，共查明李建平曾与四名有夫之妇有奸宿关系。四名妇女在要求保密的前提下，都进行了较为详细的陈述，使办案人员对李的行为个性、惯用手段、心理状态都有了更加全面的了解。

女甲："我是被骗的，我与李是在前年夏天买啤酒加塞儿中认识的。李经常向我吹嘘他出身名门，家里有的是钱，就是没处花，说要送我串珍珠项链，说我的脖子、胸脯长得是那么科学，美中不足的就是略显光秃、呆板，'要是配上串珍珠项链就旖旎了'，这是他的原话。也怪我理论水平低，没有辨别真假马列主义的能力，就信了他的，跟他到他家去取项链，结果遭了他的毒手。更可气的是那串项链，我戴回去给别人看，别人说是假的，是化学的。我恨死李建平这个言行不一的骗子了。我平生最恨的就是欺骗，我认为骗是最大的恶行，党中央不也号召我们实事求是吗？我们中国的事情搞不好不就是因为很多人不讲实话，有李建平这样的人存在。我对李建平受到应得的惩罚拍手称快，人民政府又为人民做了件好事，你们辛苦了，同志。"

女乙："我和李建平的爱情完全建立在双方自愿的基础上，这完全是我们两个人的事，跟别人，即便是公安局的，也毫无关系。我们从前就认识，当然我完全想不起来，是他有一天在马路上大方地提醒了我。今天我也不后悔我和他有过的那段关系，即便你们告诉我他不是导演，是清洁车辆厂的临时工，也不能动摇我的感情，也丝毫无损于他留给我的不可磨灭的印象。我认为你们怀疑他是流氓成性的杀人犯，纯属诬陷，是一起新的冤案。他是个了不起的人，才华横溢，气度非凡，就是今天我也认定他将有大出息，是我们国家百年不遇的天才人物，是我们'四化'建设中急需的那种人才，他将来要当了政府总理，我一点不会吃惊。你们应当爱惜他，保护他，可你们干了些什么？你们是在蓄意毁掉他的前程，我对你们的无耻行径感到气愤，你们休想从我这儿得到一点不利于他的证据。我决不能同意你们把我和他之间发生的高尚、纯洁的情感和友谊说成流氓鬼混，就是对我丈夫我也敢这样说。你们别再费劲了，应当立即、毫无保留地释放他，并为他恢复名誉，否则我要到上级纪检部门控告你们徇私枉法，滥害无辜。”

女丙：“我和他的关系没什么好说的，就是一般互相满足纯生理需要的关系。不用你们告诉我，我也知道他跟我说过的话没一句是真的，姑妄听之，反正我又不想从他那儿得到什么，而身体是不会欺骗人的。我丈夫是个无能之辈，但我爱他，和他离婚我也未必能找到一个比他更强，更完善的人。哪有十全十美的人？一个人有一样擅长、具备特色就可以了，完美的感觉来自综合，应该善于调剂、取长补短。对李建平来说，与其说他迷惑了我，不如说我主动俯就他，各取所需，皆大欢喜，他没有也不应该负有罪责。对于他目前的处境我很同情，希望你们不要过分难为他，起码不要因我的缘故加重对他的处罚。”

女丁：“我觉得我应该算作被他强奸的。我是在舞会上和他认识的。那天他穿得像个正人君子，人也很风趣，很会恭维人，我明白他有点言过其实，我有自知之明，知道自己充其量也就有一二分姿色，可谁不爱听点好话呢？人非圣贤，孰能无过？我也不例外。但我发誓，那天我去他家完全是光明正大地串门，我根本没把他当一个男人，一个危险、欲火中烧的男人。我有个习惯，总是把熟识的男人当成中性，同事、领导、朋友都一样，因而和他们都是无拘无束、没遮没拦的。这不能说我轻浮，只能说我对人一片诚心，心眼实在，我们社会不就需要这种淳朴、人与人之间开诚相见的气氛吗？当他开始说疯话、动手动脚时，我吓了一跳，几乎不能相信这是真的。我反抗了，真的反抗了，我推他肩膀，跟他说我不愿意，这样不好，这样会把我们的关系庸俗化。可他不听，让我‘少来这套’。我有什么办法？我总不能像泼妇那样大吵大嚷，又撕又咬，闹得沸反盈天，我做不出来，他倒做得出来。后来我哭了，骂他坏，说我永远不想再见他了。他满不在乎，嘻嘻笑，一副厚颜无耻的嘴脸，过后又老给我打电话叫我去。我每次去都想这次一定要跟他好好谈谈，让他改邪归正，既然我们都知道这是不光彩的事，何必去做呢？可我说不过他，每次倒让他说得我哑口无言。我很苦恼，想到了死，又一想为这事死岂不是轻如鸿毛？后来我们不再见面了，可能他觉得惭愧了，觉得对不起我，不好意思给我打电话了，我给他打电话他也没脸再接，就这么断了。我始终觉得当初要是我再坚决、顽强点就好了，他也就不至于犯错误，越滑越远，终于到了站在人民审判台前的这一天。”

“我不知道世界上还有多少这种自我感觉良好的蠢女人。”老单看完四个少妇的陈述材料对小曲发表自己的感慨。

“对这些傻娘儿们的鬼话、废话我一句也不想多听，只能让我恶心。”小曲说，“但至少一个人讲的情况我们可以利用，那就是我们这位风流倜傥、潇洒俊逸的李建平在女人不肯乖乖就范时会毫不犹豫地采取强制手段，他的性格中有暴烈、冲动、不计后果的一面。”

“是的，像他那样屡受挫折，到处遭受白眼，在大多数场合敢怒不敢言，弦已经绷得太紧的人会骤然因一点小小的不如意大发作的。”

单立人再度提审李建平时，用铁一般的事实迫使他承认了确曾“纳人之妻”，但没能使他承认这是一种犯罪。他说自己的所作所为符合“发生婚外性关系的双方或一方有配偶并具有感情色彩”这一“通奸”的定义，而通奸我国刑法并未视为犯罪，仅是一种不道德行为，只应受到行政或纪律处分。这个能言善辩、巧舌如簧的家伙还矢口否认了自己会“害人之妻”。他说老单的推断是缺乏逻辑、一厢情愿和站不住脚的，在对甲的强奸行为（且不论这种一面之词是否属实）和乙的被杀之间没有必然、因果的联系。推理和想象只能存在于文学，不能移植于司法实践，“不管哪个，多么偏袒的法庭也不会接受推理结果为定罪证据的。”

事后小曲责怪老单没有使用最有力、最致命、最难以申辩的证据：出现在李家的 B 型女人血的事实，穷究其竟。

老单回答：“对这样一个狡猾、顽固的对手，我不得不谨慎，不能把所有牌同时打出，我要保留最后一招撒手锏。况且仅仅孤立地发现B型女人血，并不能就此断定这血就是刘丽珠的，就是致她命的，要和其他证据结合起来看才有效力。我在等其他证据，我不信我们搞不到其他证据了，让李建平先得意去吧，一旦证据充足，我就要在他头上投下一颗重磅炸弹，一颗无法回避、威力无比的炸弹。我要把网编得结实一些，密一些。

春天到了，冰消雪解，大小湖泊无不柳浪翻飞，碧波粼粼，油漆一新的游船也都下了水，四处徜徉。

一个夜晚去筒子河偷捕鱼的人一网下去，捞上来两尾大草鱼和一个帆布书包。书包鼓鼓囊囊，打鱼人解开书包扣，倒出包内物品，从一个张口的塑料袋里骨碌碌滚出一个烂得发臭的离体人头，停在草地上，在朦胧的月光下狰狞地望着打鱼人。那天晚上，筒子河周围的住户都听到了一声惨绝人寰的悸叫。

市局刑侦处接到报告赶到现场，勘验检查发现：一、装人头的书包为本市帆布制品厂生产的大号帆布书包，塑料袋为“青松”时装店制作出售的“青松”牌法兰绒西装上衣的包装袋；二、离体人头有烫发，发长15公分，一触即脱落，脸面表皮全部剥落，五官塌陷变形，断面有皂化现象，颈部自第六颈椎处断离，有锯齿状切痕。牙齿28枚，齿缝较宽，上颌两门牙内倾，头颅的前额正中、顶后正中、左右顶部有多处钝性创口，两侧颞肌有出血现象，左颌顶骨有粉碎性脱落性骨折；三、口腔内塞有军用袜子一双；四、包内有白薯六个及普通红砖半截和若干碎石子。

法医勘验检查：综观头颅主要特征、性别、年龄、发型、脸型、牙齿、血型等，均与刘丽珠相似或一致；头颅颈部左侧断离边缘的锯齿状切痕，与刘丽珠尸体躯干上相应部位的切痕吻合，由此认定，离体头颅是刘丽珠的。头颅上多处钝性伤口，显然是致命伤。

除对离体人头进行勘验外，同时对所有有关物品进行了检验，其中较有价值的是白薯、袜子和“青松”牌西装包装袋。

白薯经专业人员鉴别，认定是“胜利八号”品种。查证发现，李建平家有11月上旬从农贸市场购买的“胜利八号”白薯一袋。

袜子是中国人民解放军士兵制式装备，经讯问李建平之弟得知，他1980年从部队复员时带回大量该式袜子，并赠送其兄数双。因该式尼龙加底袜子厚重保暖，李建平数年来冬天一贯穿着此袜。

“青松”牌法兰绒西装此刻就穿在李建平身上。

由于天热，李建平头发全被剃去，秃头秃脑，已不复见当初那副温文尔雅、有板有眼的矜持，白里透黄的脸上透着萎靡与悲哀，眼神深沉滞重，一见到依旧精神很好的单立人，不免抱怨起来。

“刑事诉讼法规定被告人在侦查中羁押的期限不得超过两个月，我已经被关了两个多月，你们既不放又不移交检察院，难道执法机关可以这样践踏法律吗？”

“这点你挑不出我们的刺儿，你的案子属于案情复杂，期限届满不能终结的一类，我们已经上级人民检察院批准延长了你的羁押期一个月，如果这个月内仍不能终结，那我们还要依法延期。你要想早点结束，就要和我们合作。”

“我在看守所里受到了虐待，每天都是窝头，什么菜便宜吃什么菜，我已经营养不良了。我要求起码和‘四人帮’吃一样的伙食，另外我还要求能看到每天的《人民日报》。”

“关于你这一级人犯的囚粮标准，国家有统一规定，我们公安机关并未克扣补助到自己的干部食堂里，当然是不会如川湘餐厅的菜那么好吃，富于营养，但保证你的健康还是足够的。《人民日报》暂时不要看了，关心国家大事每天晚上8点听‘各地人民广播电台联播节目’也就够了，我向你保证《人民日报》也没有更多的消息。”

老单点起烟，舒舒服服地坐好。这段时间他已染上了烟瘾，不抽就六神无主，这给他带来了额外的开支和对呼吸系统的损害。

“怎么样？这段时间考虑得怎么样？还坚持自己是无辜的吗？”

“坚持，到死也坚持，就是我不珍惜自己的生命，也不能不珍惜公安机关的信誉。你心里也明白我是无辜的，干吗不敢把我放了呢？早放早主动，不但损害不了反而能提高公安机关的威望，何必非在明知错了的事情上坚持到底呢？”

“你认定是我错了，应该立即将你释放？”

“是的。”

“好吧，我把继续羁押你的依据摆出来，你来替我分析一下，是把你无罪释放名正言顺呢，还是指控你犯了故意杀人罪更有道理呢？你认识刘丽珠吗？”

“认识。”

“去年11月期间你们还有过接触？”

“可以这么说。”

“她在11月20日失踪了，被人谋杀了，而你不能证明11月20日那天你没有时间去杀害她，那天晚上你去向不明。”

“我承认，但单凭这一点什么也不能说明，我完全可以说那天晚上我独自一人在街上逛了一夜，一个熟人也没遇到。”

“可她偏偏在那天晚上出现在你家，在那里被人把头砍了下来，血喷在你的家具上。”

“你有什么根据说她是在我家被人把头砍下来的？”李建平大声叫起来，“就凭那些血迹？同一血型的人成千上万，割破手指也会流血。”

“当然不是光凭那些血迹，尽管那些血迹就足够令人怀疑的，那么多血，就是一头牛也不能安然无恙地流那么多血。她的尸体被扔在你家附近的河里，她的头被装在曾经装过你身上这件西装的塑料袋里，嘴里塞着你穿过的军用袜子，夹杂在你十分爱吃的‘胜利八号’白薯之间扔进了同一条河里。这么多偶然、看上去平常却都和你有着直接关系的现象如此一致、集中地出现，你还能说它是偶然的吗？你还能否认这事与你无关吗？”

“从现象上看，我似乎是凶手。”

“不是似乎，而是只能。你认识被害人，有作案时间，有作案动机——从你那些姘妇的供述中可以看出，你为了满足你的兽欲是多么不择手段。更重要的是你家是杀人现场，被害人的血流在你家，包裹被害人头颅的一切物品取自你家，而你家只有你一个人居住，只能你是凶手。”

李建平笑了，是的，他笑了。

“你笑什么?”单立人对李建平的玩世不恭又恼火又困惑。

“好笑。”李建平傲慢地说，“我觉得你执拗、形而上学的态度好笑。你的推论无疑很严谨，很有说服力，一环扣一环，但它是建立在一个不牢靠、虚假的前提上，因而再严谨也不免误入歧途，导出错误的结论。”

“我的推论是有充分证据的。”

“好吧，”李建平很快地说，显得很活跃，“让我们来看看这些证据，血迹也好，塑料袋、袜子、‘胜剩八号’白薯也好，都证明了我家是杀人现场，也只证明了杀人是在我家进行的！除了作案时间，作案动机，认识被害人这些共性条件，我之所以只能是杀人凶手的独特条件是‘我家只有我一人居住’，而杀人必须是住在我家的人干的，如果我家居住的不仅仅是我一个人呢?”

“什么?”单立人，担任记录的曲强都大吃一惊。“你不要嫁祸于你弟弟，他进不了你的房间，而且他不具备作案时间。”

“我并不是指我弟弟。”李建平狡黠地微笑，“要是的确有那么个人往在我家里，又具备作案时间，你还认为只能我是凶手吗?”

“你说话必须有事实做根据。”单立人不安地说。

“我当然有事实。”李建平说，“事实上你们忽略了一个人，那段时间，去年11月我是和一个人同住的。”

“谁?”

“张大雷。”

“他是谁?”单立人强压怒火，“为什么从没听你说过?”

“他是我的朋友，河北保定人，每次来都住在我家，我给过他我家的钥匙。去年11月他一直住在我家，后来就走了，没再来，不知去哪儿啦。”李建平扬扬得意地说，“瞧，现在有三种可能了，一、我杀的人；二、张大雷杀的人；三、我们共同杀的人。世界上的事就是这么错综复杂，变化万千，看似绝对的事，实际上不那么绝对。”

单立人终于按捺不住了，他懊丧、痛悔自己没能更周到更细致更多一千倍地耐心做调查工作，以致精心准备的、满以为不可动摇的论点被对方不费吹灰之力，一下子推翻了，前功尽弃。

他阴沉着脸对李建平说：“我送你副对联：巧舌如簧亦枉然，水落石出终有日，横批：及早回头。”

李建平说：“我也送您副对联：办案不像炖豆腐，看事需长三只眼，横批：还得再练。”

“混蛋！”老单一拍桌子。

经过对李建平之弟的讯问，证实了张大雷其人的存在，因其一贯行动诡秘，早出晚归，所以以往派出所和街道居委会提供的情况都漏掉了他。据李建平之弟供述，该张大雷系靠倒卖尼龙服装、假首饰、瓷盆瓦罐为生，每年都要来本市数次，因李建平爱买些前朝的饭碗、掸子瓶以充风雅与其结识，每次张来便接引至家，提供膳宿，那张大雷也在交易中让李建平些微小利。张大雷特征明显，身高一米九，糙黑如陶器。市局立刻向各车站派出所发出通报，并派员至各自由市场，摊贩聚集处查询，同时在头发丝胡同六号设点蹲坑，布置了周密的查找措施。

20 余日内，共扣留身高黛黑者 40 余人，终将张大雷查获。

张大雷是个极不易对付的家伙，先冒名李建宁，后又改说叫张云，自称是国家安全部的特工人员，在受审时态度蛮横，指责公安机关妨碍了他“执行任务”，要让公安机关“吃不了，兜着走”。并装腔作势要给自己的上级打电话，得到公安人员允许后，他把电话打到火葬场，说了一大通莫名其妙的话，被公安人员揭穿后，方才罢休。但仍公然挑衅说：“我的名字都是假的，你们公安局有本事去调查好了。”曲强在保定市公安局的协助下，跑遍了保定周围所有县区，发现高阳县五柳乡六指大队常年外流的张大雷，长相酷似该张大雷。曲强及侦破组其他同志又迅即查对了晋冀鲁豫四省的十指指纹档案，在山西省公安厅刑侦处技术科查到张大雷的十指指纹，经比对认定为同一。由此查明：张大雷，男，45岁，原籍河北高阳，后迁居山西榆次。早在1963年，因扒窃罪被判刑五年，服刑期间脱逃，直至1964年7月，被山西省公安厅二次查获，1965年被榆次中级人民法院判刑十三年，投入青海省都兰县香日德农场一大队二中队劳改，至1978年刑满留场就业，同年请假回榆次探亲，后一直不回农场。1979年冒充北京市政二公司科长行骗及奸污妇女，被北京市公安局收容审查，释放后又于1980年7月1日上午偷开北京起重机械厂大型货车肇事，致死一人，重伤致残一人，伤三人。从此畏罪潜逃，北京市公安局已通缉在案。

为了统一对本案的认识，市公、检、法三长召集了三家办案经验比较丰富的若干同志举行联席会议。大家听了介绍，看了材料，看了现场，然后进行了讨论。与会同志一致充分肯定了本案的专案侦查工作，同时认为，认定李建平是杀害刘丽珠的凶手是有根据的。但是，张大雷是否本案同伙，尚无有力证据可资佐证。

要定这个案子，必须查明张大雷与本案是否有关。据此，会议决定，由市公安局刑侦处、预审处抽调力量，市法院和检察院派人参加，共同组成联合办案组，负责查明这个问题。联合办案组经过研究，认为关键是要查明去年11月20日晚上张大雷是否在李建平家。对此，李建平供称：张大雷在他家住至11月30日才离去。张大雷辩解说：去年小雪前三四天，他同一个湖州人从本市乘飞机抵杭州，同日从杭州出发经宁波去温州，头一天在宁波灵桥附近一家浴室投宿，住宿证明是李建平给的一张四川华能公司的介绍信。第二天上午，他同那个湖州人在宁波预购了去温州的轮船票。这天傍晚，他同那个湖州人在宁波新江桥自由市场，向一对好像是夫妻的男女买了一批线裤，并向男的索讨了一张填有两个名字的慈溪县白河公社的介绍信。晚上，他同那个湖州人是在宁波轮船码头门前的过道里过的夜。第三天下午2时，乘上去温州的轮船，第四天下午抵达温州，并用慈溪县白河公社的介绍信作证明，在温州市解放北路山脚下一个坑道招待所住下，11 月 25 日才又返回本市李建平家，五天后离去。针对张大雷的辩解，联合办案组兵分两路，分头前往宁波和温州调查。经过一个多月艰难曲折、反复细致的工作，查明以下事实：（1）去年小雪是 11 月 22 日。（2）小雪前的三天即去年 11 月 19 日晚上，张大雷等曾在宁波市延安路立新浴室投宿，次日即 20 日下午 3 时 40 分以后，张大雷等在宁波市新江桥自由市场套购线裤一百多条。卖线裤的是慈溪县白河公社记东大队回纺塑料制品厂供销员李阿根和其妻蒋花妹。买卖线裤成交后，张向李讨得介绍信一张，填有王志成、刘敏二人名字。（3）11 月 22 日下午，张大雷等冒名王志成、刘敏住进温州市坑道招待所。

上述事实证明，张大雷在去年 11 月 20 日不可能到李建平家参与杀害刘丽珠。据此，本案对张大雷的嫌疑被正式否定了。张大雷遂被押送到北京市公安局另案处理。

张大雷的嫌疑被否定后，联合办案组专门讨论了预审计划，大家对李建平的态度做了如下估计：1. 不大可能轻易缴械；2. 很有可能继续把赌注下在“公安机关拿不到否定张大雷的有力证据”这点上，固守“非我即他”这道防线。据此，研究确定了如下对策：不急于使用否定张大雷的证据，促其明确重申“非我即他”之说，然后使用证据断然否定张大雷，迫使其无路可退，急取突破口供，对李建平的审讯仍由单立人主持。

“调查得怎么样了？”李建平一见单立人就高声问，“又是这么长时间没见，我还以为你把我忘了呢。忙得够呛吧？注意点身体、您这么大岁数了，天又热，慢慢来，我不着急。”

“难为你还挺关心我。”老单笑着说，“谢谢，我身体很好。”

“给支烟抽。”李建平走上前来从老单的烟盒里拿出支烟，划火点上。

“你不是不抽吗？”

“闲得没事，在牢里学会的。”李建平吐出烟圈、颇为老练。

“看守所里有烟？”老单难以置信地问，“狱规不是禁止的吗？”

“瞎。”李建平轻描淡写地说，“他禁他的，底下还不是照抽，办法有的是，办法是人想出来的。张大雷找到了吗？他住没住过我家调查清楚了吗？”

“查清了，他去年11月前后的确在你家住过。”

“好啦，我的嫌疑洗去一半了。”

“且慢吧，人死在你家仍是确凿无疑的。”

“这点我不想否认，谁叫我引狼入室的呢，教训呐。实话说，我对以后出去怎么生活感到茫然，一人独居，招致嫌疑，与人共居，亦受牵连。我自认是个有些眼力、洞悉力，对人事沧桑有些心得的人，交友也很谨慎，明哲保身，但仍无法彻底了解一个人的优劣良莠，上了张大雷的当，没看出他是个披着羊皮的大尾巴狼，吃了亏。这次进来对我的自信心是个打击，我再也不敢相信人了，您说，为什么我们人与人之间的沟通这样难？为什么大家都戴着面具生活？真正令人感慨万千。”

“恐怕是各有各的鬼，欲盖弥彰。”

“您看没看出我这人其实是个很坦白、很诚实的人？”

“但愿你是。”

“人与人之间的不信任是多么根深蒂固。”

“咱们还是回到本题上来吧。”老单留神不让李建平胡扯开来，“你能不能给我描述一下张大雷的为人，是否具有杀人的可能？”

“张大雷的为人自然是有很多欠缺之处，但我不能就因此说他是个天生的杀人坯子。你的问话有毛病，是否具有杀人的可能与他的为人没有关系，好好先生一时性起也有可能涂炭生灵，兔子急了也咬人，全看斯时斯地斯光景，特殊情况按常规是导不出合理解释的，人的行为怕是最无逻辑可寻，从这点上说，人是兽性未泯的。张大雷之所以被我们怀疑杀人完全是因为他当时在我家，有作案时间，并非因为他是个社会渣滓，品行恶劣。要是当时你，审讯官大人在我家，也难逃干系，我这么说是不是唯物主义的科学态度呀？”

李建平面露得意之色，单立人也不禁再次微笑起来：

“我该承认你看问题很准确，态度是公正无私的。我同意你的观点，虽然你使用‘我们’属于用词不当，相反，如果你和张大雷合称‘我们’倒是再恰当不过了，因为当时确实‘你们’在一起，而我却有幸不在场。”

“咱们不是在共同分析张大雷其人吗？”李建平不满地说，“不是你这样请求我的吗？尽管我们现在位置悬殊，一个在堂上，另一个在阶下，但我觉得就是称一下‘我们’也并没玷辱你的祖宗八代。我对你，一个社会主义中国的公安人员头脑里居然有这种封建的等级思想感到痛心。”

“我只不过是提醒你别把自己置身事外，你大可不必耿耿于怀，唠唠叨叨，我本来认为你是个坦荡君子，不念一言之恶。”

“我当然是。我并没往心里去，我不会往心里去的，你不必改变对我的本来看法。”

“我喜欢你这种爽快作风，让我们推心置腹谈谈吧。你似乎也同意，确定谁是本案凶手，必须以去年 11 月 20 日晚上谁在你家为依据，其他尽可略去，换句话说，凶手只能在当时在你家的人中去找。”

“可以这么说。”李建平警觉起来，又实在无法不承认这经他首肯、论证过的钢铁逻辑，犹犹豫豫地说，“看来只能是这样。”

“那天在你家的只有你和张大雷，并无他人了吧？”

“是的。”

“也就是说杀人凶手只能是你或他，二者必居其一。”

“是的，”李建平无可奈何地说，“二者必居其一。”

“如果你有确凿证据证明那天你没作案时间，那张大雷就是杀人凶手无疑了？”

“是的，”李建平大为兴奋，“我想我应该找得出确凿证据证明我不在现场。”

“反之，如果张大雷有确凿证据证明他不在现场，那你……”

“那我就是杀人凶手，那我就承认我是凶手，当然这只能是他真有无可辩驳的证据。他有吗？”

“非常遗憾，他有。”老单平静刻板地说，“经过我们缜密无误的调查，他在去年11月19日已离开你家，20日那天远在宁波，不可能返回北京作案。”单立人脸色一变，严厉肃威地说，“你还有什么可说的?”

李建平的脸由红变黄、变白，他强作镇静，双手仍不由自主地颤抖起来。

“看来我中了你的圈套，只好自食其言了。”

“你必须毫不隐瞒地交代你杀害刘丽珠的罪行，以求一线生机。”

“不!”李建平眼里涌出泪水，“我没有干过那样的事，谄也谄不出来。我真的没干过!”他喊，“这里一定出了什么差错，一定有个什么重要事实你们遗漏了，否则就出了鬼。我没有杀人，我发誓没有杀人!”

“你杀了人，所有事实都指向你，证明你杀了人，不要不正视现实了!”老单铿锵无情的话使李建平所有幻想都破灭了，“你不要抱任何侥幸心理了，不要捞稻草了，谁也救不了你，你只有走彻底坦白这一条路!”

“我多么希望这是一场噩梦呀。”李建平脸色犹如死人一样灰白，“我说不清楚了，算我抗拒吧，随政府处理，我只有听天由命了。”

“你不要以为你不承认就能抹煞事实，逃避惩罚，你也清楚，如此充分的证据，没有你的口供，法庭也能定你的罪。”

“你们凭什么认定刘丽珠失踪之日就是被杀之时?”李建平绝望地挣扎，以期再找到一个，哪怕十分狭小的立足点。

单立人的回答是简洁有力的。“尸体是在冰层下发现的，而去年的封冻日正是11月21日。”

李建平不再争辩了，颤抖由双手蔓延到全身。他最后提出两个问题：一是要求查一下去年11月20日他是否在朋友王宇家喝喜酒；二是要求查一下“豆花饭庄”组织职工去北京毛主席纪念堂瞻仰遗容的日期是不是11月21日，如果是这个日期，那他11月20日晚上就是在该饭庄聊了一夜的天，有该饭店经理刘则智，助理经理乐方、王丽玲可以证明。

“如果查明同你所讲的一样，说明什么？”单立人问。

“那说明 20 日晚上杀人不是我干的。”

“如果调查证明同你讲的不一样呢？”

“你们不用查了。”李建平低下头。

尽管李建平提出要求调查的问题，自己又说“不用查了”，联合办案组还是调集了几乎全部预审力量，进行了细致的调查。首先查明，朋友王宇办喜事的日期是 11 月 13 日，与发案日期相距一周。同时，通过走访刘则智、乐方及其他十余人，查明：“豆花饭庄”组织职工去北京毛主席纪念堂瞻仰遗容的日期确是去年 11 月 21 日。在这前一天，即 11 月 20 日，李建平先后在“豆花饭庄”出现三次。第一次是在 17 时左右，李建平与刘则智、乐方等一起在餐厅吃晚饭并谈及第二天“拜望老人家”事宜，18 时离去。第二次是 20 时许，李建平在刘则智房间出现，聊了会儿生意上的事，说上厕所一去不返。再次出现已是 23 时半，说已无末班车，索性在这儿聊一夜，刘、乐等也无睡意，陪他聊到次日早晨。

另据乐方反映，李建平 18 时离去时，她曾问他“急急忙忙去哪儿”？李对此回答说：“回家等个‘喇’。”

单立人最后一次审讯了李建平。

“豆花饭庄组织职工去北京毛主席纪念堂的日期确是去年 11 月 21 日。”单立人首先告知李建平。

“那就好了，真相大白了。”

“不要萝卜、土豆一锅煮。你 11 月 20 日去过豆花饭庄，不但不能说明你没有杀人，相反，证明你原先说这天上吉他课、学雷锋、看电影《马可·波罗》纯属捏造。其次说明你具备杀害刘丽珠的时间，这天晚上 18 点至 20 点，20 点半至 23 点半这两段时间共计五个多小时，恰好是杀人抛尸的作案时间。你不要再说什么‘一泡尿撒了五个多小时’之类的无稽之谈，有证人证明你是回家等

‘喇’去了，据我所知，这‘喇’，一般是指有诱奸其可能的年轻妇女。”

“一个贪得无厌的人是不会放弃任何一个可以到手、哪怕他已有很多的东西，譬如钱………还有女人。正因为你以往干的太顺手了，这方面的满足和胜利已经成了你那黯淡、不如意的生活中唯一可以聊以自慰、获得强者感觉的精神支柱，以致你已不能容忍一次，即便是仅仅一次的失败。你的虚荣不能容忍，你的自卑同样不能容忍，我想刘丽珠当时一定说了你一些很难听的话，也许她发现了你不是什么导演，只是个清洁车辆厂的临时工，我想象得出她那种女人会对你作出什么样的轻蔑表情。”

李建平脸色苍白，似听非听，眼神呆滞，单立人的话似乎把他带回了那个可怕、梦魇般的夜晚。

“我看得出你后悔了。”单立人继续句句击中要害地说，“你悔不该那天不稍稍控制一下自己，不在制服刘丽珠时力量更适度一点，悔不该毁尸灭迹时没做得更彻底、更不留痕迹一点。晚了，现在说什么都晚了，想什么都晚了。明白告诉你，我对你一点不生恻隐之心。如果需要，我会一千次把你送上刑场，眼睛眨也不眨。”

李建平哭了，哽咽地说：“这个世界我也没有什么可留恋的，我孑然一身，死了也不会给任何人带来痛苦，你们把我的命拿去好了。我只想请你记住，我是冤死的，我干了很多坏事，但从没有杀人。”

“杀掉你我是不会良心不安的。”单立人冷漠地说，“你的所作所为只能说明你咎由自取。”

他啪地合上卷宗。

川湘餐厅门前冷落车马稀，生意与以前相比十分萧条了。倒不是因为它最漂亮的女招待被人砍了脑袋，使它蒙上了某种不吉利气氛，而是由于它用瓷砖和壁纸将餐厅重新装修得像间豪华厕所后，菜价翻了两番，使大部分顾客感到这幽暗俗气的餐厅像个专门宰人的黑店。那些不苟言笑、举止有如大亨的男女服务员们对营业情况的不景气似乎并不关心，乐得清闲，他们本身像官仓里的老鼠肥硕起来，新制作的毛料西服油渍斑斑。

这天傍晚，餐厅来了个邋遢的胖老头和一个年轻的小伙子。负责照料他们所坐餐桌的女服务员怠慢地让他们干坐了40分钟，才懒懒地拎着肮脏的菜单走过去。果不出其所料，做东的胖老头只点了两个便宜得令人几乎怀疑他想白蹭的菜，服务员夺过他们看个没完的菜单，相当尊严地走了。

老头惶惑地对小伙子说：“这地方不是咱们老百姓来的地方。”

（原载《啄木鸟》1987年第1期）

王朔，1958年生于辽宁岫岩，在北京长大。中国作家协会会员。代表作有小说《顽主》、《阳光灿烂的日子》、《我爱你》、《一半是火焰一半是海水》、《玩的就是心跳》、《过把瘾就死》、《动物凶猛》等，电视连续剧《编辑部的故事》、《渴望》（领衔编剧）等。

河边的错误

余华

第一章

一

住在老邮政弄的幺四婆婆，在这一天下午将要过去，傍晚就要来临的时候发现自己养的一群鹅不知去向。她是准备去给鹅喂食时发现的。那关得很严实的篱笆门，此刻像是夏天的窗户一样敞开了。她心想它们准是到河边去了。于是她就锁上房门，向河边走去。走时顺手从门后拿了一根竹竿。

那是初秋时节，户外的空气流动时很欢畅，

秋风吹动着街道两旁的树叶，发出“沙沙”那种下雨似的声音。落日尚未沉西，天空像火烧般通红。

幺四婆婆远远就看到了那一群鹅。鹅在清静的河面上像船一样浮来浮去，另一些鹅在河岸草丛里或卧或缓缓走动。幺四婆婆走到它们近旁时，它们毫无反应，一如刚才。本来她是准备将它们赶回去的，可这时又改变了主意。她便在它们中间站住，双手支撑着那根竹竿，像支撑着一根拐杖。她眯起眼睛如看孩子似的看起了这些白色的鹅。

看了一会儿，幺四婆婆觉得时候不早了，该将它们赶到篱笆里去了。于是她上前走了几步，站在河边。嘴里“哦哦”地呼唤起来。在她的呼唤下，草丛中的鹅都纷纷一挪一挪地朝她跑来。而河里的鹅则开始慢慢地游向岸边，然后一只一只地爬到岸上，纷纷张开翅膀抖了起来。接着有一只鹅向幺四婆婆跑了过去，于是所有的鹅都张开翅膀跑了起来。

幺四婆婆嘴里仍然“哦哦”地叫着，因为有一只鹅仍在河里。那是一只小鹅，它仿佛没有听到她的呼唤，依旧在水面上静悄悄地移动着，而且时不时突然一个猛扎，扎后又没事一般继续游着。远远望去优美无比，似乎那不是鹅，而是天空里一只飘动的风筝在河里的倒影。

幺四婆婆的呼唤尽管十分亲切，可显然已经徒劳了。于是她开始“嘘嘘”地叫了起来，同时手里的竹竿也挥动了。聚集在她身旁的那些鹅立刻散了开去。她慢慢移动脚步，将鹅群重新又赶入河中。

当看到那群被赶下去的鹅已将那只调皮的小鹅围在中间后，她重新又“哦哦”地呼唤起来。听到了幺四婆婆的呼唤，河里所有的鹅立刻都朝岸边游来。那情景真像是雪花纷纷朝窗口飘来似的。

这时幺四婆婆感到身后有脚步走来的声音。当她感觉到声音时，那人其实已经站在她身后了。于是她回过头来张望……

他觉得前面那个人的背影有些熟悉，但一时又想不起究竟是谁。于是他就心里猜想着那人是谁而慢慢地沿着小河走。他知道这人肯定不是他最熟悉的人，但这人他似乎又常常见到。因为在这个只有几千人的小镇里，没有不似曾相识的脸。这时他看到前面那人回头望了他一下，随即又快速地扭了回去。接着他感到那人越走越快，并且似乎跑了起来。然后他看不到那人了。

他是在这个时候看到那一群鹅的，于是他就兴致勃勃地走了过去。但是当他走到鹅中间时，不由大惊失色……

初秋时节依然是日长夜短。此刻落日已经西沉，但天色尚未灰暗。她在河边走着。她很远就看到了那一群卧在草丛里的鹅，但她没看到往常常见到的幺四婆婆。

她漫不经心地走了过去。走到近旁时那群鹅纷纷朝她奔来，有几只鹅伸着长长的脖颈，围上去像是要啄她似的，她慌忙转过身准备跑。

当她转过身去时不由发出了一声惊叫。同时，呆呆地站了好一会儿，然后她没命地奔跑了起来。没跑出多远她就摔在地上，于是她惊慌地哭了起来。哭了一阵后，她才朝四周望去，四周空无一人。她就爬起来继续跑。她感到两腿发软，怎么跑也跑不快，当跑到街道上时，她又摔倒了。

这时一个刚与她擦身而过的年轻人停下脚步，惊诧地望着她。她坐在地上爬不起来，只能惊恐地望着他。他犹豫了一下后，才走上去将她扶起来，同时问："你怎么啦？"

她站起来后用手推开了他，嘴巴张了张，没有声音，便用手指了指小河那个方向。

年轻人惊讶地朝她指的那个方向看去，什么也没有看到。而当他重新回过头来时，她已经慢慢地走了。他朝她的背影看了一下，才莫名其妙地笑笑，继续走自己的路。

那孩子窝囊地在街上走来走去。刚才他也到河边去了。当他一路不停地跑到家中将看到的那些告诉父亲时，父亲却挥手给了他一个耳光，怒喝道："不许胡说。"那时父亲正在打麻将，他看到父亲的朋友都朝着他嘻嘻地笑。于是他就走到角落里，搬了一把椅子在暗处坐了下来。这时母亲提着水壶走来，他忙伸出手去拉住她的衣角。母亲回头望了他一下，他就告诉她了。不料她脸色一沉，说道：“别乱说。”孩子不由悲伤起来。他独自一人坐了好一会儿后，便来到了外面。

这时天已经黑了，弄里的路灯闪闪烁烁，静无一人。只有孩子在走来走去，因为心里有事，可又没人来听他叙述，他急躁万分，似乎快要流下眼泪了。

就在这个时候，他看到有几个年轻人走了过来。他立刻跑上去，大声告诉了他们。他看到他们先是一怔，随即都哈哈大笑起来。有一个人还拍拍他的脑袋说：“你真会开玩笑。”然后他们就头也不回地走了。

孩子望着他们的背影，心想，他们谁也不相信我。

孩子慢慢地走到了大街上，大街上有很多人在来来往往。商店里的灯光从门窗涌出，铺在街上十分明亮。孩子在人行道上的一棵梧桐树旁站了下来。他看到很多人从他面前走过，他很想再告诉他们，但他很犹豫。他觉得他们不会相信他的，因为他是个孩子。他为自己是个孩子而忧伤了起来。

后来他看到有几个比他稍大一点的孩子正站在街对面时，他才兴奋起来，立刻走了过去。他对他们说：“河边有颗人头。”

他看到他们都呆住了，便又补充了一句：“真的，河边有颗人头。”

他们互相望着，然后才有人问：“在什么地方？”

“在河边。”他说。

随即他们中间就有人说：“你领我们去看看。”

他认真地点点头，因为他的话被别人相信了，所以他显得很激动。

二

刑警队长马哲是在凌晨 2 点零 6 分的时候，被在刑警队值班的小李叫醒的。他的妻子也惊醒过来，睁着眼睛看丈夫穿好衣服，然后又听到丈夫出去时关门的声音。她那么呆呆地躺了一会儿后，才熄了电灯。

马哲来到局里时，局长刚到。然后他们一行六人坐到局里的小汽艇里往案发地点驶去。从县城到那个小镇还没有公路，只有一条河流将它们贯穿起来。

他们来到案发现场时，东方开始微微有些发白，河面闪烁出了点点弱光，两旁的树木隐隐约约。

有几个人拿着手电在那里走来走去，手电的光芒在河面上一道一道地挥舞着。看到有人走来，他们几个人全迎了上去。

马哲他们走到近旁，看到不远处有一个刚刚用土堆成的坟堆。坟堆上有一颗人头。

因为天未亮，那人头看上去十分模糊，像是一块毛糙的石头。

马哲伸手拿过身旁那人手中的手电，向那颗人头照去。那是一颗女人的头，头发披落下来几乎遮住了整个脸部，只有眼睛和嘴若隐若现。

现场保护得很好。马哲拿着手电在附近仔细照了起来。他发现附近的青草被很多双脚踩倒了。于是他马上想象出曾有一大群人来此围观时的情景，各种姿态和各种声音。

这当口儿小李拿着照相机从几个不同的角度拍下了现场。然后法医和另外两个人走了上去。他们将人头取下，接着去挖坟堆，没一会儿一具无头女尸便显露了出来。

马哲依旧在近旁转悠。他的脚突然踩住了一种软绵绵的东西。他还没定睛观瞧，就听到脚下响起了几声鹅的叫声，紧接着一大群鹅纷纷叫唤了起来。然后乱哄哄地挤成一团，又四散开去。这时天色开始明亮起来了。

局长走来，于是两个人便朝河边慢慢地走过去。

“罪犯作案后竟会如此布置现场。”马哲感到不可思议。

局长望着潺潺流动的河水，说：“你们就留下来吧。”

马哲扭过头去看那一群鹅，此刻它们安静下来了，在草丛里走来走去。

“有什么要求吗?”局长问。

马哲皱一下眉，然后说：“暂时没有。”

“那就这样。我们每天联系一次。”

法医的验定报告是在这天下午出来的。罪犯是用柴刀突然劈向受害者颈后部。从创口看，罪犯将受害者劈倒在地后，又用柴刀劈了30来下，才将死者的头劈下来。死者是住在老邮政弄的幺四婆婆。

小李在一旁插嘴：“这镇上几乎每户人家都有那种柴刀。”

现场没有留下罪犯任何作案时的痕迹。在某种意义上说，现场已经被那众多的脚印所破坏。

马哲是在这天上午见到那个孩子的。

“所有的人都不相信我。”那孩子得意扬扬地对马哲说。“父亲还打了我一个耳光，说‘不许胡说’。”那个孩子又说。

“你是什么时候发现的?”马哲又问。

这时孩子才认真对待马哲的问话了，他装出一副回忆的样子，装了很久才说：“我没有手表。”

马哲不禁微笑了。“大致上是什么时候?比如说天是不是黑了，或者天还亮着?”

“天没有黑。”孩子立刻喊了起来。

“那么天还亮着?”

“不，天也不是亮着。”孩子摇了摇头。

马哲又笑了，他问：“是不是天快黑的时候?”

孩子想了想后，才慎重地点点头。

于是马哲便站了起来，可孩子依旧坐着。他似乎非常高兴能和大人交谈。

马哲问他：“你到河边去干什么呢?”

“玩呀。”孩子响亮地回答。

“你常去河边?”

“也不是，我想去那儿时就去那儿。”

孩子临走时十分认真地对马哲说："你抓住那个家伙后，让我来看看。"

幺四婆婆离家去河边的时候，老邮政弄有四个人看到她。从他们回忆的时间来看，幺四婆婆是下午4点到4点半的时候去河边的。而孩子发现那颗人头的时候是7点左右。因此罪犯作案是在这三个小时左右的时间里。据查，埋掉幺四婆婆死尸的地方有一个坑，而现在这个坑没有了，因此那坑是现成的。所以估计罪犯作案时间很可能是在一个小时以内完成的。

下午局长打电话来询问时，马哲将上述情况作了汇报。

幺四婆婆的家是在老邮政弄的弄底。那是一间不大的平房。屋内十分整洁，尽管没有什么摆设，可是能让人心情舒畅。屋内一些家具是很平常的。引起马哲注意的是放在房梁上的一堆麻绳，麻绳很粗，并且编得很结实。但马哲只是看了一会儿，也没更多地去关注。

吃过晚饭后，马哲独自一人来到了河边。河两旁悄无声息，只有那一群鹅在河里游来游去。

昨天这时，罪犯也许就在这里。他心里这样想着而慢慢走过去。而现在竟然如此安静，竟然没人来此。他知道此案已经传遍小镇，他也知道他们是很想来看看的。现在他们没人敢来，那是他们怕被当成嫌疑人。

他听到了河水的声音。那声音不像是鹅游动时的声音，倒像是洗衣服的声音。小河在这里转了个弯。他走上前去时，果然看到有人背对着他蹲在河边洗衣服。

他惊讶不已，便故意踏着很响的步子走到这人背后。这人没回过头来，依然洗衣服。他好像不会洗衣服似的，他更像是在河水里玩衣服。

他在这个人身后站了一会儿，然后说话了："你常到这儿来洗衣服？"他知道镇里几年前就装上自来水了，可竟然还会有人到河边来洗衣服。

这时那人扭回头来朝他一笑，这一笑使他大吃一惊。那人又将头转了回去，把被许多小石头压在河里的衣服提出来，在水面上摊平，然后又将小石头一块一块压上去。衣服慢慢沉到了水底。

他仔细回味刚才那一笑，心里觉得古怪。此刻那人开始讲话了，自言自语说得很快。一会儿轻声细语，一会儿又大叫大喊。马哲一句也没听懂，但他已经明白了，这人是个疯子。难怪他会在这种时候到这里来。

于是马哲继续往前走。河边柳树的枝条长长地倒挂下来，几乎着地。他每走几步都要用手拨开前面的柳枝。当他走出100米的时候，他看到草丛里有一样红色的东西。那是一枚蝴蝶形状的发夹。他弯腰捡了起来用手帕包好放进了口袋。接着仔细察看发夹的四周。在靠近河边处青草全都倒地，看来那地方人是经常走的。但发夹刚才搁着的地方却不然，青草没有倒下。可是中间有一块地方青草却明显地斜了下去。大概有人在这里摔倒过，而这发夹大概也是这个人的。“是个女的?”他心想。

“死者叫幺四婆婆。老邮政弄所有的人都这样叫她，不管是老人还是孩子。谁都不知道她的真实姓名，知道的那个人已经死了，那人是她的丈夫。她是16岁嫁到老邮政弄来的，18岁时她丈夫死了，现在她65岁。这48年来她都是独自一人生活过来的。她每月从镇政府领取生活费，同时自己养了20多年鹅了。每年都养一大群，因此她积攒下了一大笔钱。据说她把钱藏在胸口，从不离身。这是去年她去镇政府要求不要再给她生活费时才让人知道的。为了让他们相信她，她从胸口掏出了一叠钱来。她的钱从来不存银行，因为她不相信别人。但是我们没有发现她的尸体上有一分钱，在她家中也仔细搜寻过，只在褥子下找到了一些零钱加起来还不到十元。所以我想很可能是一桩抢劫杀人案……”小李说到这里朝马哲看看。但马哲没有反应，于是他继续说，“镇里和居委会几次劝她去敬老院，但她好像很害怕那个地方，每次有人对她这么一提起，她就会眼泪汪汪。她独自一人，没有孩子，也从不和街坊邻居往来。她的闲暇时间是消磨在编麻绳上，就是她屋内梁上的那一堆麻绳。但是从前年开始，她突然照顾起了一个 35 岁的疯子，疯子也住在老邮政弄。她像对待自己儿子似的对待那个疯子……”这时小李突然停止说话，眼睛惊奇地望着放在马哲身旁桌子上的红色发夹。“这是什么?”他问。

“在离出事地点 100 米处捡的，那地方还有人摔倒的痕迹。”马哲说。

“是个女的!”小李惊愕不已。

马哲没有回答，而是说:“继续说下去。”

三

幺四婆婆牵着疯子的手去买菜的情节，尽管已经时隔两年，可镇上的人都记忆犹新。就是当初人们一拥而上围观的情景，也是历历在目。他们仿佛碰上了百年不遇的高兴事，他们的脸都笑烂了。然而幺四婆婆居然若无其事，只是脸色微微有些泛红，那是她无法压制、不断洋溢出来的幸福神色。而疯子则始终是嘻嘻傻笑着。篮子挎在疯子手中，疯子不知是出于愤怒还是出于与他们同样的兴奋，他总把篮子往人群里扔去。幺四婆婆便一次一次地去将篮子捡回来。疯子一次比一次扔得远。起先幺四婆婆还装着若无其事，然而不久她也像他们一样嘻嘻乱笑了。

当初幺四婆婆这一举止，让老邮政弄的人吃了一惊。因为在此之前他们一点没有看出她照顾过疯子的种种迹象。所以当她这一天突然牵着疯子的手出现时，他们自然惊愕不已。况且多年来幺四婆婆给他们的印象是讨厌和别人来往，甚至连说句话都不愿意。

尽管如此，他们还是觉得她这不过是一时的异常举动。这种心血来潮的事在别人身上恐怕也会发生。可是后来的事实却让他们百思不解。有那么一段时间，他们甚至怀疑幺四婆婆是不是也疯了。直到一年之后，他们才渐渐习以为常。

此后，他们眼中的疯子已不再如从前一样邋遢，他像一个孩子一样干净了，而且他的脖子上居然出现了红领巾。但是他早晨穿了干净的衣服而到了傍晚已经脏得不能不换。于是幺四婆婆屋前的晾衣杆上每天都挂满了疯子的衣服，像是一排尿布似的迎风飘扬。

当吃饭的时间来到时，老邮政弄的人便能常常听到她呼唤疯子的声音。那声音就像是一个生气的母亲在呼喊着贪玩不归的孩子。

而且在每一个夏天的傍晚，疯子总像死人似的躺在竹榻里，幺四婆婆坐在一旁用扇子为他拍打蚊虫。

从那时起，幺四婆婆不再那么讨厌和别人说话了。尽管她很少说话，可她也开始和街坊邻居一些老太太说些什么了。

她自然是说疯子。她说疯子的口气就像是在说自己的儿子。她常常抱怨疯子不体谅她，早晨换了衣服傍晚又得换。

“他总有一天要把我累死的。”她总是愁眉苦脸地这么说。“他现在还不懂事，还不知道我死后他就要苦了，所以他一点也不体谅我。”

这话让那些老太太十分高兴，于是她继续数落：“我对他说吃饭时不要乱走，可我一转身他人就没影了。害得我到处去找他。早晚他要把我累死。”说到这里，幺四婆婆便叹息起来。

“你们不知道，他吃饭时多么难侍候，怎么教他也不用筷子，总是用手抓，我多说他几句，他就把碗往我身上砸。他太淘气了，他还不懂事。”

她还说：“他这么大了，还要吃奶。我不愿意他就打我，后来没办法就让他吮几下，可他把我的奶头咬了下来。”说起这些，她脸上居然没有痛苦之色。

在那些日子里，他们总是看到幺四婆婆把疯子领到屋内，然后关严屋门，半天不出来。他们非常好奇，便悄悄走到窗前。玻璃窗上糊着报纸，没法看进去。他们便蹲在窗下听里面的声音。有声音，但很轻微。只能分辨出幺四婆婆的低声唠叨和疯子的自言自语。有时也寂然无声。当屋内疯子突然大喊大叫时，总要吓他们一跳。

慢慢地他们听到了一种奇特的声音，而且每当这种声音响起来时，又总能同时听到疯子的喊叫声。而且还夹杂着人在屋内跑动的声音，还有人摔倒在地，绊倒椅子的声响。起先他们还以为幺四婆婆是在屋内与疯子玩捉迷藏，心里觉得十分滑稽。可是后来他们却听到了幺四婆婆呻吟的声音，尽管很轻，可却很清晰。于是他们才有些明白，疯子是在揍幺四婆婆。

幺四婆婆的呻吟声与日俱增，越来越响亮，甚至她哭泣求饶的声音也传了出来。而疯子打她的声音也越来越剧烈。然而当他们实在忍不住、去敲她屋门时，却因为她紧闭房门不开而无可奈何。

后来幺四婆婆告诉他们："他打我时，与我那死去的丈夫一模一样，真狠毒啊。"那时她脸上竟洋溢着幸福的神色。

小李用手一指，告诉马哲："就是这个疯子。"

此刻那个疯子正站在马路中间来回走着正步，脸上得意扬扬。

马哲看到的正是昨天傍晚在河边的那个疯子。

四

那女孩子坐在马哲的对面，脸色因为紧张而变得通红。

"……后来我就拼命地跑了起来。"她说。

马哲点点头："而且你还摔了一跤。"

她蓦然怔住了，然后眼泪簌簌而下。"我知道你们会怀疑我的。"

马哲没有搭理，而是问："你为什么要去河边？"

她立刻止住眼泪，疑惑地望着马哲，想了很久才喃喃地说："你刚才好像问过了。"

马哲不动声色地看着她。

"难道没有问过？"她既像是问马哲，又像是问自己。随后又自言自语起来，"好像是没有问过。"

"你为什么去河边？"马哲这时又问。

"为什么？"她开始回想起来，很久后才答，"去找一只发夹。"

"是吗？"

马哲的口气使她一呆，她怀疑地望着马哲，嘴里轻声说："难道不是？"

"你是什么时候丢失的？"马哲随便地问了一句。

“昨天。”她说。

“昨天什么时候？”

“6 点半。”

“那你是什么时候去找的？”

“6 点半。”她脱口而出，随即她被自己的回答吓呆了。

“你是在同一个时间里既丢了发夹又在找。”马哲嘲笑地说，接着又补充道，“这可能吗？”

她怔怔地望着马哲，然后眼泪又流了下来。“我知道你们会怀疑我的。”

“你看到过别的什么人吗？”

“看到过。”她似乎有些振奋。

“什么样子？”

“是个男的。”

“个子高吗？”

“不高。”

马哲轻轻笑了起来，说：“可你刚才说是一个高个子。”

她刚刚变得振奋起来的脸立刻又痴呆了。“我刚才真的这样说吗？”她可怜巴巴地问马哲。

“是的。”马哲坚定地说。

“我怎么会这么说呢？”她悲哀地望着马哲。

“你为什么到今天才来？”马哲又问。

“我害怕。”她颤抖着说。

“今天就不害怕了？”

“今天？”她不知该如何回答。她低下了头，然后抽泣起来。“我知道你们会怀疑我的。因为我的发夹丢在那里了，你们肯定要怀疑我了。”

马哲心想：她不知道，使用这种发夹的女孩子非常多，根本无法查出是谁的，“所以你今天来说了。”他说。

她边哭边点着头。

“如果发夹不丢，你就不会来说这些了？”马哲说。

“是这样。”

“你真的看到过别的人吗？”马哲突然严肃地问。

“没有。”她哭得更伤心了。

马哲将目光投向窗外，他觉得有点累了。他看到窗外有棵榆树，榆树上有灿烂的阳光在跳跃。那女孩子还在伤心地哭着。马哲对她说：“你回去吧，把你的发夹也拿走。”

五

一个星期下来，案件的侦破毫无进展。作为凶器的柴刀，也没有下落。幺四婆婆家中的一把柴刀没有了，显而易见凶手很可能就是用的这把柴刀。据老邮政弄的人回忆，说是幺四婆婆遇害前一个月的时候曾找过柴刀，也就是说那柴刀在一个月前就遗失了。作为一桩抢劫杀人案，看来凶手是早有准备的。马哲曾让人在河里寻找过柴刀，但是没有找到。

这天傍晚，马哲又独自来到了河边。河边与他上次来时一样悄无声息。马哲心想：这地方真不错。

然后他看到了在晚霞映照的河面上嬉闹的鹅群。幺四婆婆遇害后，它们就再没回去过，它们日日在此，它们一如从前那么无忧无虑。马哲走过去时，几只在岸上的鹅便迎着他奔来，伸出长长的脖子包围了他。

这个时候，马哲又听到了那曾听到过的水声。于是他提起右脚轻轻踢开了鹅，往前走过去。

他又看到了那个疯子蹲着的背影。疯子依旧在水中玩衣服。疯子背后十米远的地方就是曾搁过幺四婆婆头颅的地方。

在所有的人都不敢到这里来的时候，却有一个疯子经常来。马哲不禁哑然失笑。他觉得疯子也许不知道幺四婆婆已经死了，但他可能会发现已有几天没见到幺四婆婆。幺四婆婆生前常赶着鹅群来河边，现在疯子也常来河边，莫不是疯子在寻找幺四婆婆？

马哲继续往前走。此刻天色在渐渐地灰下来，刚才通红的晚霞现在似乎燃尽般暗了下去。马哲听着自己脚步的声音然后走到一座木桥上。他将身体靠在了栏杆上，栏杆摇晃起来发出“吱吱”的声响。栏杆的声音消失后，河水潺潺流动的声音飘了上来。他看到那疯子这时已经站了起来，提着水淋淋的衣服往回走了。疯子走路的姿态像是正在操练的士兵。不一会儿疯子消失了，那一群鹅没有消失。但大多爬到了岸上，在柳树间走来走去。在马哲的视线里时隐时现。他感到鹅的颜色不再像刚才那么白得明亮，开始模糊了。

在他不远处有一幢五层的大楼，他转过身去时看到一些窗户正接踵着闪亮了。同时他听到从那些窗户里散出来的声音，声音传到他耳中时已经十分轻微，而且杂乱。但马哲还是分辨出了笑声和歌声。

那是一家工厂的集体宿舍楼。马哲朝它看了很久，然后他像是想起了什么，便离开木桥朝那里走去。

走到马路上时，他看到不远处有个孩子正将耳朵贴在一根电线杆上。他从孩子身旁走了过去。

“喂!”那孩子叫了一声。

马哲回头望去，此刻孩子已经离开电线杆朝他跑来。马哲马上认出了他，便向他招了招手。

“抓到了吗?”孩子跑到他跟前时这样问。

马哲摇摇头。

孩子不禁失望地埋怨道：“你们真笨。”

马哲问他：“你怎么在这儿?”

“听声音呀，那电线杆里有一种‘嗡嗡’的声音，听起来真不错。”

“你不去河边玩了?”

于是孩子变得垂头丧气，他说：“是爸爸不让我去的。”

马哲像是明白似的点点头，然后拍拍孩子的脑袋，说：“你再去听吧。”

孩子仰起头问：“你不想听吗?”

“不听。”

孩子万分惋惜地走开了，走了几步他突然转过身来说：“你要我帮你抓那家伙吗？”

已经走起来的马哲，听了这话后便停下脚步，他问孩子：“你以前常去河边吗？”

“常去。”孩子点着头，很兴奋地朝他走了过去。

“你常看到过什么人吗？”马哲又问。

“看到过。”孩子立刻回答。

“是谁？”

“是一个大人。”

“是男的吗？”

“是的，是一个很好的大人。”孩子此刻开始得意起来。

“是吗？”马哲说。

“有一次他朝我笑了一下。”孩子非常感动地告诉马哲。

马哲继续问：“你知道他住在什么地方吗？”

“当然知道。”孩子用手一指。“就在这幢楼里。”

这幢耸立在不远处的楼房，正是刚才引起马哲注意的楼房。

“我们去找他吧。”马哲说。

两个人朝那幢大楼走去。此时天完全黑了，传达室的灯光十分昏暗，一个戴老花眼镜的老头儿坐在那里。

“你们这幢楼里住了多少人？”马哲上前搭话。

那老头儿抬起头来看了一会儿马哲，然后问：“你找谁？”

“找那个常去河边的人。”孩子抢先回答。

“去河边？”老头一愣。他问马哲，“你是哪儿的？”

“他是公安局的。”孩子十分神气地告诉老头儿。

老头儿听明白了，他想了想后说：“我不知道谁经常去河边，你们自己去找吧。”

马哲正要转身走的时候，那孩子突然叫了起来。“公安局找你。”马哲看到一个刚从身旁擦身而过的人猛地扭回头来。这人非常年轻，最多23岁。

“就是他。”孩子说。

那人朝他俩看了一会儿，然后走了上去，走到马哲面前时，他几乎是怒气冲冲地问：“你找我?”

马哲感到这声音里有些颤抖。马哲没有回答，只是看着他。

孩子在一旁说：“他要问你为什么常去河边。”孩子说完还问马哲，“是吗?”

马哲依旧没有说话，那人却朝孩子逼近一步，吼道：“我什么时候去河边了。”

吓得孩子赶紧躲到马哲身后。孩子说：“你是去过的。”

“胡说。”那人又吼了一声。

“我没有胡说。”孩子可怜地申辩道。

“放你的屁。”那人此刻已经怒不可遏了。

这时马哲开口了，他十分平静地说：“你走吧。”

那人一愣，随后转身就走。马哲觉得他走路时的脚步有点乱。

马哲回过头来问老头：“他叫什么名字?”

老头儿犹豫了一下，说：“我不知道。”

“真的不知道吗?”马哲走上一步。

老头儿又犹豫了起来，结果还是说：“我真不知道。”

马哲看了他一会儿，然后点点头就走了。孩子追上去，说：“我没有说谎。”

“我知道。”马哲亲切地拍拍他的脑袋。

回到住所，马哲对小李说：“你明天上午去农机厂调查一个年轻人，你就去找他们集体宿舍楼的门卫，那是一个戴眼镜的老头儿，他会告诉你一切的。”

六

“那是一个很不错的老头儿。”小李说。“我刚介绍了自己，他马上把所有的情况都告诉了我。仿佛他事先准备过似的。不过他好像很害怕，只要一有人进来他马上不说，而且还介绍说我住得不远，是来找他聊天的。但是这老头儿真不错。”

马哲听到这里不禁微微一笑。

小李继续说：“那人名叫王宏，今年22岁，是两年前进厂的。

他这个人有些孤僻，不太爱与人交往。他喜欢晚饭后去那河边散步。除了下雨和下雪外，他几乎天天去河边。出事的那天晚上他是5点半多一点的时候出去的，6点钟回来的。他一定去河边了。当8点多时，宿舍里的人听说河边有颗人头都跑去看了，但他没去。门房那老头儿看到他站在二楼窗口，那时老头儿还很奇怪他怎么没去。”

王宏在这天下午找上门来了。他一看到马哲就气势汹汹地责问：“你凭什么理由调查我？”

“谁告诉你的？”马哲问。

他听后一愣，然后嘟哝着：“反正你们也调查我了。”

马哲说：“你来就是为了说这些？”

他又是一愣，看着马哲有点不知所措。

“那天傍晚你去过河边了？”

“是的。”他说。“我不怕你们怀疑我。”

马哲继续说：“你是5点半多一点出去6点钟才回来的，这段时间你在河边？”

“我不怕你们怀疑我。我告诉你，我是天不怕地不怕的。你可以到厂里去打听打听。”

“现在我要你回答我。”

他迟疑了一下，然后说：“我先到街上去买了盒香烟，然后去了河边。”

“在河边看到了什么？”

他又迟疑了一下，说道：“看到那颗人头。”

“你昨天为何说没去过河边？”

“我讨厌你们。”他叫了起来。“我讨厌你们，你们谁都怀疑，我不想和你们打交道。”

马哲又问：“你看到过什么人？”

“看到了。”他说。他这才在椅子上坐下来，“我今天就是来告诉你们的。我看到的只是背影，所以说不准。”他飞快地说出一个姓名和单位。“本来我不想告诉你们，可不说你们就要怀疑我了。

尽管我不怕，但我不想和你们打交道。”马哲点点头，表示知道了他的意思，然后说：“你先回去吧。什么时候叫你，你再来。”

七

据了解，王宏所说的那个人在案发的第二天就请了病假。已经近半个月了，仍没上班。从那人病假开始的第一天，他们单位的人就再也没有见到他。

“难道他溜走了。”小李说。

那人住在离老邮政弄有400米远的杨家弄。他住在一幢旧式楼房的二楼。楼梯里没有电灯，到白天依旧漆黑一团。过道两旁堆满了煤球炉子和木柴。马哲两人很困难地走到了一扇灰色的门前。

开门的是一个30来岁的男子，他的脸色很苍白。马哲他们要找的正是这个人。

他一看到进来的两个人都穿着没有领章的警服，便知道发生了什么。他像是对熟人说话似的说：“你们来了。”然后把他们让进屋内，自己在一把椅子上坐了下来。

马哲和小李在他对面坐下。他们觉得他非常虚弱，似乎连呼吸也很费力。

“我等了你们半个月。”他笑笑说，笑得很忧郁。

马哲说：“你谈谈那天傍晚的情况。”

他点点头，说：“我等了你们半个月。从那天傍晚离开河边后，我就在等了。我知道你们这群人都是很精明的，你们一定会来找我的。可你们让我等了半个月，这半个月太漫长了。”说到这里，他又如刚才似的笑了笑。接着又说，“我每时每刻都坐在这里想象着你们进来时的情景，这两天就是做梦也梦见你们来找我了。可你们却让我等了半个月。”他停止说话，埋怨地望着马哲。

马哲他们没有作声，等待着他说下去。

“我天天都在盼着你们来，我真有点受不了。”

“那你为何不来投案？”小李这时插了一句。马哲不由朝小李不满地看了一眼。

“投案?”他想了想，然后又笑了起来。接着摇头说，“有这个必要吗?”

“当然。”小李说。

他垂下了头，看起了自己的手。随后抬起头来，充满忧伤地说：“我知道你们会这样想的。”

马哲这时说：“你把那天傍晚的情况谈一谈吧。”

于是他摆出一副回忆的样子。他说道：“那天傍晚的河边很宁静，我就在河边走着。我是5点半到的河边的。我就沿着河边走，后来就看到了那颗人头。就这些。”

小李莫名其妙地看看马哲，马哲没有一点反应。

“你们不相信我，这我早就知道了。”他又忧郁地微笑起来。“谁让我那天去河边了。我是从来不去那个地方的。可那天偏偏去了，又偏偏出了事。这就是天意。”

“既然如此，你就不想解释一下吗?”马哲这时说。

“解释?”他惊讶地看着马哲，然后说，“你们会相信我吗?”

马哲没有回答。

他又摇起头，说道：“我从来不相信别人会相信我。”

“你当时看到过什么吗?”马哲问他。

“看到一个人，但在我后面，这个人你们已经知道了。就凭他的证词，你们就可以逮捕我。我当时真不应该跑，更不应该转回脸去。但这一切都是天意。”说到这里，他又笑了起来。

“还看到了什么?”马哲继续问。

“没有了，否则就不会是天意了。”

“再想一想。”马哲固执地说。

“想一想?”他开始努力回想起来，很久后他才说，“还看到过另外一个人。当时他正蹲在河边洗衣服，但那是一个疯子。”他无可奈何地看着马哲。

马哲听后微微一怔，沉默了很久，他才站起来对小李说：“走吧。”

那人惊愕地望着他俩，问：“你们不把我带走了?”

八

那人名叫许亮，今年 35 岁，没有结过婚，似乎也没和任何女孩子有过往来。他唯一的嗜好是钓鱼。邻居说他很孤僻，单位的同事却说他很开朗。有关他人的介绍，让马哲觉得是在说两个毫不相关的人。马哲对此并无多大兴趣。他所关心的是根据邻居的回忆，许亮那天是下午 4 点左右出去的，而许亮自己说是 5 点半到的河边。

“在那一个多小时里，你去了什么地方？”在翌日的下午，马哲传讯了许亮。

“什么地方也没去。”他说。

“那么你是 4 点左右就去了河边？”马哲问。

“没有。”许亮懒洋洋地说。“我在街上转了好一会儿。”

“碰到熟人了吗？”

“碰到一个，然后我和他在街旁人行道上聊天了。”

“那个人是谁？”

许亮想了一下，然后说：“记不起来了。”

“你刚才说是熟人，可又记不起是谁了。”马哲微微一笑。

“这是很正常的。”他说。“比如你写字时往往会写不出一个你最熟悉的字。”说完他颇有些得意地望着马哲。

“总不会永远记不起吧？”马哲说。

“也很难说。也许我明天就会想起来，也许我永远也想不起来了。”他用一种无所谓的态度说，仿佛这些与他无关似的。

这天马哲让许亮回去了。可是第二天许亮仍说记不起是谁，以后几天他一直这么说。显而易见，在这个细节上他是在撒谎。许亮已经成了这桩案件的重要嫌疑人。小李觉得可以对他采取行动了。马哲没有同意。因为仅仅是他在案发的时间里在现场是不够的，还缺少其他的证据。当马哲传讯许亮时，小李他们仔细搜查了他的屋子，没发现任何足以说明问题的证据。而其他的调查也无多大收获。

与此同时，马哲调查了另一名嫌疑人，那人就是疯子。在疯子这里，他们却得到了意想不到的进展。

当马哲一听说那天傍晚疯子在河边洗衣服时，蓦然怔住了。于是很快联想起了罪犯作案后的奇特现场。当初他似乎有过一个念头，觉得作案的人有些不正常。但他没有深入下去。而后来疯子在河边洗衣服的情节也曾使他惊奇，但他又忽视了。

老邮政弄有两个人曾在案发的那天傍晚5点半到6点，看到疯子提着一件水淋淋的衣服走了回来。他们回忆说当初他们以为疯子掉到河里去，可发现他外裤和衬衣是干的，又惊奇了起来。但他们没在意，因为对疯子的任何古怪举动都不必在意。

“还看到了什么?”马哲问他们。

他们先是说没再看到什么，可后来有一个人说他觉得疯子当初另一只手中似乎也提着什么。具体什么他记不起来了，因为当时的注意力被那条水淋淋的衣服吸引了过去。

“你能谈谈印象吗?”马哲说。

可那个人怎么说也说不清楚，只能说出大概的形状和大小。

马哲蓦然想起了什么，他问：“是不是像一把柴刀?”

那人听后眼睛一亮，说：“像。”

关于疯子提着水淋淋的衣服，老邮政弄的人此后几乎天天傍晚都看到。据他们说，在案发以前，疯子是从未有过这种举动的。而且在案发的那天下午，别人还看到疯子在幺四婆婆走后不久，也往河边的方向走去。身上穿的衣服正是这些日子天天提在他手中的水淋淋的衣服。

于是马哲决定搜查疯子的房间。在他那凌乱不堪的屋内，他们找到了幺四婆婆那把遗失的柴刀。上面沾满血迹。经过化验，柴刀上血迹的血型与幺四婆婆的血型一致。

接下去要做的事是尽快找到幺四婆婆生前积攒下的那笔钱。“我要排除抢劫杀人的可能性。”马哲说。看来马哲在心里已经认定罪犯是疯子了。

然而一个星期下来，尽管所有该考虑的地方都寻找过了，可还是没法找到那笔钱。马哲不禁有些急躁，同时他觉得难以找到了。

尽管案件尚留下一个疑点，但马哲为了不让此案拖得过久，便断然认为幺四婆婆将钱藏在一个不为人知的地方，而决定逮捕疯子。

当马哲决心已下后，小李却显得犹豫不决。他问马哲："逮捕谁。"

马哲仿佛一下子没有明白这话是什么意思。

"可是。"小李说，"那是个疯子。"

马哲没有说话，慢慢走到窗口。这二楼的窗口正好对着大街。他看到不远处围着一群人，周围停满了自行车，两边的人都无法走过去了。中间那疯子正舒舒服服躺在马路上。因为交通被阻塞，两边的行人都怒气冲冲，可他们无可奈何。

第二章

一

河水一直在流着，秋天已经走进了最后的日子。两岸的柳树开始苍老，天空仍如从前一样明净，可天空下的田野却显得有些凄凉。几只麻雀在草丛里跳来跳去。青草茁壮成长，在河两旁迎风起舞。

有一行人来到了河边。

"后来才知道是一个疯子干的。"有人这么说。显然他是在说那桩凶杀案，而他的听众大概是异乡来的吧。

"就是我们刚才看到的那个疯子。"那人继续说。

"就是一看到你就吓得乱叫乱跑的那个疯子？"他们中间一人问。

"是的，因为他是个疯子，公安局的人对他也就没有办法，所以把他交给我们了。我用绳子捆了他一个星期。从此他一看到我就十分害怕。"

此刻他们已经走到了小河转弯处。那人说："到了，就在那个地方，放着一颗人头。"

他们沿着转弯的小河也转了过去。“这地方真不错。”有一个人这么说。

那个人回过头去笑笑，然后用手一指说：“就在这里，有颗人头。”他刚一说完马上就愣住了。随即有一个女子的声音哨子般惊叫起来，而其他的人都吓得目瞪口呆。

二

马哲站在那小小的坟堆旁，那颗人头已经被取走，尸体也让人抬走了。暴露在马哲眼前的是一个浅浅的坑，他看到那翻出来的泥土是灰红色的，上面有几块不规则的血块，一只死者的黑色皮鞋被扔在坑边，皮鞋上也有血迹，皮鞋倒躺在那里。那皮鞋与马哲脚上穿的皮鞋一模一样。

马哲看了一会儿后，朝河边走去了。此刻中午的阳光投射在河面上，河面像一块绸布般熠熠生辉。他想起了那一群鹅，若此刻鹅群正在水面上移动，那将是怎样一种景象？他朝四周望去，感到眼睛里一片空白，因为鹅群没有出现在他的视线中。

“那疯子已经被关起来了。”马哲身旁一个人说。“我们一得到报告，马上就去把疯子关起来，并且搜了他的房间，搜到了一把柴刀，上面沾满血迹。”

在案发的当天中午，曾有两个人看到疯子提着水淋淋的衣服走回来，但他们事后都说没在意。

“为什么没送他去精神病医院？”马哲这时转过身去问。

“本来是准备送他去的，可后来……”那人犹豫了一下，又说，“后来就再没人提起了。”

马哲点点头，离开了河边。那个人跟在后面，继续说：“谁会料到他还会杀人。大家都觉得他不大会……”他发现马哲已经不再听了，便停止不说。

在一间屋子的窗口，马哲又看到了那个疯子。疯子那时正自言自语地坐在地上，裤子解开着，手伸进去像是捉跳蚤似的十分专心。捉了一阵，像是捉到了一只，于是他放进嘴里津津有味地咀嚼起来。这时他看到了窗外的马哲，就呵呵地傻笑起来。

马哲看了一会儿，然后转过脸去。他突然吼道："为什么不把他捆起来。"

三

死者今年35岁，职业是工人。据法医验定，凶手是从颈后用柴刀砍下去的，与幺四婆婆的死状完全一致。而疯子屋里找到的那把柴刀上的血迹，经过化验也与死者的血型一致。那疯子被绳子捆了两天后，便让人送到离此不远的一家精神病医院去了。

"死者是今年才结婚的，他妻子比他小三岁。"小李说。"而且已经怀孕了。"

死者的妻子坐在马哲对面，她脸色苍白，双手轻轻搁在微微隆起的腹部。她的目光在屋内游来游去。此刻是在死者家中，而在离此二里路的火化场里，正进行着死者的葬礼。家中的一切摆设都让人觉得像阳光一样新鲜。

"我们都30多岁了，我觉得没必要把房间布置成这样，可他一定要这样布置。"她对马哲说，那声音让人觉得她似乎有些不好意思。

也不知是什么原因，在下午就要离开这里的时候，马哲突然想去看望一下死者的妻子。于是他就坐到这里来了。

"结果结婚那天，他们一进屋就都惊叫了起来，他们都笑我们俩。那天你没有来吧！"

马哲微微一怔。她此刻正询问似的看着他，他一时间不知该如何回答。

她仔细看了一会儿马哲，然后说："你是没有来。那天来的人很多，但我都记得。我没有看到你。"

"我是没有来。"马哲说。

"你为什么不来呢？"她惊讶地问。

这话让马哲也惊讶起来，他有点不知所措地看着她。

“你应该来。”她将目光移开，轻轻地埋怨道。

“可是……”马哲想说他不知道他们的婚事，但一开口又犹豫起来。他想了想后才说，“我那天出差了。”他心想：我与你们可是素不相识。

她听后十分遗憾地说：“真可惜，你不来真可惜。”

“我很后悔。”马哲说，“要是当初不去出差，我就能参加你们的婚礼了。”

她同情地望着马哲，看了很久才认真地点点头。

“那天他喝了很多酒，一到家就吐了。”她说着扭过头去在屋内寻找着什么，找了一会儿才用手朝放着彩电的地方一指。“就吐在那里，吐了一大摊。”她用手比画着。

马哲点了点头。

“你也听说了？”她略略有些兴奋地问。

马哲回答：“我也听说了。”

她不禁微微一笑，接着继续问：“你是听谁说的？”

“很多人都这么说。”马哲低声说道。

“是吗？”她有些惊讶。“他们还说了些什么？”

“没有了。”马哲摇摇头。

“真的没有说什么？”她仍然充满希望地问道。

“没有。”

她不再说话，扭过头去看着她丈夫曾经呕吐的地方，她脸上出现了羞涩的笑意。接着她回过头来问马哲：“他们没有告诉你我们咬苹果的事？”

“也没有。”

于是她的目光又在屋内搜寻起来，随后她指着那吊灯说：“就在那里。”

马哲仰起头，看到了那如莲花盛开般的茶色吊灯。吊灯上还荡着短短的一截白线。

“线还在那里呢。”她说，“不过当时要长多了，是后来被我撕断的。他们就在那里挂了一只苹果，让我们同时咬。”说到这里，她朝马哲微微一笑。“我丈夫刚刚呕吐完，可他们还是不肯放过他，一定要让他咬。”接着她陷入了沉思之中，那苍白的脸色开始微微有些泛红。

这时马哲听到楼下杂乱的脚步声，那声音开始沿着梯梯爬上来。他知道死者的葬礼已经结束，送葬的人回来了。

她也听到了那声音，起先没注意，随后她皱起眉头仔细听了起来。接着她脸上的神色起了急剧的变化，她仿佛正在慢慢记起一桩被遗忘多年的什么事。

马哲这时悄悄站了起来，当他走到门口时，迎面看到了一只被捧在手中的骨灰盒。他便侧身让他们一个一个走了进去。然后他才慢慢地走下楼，直到来到大街上时，他仍然没有听到他以为要听到的那撕心裂肺的哭喊声。

当走到码头时，他看到小李从汽艇里跳上岸，朝他走来。

“你还记得那个叫许亮的人吗？”小李这样问。

“怎么了？”马哲立刻警觉起来。

“他自杀了。”

“什么时候？”马哲一惊。

“就在昨天。”

四

发现许亮自杀的，是一个二十五六岁的年轻人。

“我是许亮的朋友。”他说。他似乎很不愿意到这里来。

“我是昨天上午去他家的。因为前一天我们约好了一起去钓鱼，所以我就去了。我一脚踢开了他的房门。我每次去从不敲门，因为他告诉我他的门锁坏了，只要踢一脚就行了。他自己也已有两年不用钥匙了。他这办法不错。现在我也不用钥匙，这样很方便。而且也很简单，只要经常踢，门锁就坏了。”说到这里，他问马哲，“我说到什么地方了？”

“你踢开了门。”马哲说。

“然后我就走了进去，他还躺在床上睡觉。睡得像死人一样。

我就去拍拍他的屁股，可他没理我。然后我去拉他的耳朵，大声叫着他的名字，可他像死人一样。我从来没有见过睡得这么死的人。”他说到这里仿佛很累似的休息了一会儿，接着又说，“然后我看到床头柜上有两瓶安眠酮，一瓶还没有开封，另一瓶只剩下不多了。于是我就怀疑他是不是自杀了，但我拿不准。便去把他的邻居叫进来，让他们看看，结果他们全惊慌失措地大叫起来。完了。”他如释重负般地舒了口气，随后又低声嘟哝道，“自杀有什么好大惊小怪的。”

然后他站起来准备走了，但他看到马哲依旧坐着，不禁心烦地问：“你还要知道点什么？”

马哲用手一指，请他重新在椅子上坐下。随后问：“你认识许亮多久了？”

“不知道。”他恼火地说。

“这可能吗？”

“这不可能。”他说，“但问题是这很麻烦，因为要回忆，而回忆实在太麻烦。”

“你是怎样和他成为朋友的？”马哲问。

“我们常在一起钓鱼。”说到钓鱼他开始有些高兴了。

“他给你什么印象？”马哲继续问。

“没印象。”他说，“他又不是什么英雄人物。”

“你谈谈吧。”

“我说过了没印象。”他很不高兴地说。

“随便谈谈。”

“是不是现在自杀也归公安局管了？”他恼火地问。

马哲没有回答，而是摆出一副认真听讲的样子。

“好吧。”他无可奈何地说。“他这个人……”他皱起眉头开始想了。“他总把别人的事想成自己的事。常常是我钓上来的鱼，可他却总说是他钓上来的。反正我也无所谓是谁钓上来的。他和你说过他曾经怎样钓上来一条 30 多斤的草鱼吗？”

“没有。”

“可他常这么对我说，而且还绘声绘色。其实那鱼是我钓上来的，他所说的是我的事。可是这和他的自杀有什么关系呢？他的自杀和你们又有什么关系？”他终于发火了。

“他为什么要自杀？”马哲突然这样问。

他一愣，然后说：“我怎么知道？”

“你的看法呢？”马哲进一步问。

“我没有看法。”他说着站起来就准备走了。

“别走。”马哲说，“他自杀与疯子杀人有关吗？”

“你别老纠缠我。”他对马哲说。“我对这种事讨厌，你知道吗？”

“你回答了再走。”

“有关又怎样？”他非常恼火地重新在椅子上坐下。“你们既然已经知道了，为什么还要问我？”

“你说吧。”马哲说。

“好吧。”他怨气重重地说，“那个幺四婆婆死时，他找过我，要我出来证明一下，那天傍晚曾在什么地方和他聊天聊了一小时，但我不愿意。那天我没有见过他，根本不会和他聊天。我不愿意是因为这种事情太麻烦。”他朝马哲看看，又说，“我当时就怀疑幺四婆婆是他杀的，要不他怎么会那样。”他又朝马哲看看。“现在说出来也无所谓了，反正他不想活了。他想自杀，尽管没有成功，可他已经不想活了。你们可以把他抓起来，在这个地方。”他用手指着太阳穴。“给他一枪，一枪就成全他了。”

五

当马哲和小李走进病房时，许亮正半躺在床上，他说：“我知道你们会来找我的。”仍然是这句话。

“我们是来探望你的。”马哲说着在病床旁一把椅子上坐下，小李便坐在了床沿上。

许亮已经骨瘦如柴，而且眼窝深陷。他躺在病床上，像是一副骨骼躺在那里。尽管他说话的语气仍如从前，可那神态与昔日相比简直判若两人。

“怎么办呢?”他自言自语地说着，两眼茫然地望着马哲。

“你有什么话就说吧。”马哲说。

许亮点点头，他说：“我知道你们要来找我的，我知道自己随便怎样也逃脱不掉了。上次你们放过我，这次你们一定不会放过我的。所以我就准备……”他暂停说话，吃力地喘了几口气。“这一天迟早都要到来的，我想了很久，想到与其让一颗子弹打掉半个脑壳，还不如吃安眠酮睡过去永远不醒。”说到这里他竟得意地笑了笑，随后又垂头丧气起来。“可是没想到我又醒了过来，这些该死的医生，把我折腾得好苦。”他恶狠狠低声骂了一句。“但是也怪自己。”他立刻又责备自己了。“我不想死得太痛苦，所以我就先吃了四片，等到药性上来后，再赶紧去吃，可是已经来不及了。我吞下了大半瓶后就不知道自己了，我就睡死过去了。”他说到这里竟滑稽地朝马哲做了个鬼脸。接着他又哭丧着脸说，“可是谁想到还是让你们找到了。”

“那么说，你前天中午也在河边?”小李突然问。

“是的。”他无力地点点头。

小李用眼睛向马哲暗示了一下，但马哲没有理会。

“自从那次去过河边后，我就再也没有去过。但后来越想越觉得不对劲。我怕自己要是不再去河边，你们会怀疑我的。”他朝马哲狡猾地笑笑。“我知道你们始终没有放弃对我的怀疑。我觉得你们真正怀疑的不是疯子，而是我。你们那么做无非是想让我放松警惕。”他脸上又出现了得意的神色，仿佛看破了马哲的心事。“因此我就必须去河边走一走，于是我又看到了一颗人头。”他悲哀地望着马哲。

“然后你又看到了那个疯子在河边洗衣服?”小李问。

“是的。”他说，然后苦笑了一下。

“你就两次去过河边?”

他木然地点点头。

“而且两次都看到了人头?”小李继续问。

这次他没有什么表示，只是迷惑地看着小李。

“这种可能存在吗？会有人相信吗？”小李问道。

他朝小李亲切地一笑，说：“就连我自己都不会相信。”

“我认为，”小李在屋内站着说话，马哲坐在椅子里。局里的汽艇还得过一小时才到，他们得在一小时以后才能离开这里。

“我认为我们不能马上就走。许亮的问题还没调查清楚，幺四婆婆案件里还有一个疑点没有澄清。而且在两次案发的时间里，许亮都在现场。用偶然性来解释这些显然是不能使人信服的，我觉得许亮非常可疑。”

马哲没有去看小李，而是将目光投到窗外，窗外有几片树叶在摇曳，马哲便判断着风是从哪个方向吹来的。

“我怀疑许亮参与了凶杀。我认为这是一桩非常奇特的案件，一个正常人和一个疯子共同制造了这桩凶杀案。这里有两种可能性，一是整个凶杀过程以疯子为主，许亮在一旁望风和帮助；二是许亮没有动手，而是教唆疯子，他离得较远，一旦被人发现他就可以装出大叫大喊的样子。但这两种可能都是次要的，作为许亮，他作案的目的是抢走幺四婆婆身上的钱。”

马哲这时转过头来了，仿佛他开始听讲。

“而作案后他很可能参与了现场布置，他以为这奇特的现场会转移我们的注意，因为正常人显然是不会这样布置现场的。案后他又寻求别人作伪证。”

马哲此刻脸上的神色认真起来了。

“第二起案发时这两个人又在一起。显然许亮不能用第一次的方法来蒙骗我们了，于是他假装自杀。自杀前特意约人第二天一早去叫他，说是去钓鱼。而自杀的时间是在后半夜，这是他告诉医生的。并且只吃了大半瓶安眠酮，一般决心自杀的人是不会这样的。他最狡猾的是主动说出第二次案发时他也在河边，这是他比别的罪犯高明之处。然后他装着害怕的样子而去自杀。”

这时马哲开口了，他说：“但是许亮在第二起案发时不在河边，而在自己家中。他的邻居看到他在家中。”

小李惊愕地看着马哲，许久他才喃喃地问："你去调查过了？"

马哲点点头。

"可是他为什么说去过河边？"小李感到迷惑。

马哲没有回答，他非常疲倦地站了起来，对小李说："该去码头了。"

六

两年以后，幺四婆婆那间屋子才住了人。当那人走进房屋时，发现墙角有一堆被老鼠咬碎的麻绳，而房梁上还挂着一截麻绳。接着他又在那碎麻绳里发现了同样被咬碎的钞票。于是幺四婆婆一案中最后遗留的疑点才算澄清。幺四婆婆把钱折成细细一条编入麻绳，这是别人根本无法想到的。

也是在这个时候，疯子回来了。疯子在精神病医院待了两年，饱尝了电疗的痛苦，出院时已经憔悴不堪。因为疯子一进院就殴打医生，所以他在这两年里接受电疗的次数已经超出了他的生理负荷。在最后的半年里，他已经卧床不起。于是院方便通知镇里，让他们把疯子领回去。他们觉得疯子已经不会活得太久了，他们不愿让疯子死在医院里。而此刻镇里正在为疯子住院的费用发愁，本来镇上的民政资金就不多，疯子一住院就是两年，实在使他们发愁。因此在此时接到这个通知，不由让他们松了一口气。

疯子是躺在担架上被人抬进老邮政弄的。此前，镇里已经派人将他的住所打扫干净。

疯子被抬进老邮政弄时，很多人围上去看。看到这么多的人围上来，躺在担架里的疯子便缩成一团，惊恐地低叫起来。那声音像鸭子似的。

此后疯子一直躺在屋内，由居委会的人每日给他送吃的去。那些日子里，弄里的孩子常常扒在窗口看疯子。于是老邮政弄的人便知道什么时候疯子开始坐起来，什么时候又能站起来走路。一个多月后，疯子竟然来到了屋外，坐在门口的地上晒太阳。尽管是初秋季节，可疯子坐在门口总是瑟瑟发抖。

当疯子被抬进老邮政弄时，似乎已奄奄一息了。没想到这么快他又恢复了过来。而且不久后他不再怕冷，开始走来走去，有时竟又走到大街上去站着了。

后来有人又在弄口看到疯子提着一条水淋淋的衣服走了过来。起先他没在意，可随即心里一怔，然后他看到疯子另一只手里正拿着一把沾满血迹的柴刀，不禁毛骨悚然。

许亮敲开了邻居的房门，让他的邻居一怔。这个从来不和他们说话的人居然站到他们门口来了。

许亮站在门口，随便他们怎么邀请也不愿进去。他似笑似哭地对他们说："我下午去河边了。本来我发誓再也不去河边，可我今天下午又去了。"

疯子又行凶杀人的消息是在傍晚的时候传遍全镇的。此刻他们正在谈论这桩事，疯子三次行凶已经使镇上所有的人震惊不已。许亮就是在这个时候出现在他们面前的。听了许亮的话，他们莫名其妙。因为他们看到许亮整个下午都在家。

"我也不知道自己怎么又到河边去了。"许亮呆呆地说。既是对他们说，又像是自言自语。

"可是你下午不是在家吗？"

"我下午在家？"许亮惊讶地问，"你们看到我在家？"

他们互相看看，不知该如何回答。

于是许亮脸上的神情立刻黯淡了下去。他摇着头说："不，我下午去河边了。我已经发誓不去那里，可我下午又去了。"他痛苦地望着他们。

他们面面相觑。

"我又看到了一颗人头。"说到这里，许亮突然笑了起来，"我又看到了一颗人头。"

"可是你下午不是在家吗？"他们越发觉得莫名其妙。

"而且我又看到……"他神秘地说，"我又看到那个疯子在洗衣服了。"

他们此刻目瞪口呆了。

许亮这时十分愉快地嬉笑起来，然而随即他又立刻收起笑容。像是想起了什么，茫然地望着他们，接着转身走开了。不一会儿他们听到许亮敲另一扇门的声音。

马哲又来到了河边。不知为何他竟然又想起了那群鹅。他想象着它们在河面上游动时那像船一样庄重的姿态。他现在什么都不愿去想，就想那一群鹅。他正努力回想着当初凌晨一脚踩进鹅群时的情景，于是他仿佛又听到了鹅群因为惊慌而发出的叫声。

此刻现场已经被整理过了，但马哲仍不愿朝那里望。那地方叫他心里恶心。

这次被害的是个孩子。马哲只是朝那颗小小的头颅望了一眼就走开了。小李他们走了上去。不知为何马哲突然发火了，他对镇上派出所的民警吼道："为什么要把现场保护起来。"

"这……"民警不知所措地看着马哲。

马哲的吼声使小李有些不解，他转过脸去迷惑地望着马哲。这时马哲已经沿着河边走了过去，那民警跟在后面。

走了一会儿，马哲才平静地问民警："那群鹅呢?"

"什么?"民警一时没有反应过来。

"幺四婆婆养的那些鹅。"

"不知道。"民警回答。

马哲听后若有所思地点了点头。

这天晚上，小李报告马哲：被害者就是发现幺四婆婆人头的那个孩子。

马哲听后呆了半天，然后才说："他父亲不是不准他去河边了吗?"

小李又说："许亮死了，是自杀的。"

"可是那孩子为什么要去河边呢?"马哲自言自语。随即他惊愕地问小李，"许亮死了?"

第三章

一

那是一个夏日之夜，月光如细雨般掉落下来。街道在梧桐树的阴影里躺着，很多人在上面走着，发出的声音很零乱，夏夜的凉风正在吹来又吹去。

那个时候他正从一条弄堂里走了出来，他正站在弄堂口犹豫着。他在想着应该往左边走还是往右边走呢。因为往左边或者右边走对他来说都是一样的，所以他犹豫着。但当他犹豫的时候，心里没感到烦躁，因为他的眼睛没在犹豫，他的眼睛在街道上飘来飘去。因此渐渐地他也就不去考虑该往何处走了，他只是为了出来才走到弄口的，现在他已经出来了也就没必要烦躁不安。他本来就没打算去谁的家，也就是说他本来就没有什么固定的目标。他只是因为夏夜的诱惑才出来的，他知道现在去朋友的家也是白去，那些朋友一定都在外面走着。

所以当他在弄口站着时，就感到自己与走时一样。这种感觉是旁人的走动带给他的。他此刻正心情舒畅如欣赏电影广告似的，欣赏着女孩子身上的裙子的飘动，她们身上各种香味就像她们长长的头发一样在他面前飘过。而她们的声音则在他的耳朵里优美地旋转，转得他如醉如痴。

从他面前走过的人中间，也有他认识的，但不是他的朋友。他们有的就那么走了过去，有的却与他点头打个招呼。但他们没邀请他，所以他也不想加入进去。他在想他的朋友们也会从他面前经过，于是一方面盼着他们，另一方面又并不那么希望他们出现。因为他此刻越站越自在了。

这个时候他看到有一个人有气无力地走了过来，那个人不是在街道中间走，而是贴着人行道旁的围墙走了过来。大概是为了换换口味，他就对那个人感兴趣了。他感到那个人有些古怪，尤其是那个人身上穿的衣服让他觉得从未见过。

那个人已经走到了他跟前，看到他正仔细打量着自己，那个人脸上露出了奇特的笑容，然后笑声也响了起来，那笑声断断续续，时高时低，十分刺耳。

他起先一愣，觉得这个人似乎有些不正常，所以也就转回脸去继续往街道上看。可是随即他又想起了什么，便立刻扭回头去，那个人已经走出几步远了。

他似乎开始想起了什么，紧接着他猛地窜到了街道中间，随即朝着和那个人相反的方向跑起来，边跑边声嘶力竭地喊："那个疯子又回来了。"

正在街上走着的那些人都被他的叫声搞得莫名其妙，便停下脚步看着他。然而当听清了他的叫声后，他们不禁毛骨悚然，互相询问着同时四处打量，担心那个疯子就在身后什么地方站着。

他跑出了20多米远，才慢慢停下来，然后气喘吁吁又惊恐不已地对周围的人说："那个杀人的疯子又回来了。"

这时他听到远处有一个声音飘了过来，那声音也在喊着疯子回来了。起先他还以为是自己刚才那叫声的回音，但随即他听出了是另一个人在喊叫。

二

马哲是在第二天知道这个消息的。当时他呆呆地坐了半天，随后走到隔壁房间去给妻子挂了电话，告诉她今晚可能不回家了。妻子在电话里迟疑了片刻，才说声知道了。

那时小李正坐在他对面，不禁抬起头来问："又有什么情况?"

"没有。"马哲说着把电话搁下。

两个小时后，马哲已经走在那小镇的街上了。他没有坐局里的汽艇，而是坐小客轮去的。当他走上码头时，马上就有人认出了他。有几个人迎上去告诉他："那疯子又回来了。"他点点头表示已经知道。

"但是谁都没有看到他。"

听了这话，马哲不禁站住了。

“昨晚上大家叫了一夜，谁都没睡好。可是今天早晨互相一问，大家都说没见到。”那个人有些疲倦地说。

马哲不由皱了一下眉，然后他继续往前走。

街上十分拥挤，马哲走着时又有几个人围上去告诉他昨晚的情景。大家都没见到疯子，难道是一场虚惊？

当他坐在小客轮里时，曾想象在老邮政弄疯子住所前围满着人的情景。可当他走进老邮政弄时，看到的却是与往常一样的情景。弄里十分安静，只有几位老太太在生煤球炉，煤烟在弄堂里弥漫着。此刻是下午2点半。

一个老太太走上去对他说：“昨晚上不知是哪个该死的在乱叫疯子回来了。”

马哲一直走到疯子的住所前，那窗上没有玻璃，糊着一层塑料纸，塑料纸上已经积了厚厚一层灰尘。马哲在那里转悠了一会儿，然后朝弄口走去。

来到街上他看到派出所的一个民警正走过来，他想躲避已经来不及了，因为民警叫着他的名字走了上来。

“你来了。”民警笑着说。

马哲点点头。

“你知道吗？昨晚上大家虚惊一场。说是疯子又回来了，结果到今天才知道是一场恶作剧。我们找到了那个昨晚在街上乱叫的人，可他也说是听别人说的。”

“我听说了。”马哲说。

然后那民警问：“你来有事吗？”

马哲迟疑了一下，说：“有一点私事。”

“要我帮忙吗？”民警热情地说。

“已经办好了，我这就回去。”马哲说。

“可是下一班船要3点半才开，还是到所里去坐坐吧。”

“不。”马哲急忙摇了摇手，说，“我还有别的事。”然后就走开了。

几分钟以后，马哲已经来到了河边。河边一如过去那么安静，马哲也如过去一样沿着河边慢慢走去。

此刻阳光正在河面上无声地闪烁，没有风，于是那长长倒垂的柳树像是布景一样。河水因为流动发出了掀动的声音。马哲看到远处那座木桥像是一座破旧的城门。有两个孩子坐在桥上，脚在桥下晃荡着，他们手中各拿着一根钓鱼竿。

没多久，马哲就来到了小河转弯处。这是一条死河，它是那条繁忙的河流的支流。这里幽静无比。走到这里时，马哲站住脚仔细听起来。他听到了轻微却快速的说话声。于是他走了过去。

疯子正坐在那里，身上穿着精神病医院的病号服。他此刻正十分舒服地靠在一棵树上，嘴里自言自语。他坐的那地方正是他三次作案的现场。

马哲看到疯子，不禁微微一笑，他说："我知道你在这里。"

疯子没有搭理，继续自言自语，随即他像是愤怒似的大叫大嚷起来。

马哲在离他五米远的地方站住。然后扭过头去看看那条河和河边的田野，接着又朝那座木桥望了一会儿，那两个孩子仍然坐在桥上。当他回过头来时，那个疯子已经停止说话，正朝马哲痴呆地笑着。

马哲便报以亲切一笑，然后掏出手枪对准疯子的脑袋。他扣动了扳机。

三

"你疯啦。"局长听后失声惊叫起来。

"没有。"马哲平静地说。

马哲是在3点钟的时候离开河边的。他在疯子的尸体旁站了一会儿，犹豫着怎么处理他。然后他还是决定走开。走开时他看到远处木桥上的两个孩子依旧坐着，他们肯定听到了刚才那一声枪响，但他们没注意。马哲感到很满意。十分钟后，他已经走进了镇上的派出所，刚才那个民警正坐在门口，看着斜对面买香蕉的人而打发着时间。当他看到马哲不禁兴奋地站了起来，问："办完了？"

"办完了。"马哲说着在门口另一把椅子上坐了下来。这时他感到口干舌燥，便向民警要了一杯凉水。

“泡一杯绿茶吧。”民警说。

马哲摇摇头，说：“就来杯凉水。”

于是民警进屋去拿了一杯凉水，马哲一口气喝了下去。

“还要吗？”民警问。

“不要了。”马哲说。然后他眯着眼睛看他们买香蕉。

“这些香蕉是从上海贩来的。”民警向马哲介绍。

马哲朝那里看了一会儿，也走上去买了几斤。他走回来时，民警说：“在船里吃吧。”他点点头。

然后马哲看看表，觉得时间差不多了，便对民警说：“疯子在河边。”

那民警一惊。

“他已经死了。”

“死了？”

“是被我打死的。”马哲说。

民警目瞪口呆，然后才明白似的说：“你别开玩笑。”

但是马哲已经走了。

现在马哲就坐在局长对面，那支手枪放在桌子上。当马哲来到局里时，其他人已经下班了，但局长还在。起先局长也以为他在开玩笑，然后当确信其事后局长勃然大怒了。

“你怎么干这种蠢事。”

“因为法律对他无可奈何。”马哲说。

“可是法律对你是有力的。”局长几乎喊了起来。

“我不考虑这些。”马哲依旧十分平静地说。

“但你总该为自己想一想。”局长此刻已经坐不住了，他烦躁地在屋内走来走去。

马哲像是看陌生人似的看着他，仿佛没有听懂他的话，

“可你为什么不这样想呢？”

“我也不知道。”马哲说。

局长不禁叹了一口气，然后又在椅子上坐下来，他难过地问马

哲："现在怎么办呢?"

马哲说："把我先送到拘留所吧。"

局长想了一下，说："你就在我办公室待着吧。"他用手指一指那折叠钢丝床，"就这样睡吧。我去把你妻子叫来。"

马哲摇摇头，说："你这样太冒险了。"

"冒险的是你，而不是我。"局长吼道。

四

妻子进来的时候，刚好有一抹霞光从门外掉进来。那时马哲正坐在钢丝床上，他没有去想已经发生的那些事，也没想眼下的事。他只是感到心里空荡荡的，所以他竟没听到妻子走进来的脚步声。

是那边街道上有几个孩子唱歌的声音使他猛然抬起头来，于是他看到妻子就站在身旁。他便站起来，他想对她表示一点什么，可他重新又坐了下去。

她将一把椅子拖过来，面对着他坐下。她双手放在腿上。这个坐姿是他很熟悉的，他不禁微微一笑。

"这一天终于来了。"她说。同时如释重负似的松了口气。

马哲将被子拉过来放在背后，他身体靠上去时感到很舒服。于是他就那么靠着，像欣赏一幅画一样看着她。

"从此以后，你就不再会半夜三更让人叫走，你也不会时常离家了。"她脸上露出了心满意足的神态。

她继续说，"尽管你那一枪打得真蠢，但我还是很高兴。我以后再也不必为你担忧了。因为你已经不可能再干这一行了。"

马哲转过脸去望着门外。他似乎想思索一些什么，可脑子里依旧空荡荡的。

"就是你要负法律责任了。"她忧伤地说，但她很快又说，"可我想不会判得太重的，最多两年吧。"

他又将头转回来，继续望着他的妻子。

"可我要等你两年。"她忧郁地说，"两年时间说短也短，可说长也真够长的。"

他感到有些疲倦了，便微微闭上眼睛。妻子的声音仍在耳边响着，那声音让他觉得有点像河水流动时的声音。

五

医生是一个50多岁的男子，他有着一双忧心忡忡的眼睛。他从门外走进来时仿佛让人觉得他心情沉重。马哲看着他，心想这就是精神病医院的医生。

昨天这时候，局长对马哲说："我们为你找到了一条出路，明天精神病医生就要来为你诊断，你只要说些颠三倒四的话就行了。"

马哲似听非听地望着局长。

"还不明白？只要能证明你有点精神失常，你就没事了。"

现在医生来了，并在他对面坐了下来。局长和妻子坐在他身旁，他感到他俩正紧张地看着自己，心里觉得很滑稽。医生也在看着他，医生的目光很忧郁，仿佛他有什么不快要向马哲倾吐似的。

"你是哪一年出生的？"

他看到医生的嘴唇嚅动了一下，然后有一种声音飘了过来。

"你是哪一年出生的？"医生重新问了一句。

他听清了，便回答："一九五一年。"

"姓名？"

"马哲。"

"性别。"

"男。"

马哲觉得这种对话有点可笑。

"工作单位？"

"公安局。"

"职务？"

"刑警队长。"

尽管他没有朝局长和妻子看，但他也已经知道了他们此刻的神态。他们此刻准是惊讶地望着他，他不愿去看他们。

"你什么时候结婚的？"医生的声音越来越忧郁。

“一九八一年。”

“你妻子是谁?”

他说出了妻子的名字，这时他才朝她看一眼，看到她正怔怔地望着自己。他不用去看局长，也知道他现在的表情了。

“你有孩子吗?”

“没有。”他回答，但他对这种对话已经感到厌烦了。

“你哪一年参加工作的?”

马哲这时说：“我告诉你，我很正常。”

医生没理睬，继续问：“你是哪一年出生的?”

“你刚才已经问过了。”马哲不耐烦地回答。

于是医生便站了起来。当医生站起来时，马哲看到局长已经走到门口了。他扭过头去看妻子，她这时正凄凉地望着自己。

六

医生已经是第四次来了。医生每一次来时脸上的表情都像第一次，而且每一次都是问着同样的问题。第二次马哲忍受着不向他发火。而第三次马哲对他的问话不予理睬。可他又来了。

妻子和局长所有的话，都使马哲无动于衷。只有这个医生使他心里很不自在。当医生迈着沉重的脚步，忧心忡忡地在他对面坐下来时，他立刻垂头丧气了。他试图从医生身上找出一些不同于第三次的东西，可医生居然与第一次来时一模一样的神态。这使马哲感到焦躁不安起来。

“你是哪一年出生的!”

又是同样的声音，无论是节奏还是音调都与前三次无异。这声音让马哲觉得连呼吸都有些困难。

“你是哪一年出生的?”医生又问。

这声音在折磨着他。他无力地望了望自己的妻子，她正鼓励地看着他。局长坐在妻子身旁，局长此刻正望着窗外。他感到再也无法忍受了，他觉得自己要吼叫了。

“一九八一年。”马哲回答。

随即马哲让自己的回答吃了一惊。但不知为何他竟感到如释重负一样轻松起来。于是他长长地舒了一口气。

医生继续问："姓名?"

马哲立刻回答了妻子的姓名。随后向妻子望去。他看到她因高兴和激动眼中已经潮湿。而局长此刻正转回脸来，满意地注视着他。

"工作单位?"

马哲迟疑了一下，接着说："公安局。"随后立即朝局长和妻子望去，他发现他俩明显地紧张了起来，于是他对自己回答的效果感到很满意。

"职务?"

马哲回答之前又朝他们望了望，他们此刻越发紧张了。于是他说："局长。"说完他看到他俩全松了口气。

"你什么时候结婚的?"

马哲想了想，然后说："我还没有孩子。"

"你有孩子吗?"医生像机器似的问。

"我还没结婚。"马哲回答，他感到这样回答非常有趣。

医生便站起来，表示已经完了。他说："让他住院吧。"

马哲看到妻子和局长都目瞪口呆了。他们是绝对没料到这一步的。

"让我去精神病医院?"马哲心想。随后他不禁哧哧地笑起来，笑声越来越响，不一会儿他哈哈大笑了。他边笑边断断续续地说："真有意思啊。"

（原载《钟山》1988 年第 1 期）

余华，1960 年生，山东高唐人。中国作家协会会员，文学创作一级，中国作协第七届全委会委员。著有《余华作品集》（三卷），长篇小说《活着》、《许三观卖血记》，中短篇小说《世事如烟》、《河边的错误》等数十篇。《活着》（意大利文版本）曾获 1998 年意大利格林扎纳·卡佛文学奖。

一个警察和他的妻子

窦卫华

一

一出商场门口，雷平均就在台阶上发现了那个行窃的贼。

他对送上门的“猎物”并不感到兴奋。今天休息，他还有要办的事。可是，那场面像柴棍一样支着他的眼睛。他站定了，掏出一沓零钱，像个乡下人一样低头一张一张点着票子，目光却偷偷从票子上沿瞥向汽车站牌下。那儿，一个身材扁圆如螃蟹一般敏捷灵活的家伙，正借一个潇洒的“甩”的动作，将脖颈上的毛围巾下摆搭到一位等车乘客的肩上，然后两臂交叠，踮起脚尖伸长脖子，身子不经意地靠住那人——“架儿”搭好了，借着围巾的遮掩，一只手悄然从肘下探出，随着身体的晃动，拇指与食指娴熟而迅疾地在乘客鼓囊囊的天窗（上兜）扣鼻上一下一下地拨、拨……

“惯偷。”

雷平均毫不含糊地作出判断，一边加快脚步从台阶上下来。“捉贼捉赃”，他要赶在乘客的兜扣被拨开、钱夹被钳出的刹那间，出其不意地攥住贼手。“螳螂捕蝉，黄雀在后”，此时乘客是蝉，扒手是螳螂，而他就是那只不能让猎物从眼皮底下溜走的黄雀。

这是个狡猾的窃贼，二十七八岁，身手矫健，穿一身不太干净的牛仔服，足蹬旅游鞋，一对警觉的小眼睛在暗中睃视着周围的环境，身子随着人群的移动而移动，始终不让已经靠住的目标离开自己半步。看来，今天这出戏，非演到收场不算完。

倏然，一辆公共汽车的出现引起了骚动。等车的人们急不可耐地冲下便道。围巾被甩开了。矮家伙蹙了蹙眉，毫不迟疑地挤了上去。

从征兆看，作案动机显而易见，跟上去，多半能有所获，但是也不排除这样的可能：这是个谨慎的家伙，不到有十成把握，不贸然出手。以前常有这种情况：跟车观察半天，最终人家还是好人一个。那样的话，今天这个公休日，就算白搭进去了。

他从腋下取出那盒积木端详。说好了的，今天去郊区看女儿，今天是孩子的三周岁生日。他真不想失约，一个星期了，他想她。

可是，就在略一踌躇的当儿，他发现，那矮家伙正朝一个穿牛仔服、戴墨镜的高个子使着诡秘的眼色，很快，那家伙也走下了便道。这眼色被雷平均捕捉到了，凭着职业的敏感，他一下子意识到：这是两个合伙作案的窃贼！

他不再犹豫，手抄裤兜没事一样踱着凑过去。在攀住把手，使劲一跃挤进车门的一瞬间，那个使他苦恼了一上午的疑问又冒了出来：作为孩子妈妈，一个星期没见女儿面了，她难道一点儿都不想？

二

雷平均从家里出门的时候，他的妻子刘璐还裹着毛巾被躺在床上。

他知道她不愿和他一起出门，一起并排走在街上，甚至没有兴趣和他多说话。可是，这是去看女儿。他问了，她说不去，口气冷淡，眼皮也不撩；再问，刘璐一骨碌从床上爬起来，一撩毛巾被，裙子也没套，抓上，踢踢沓沓进了卫生间。

他一声没吭就离开了家。妻子的冷漠，几乎是预料之中的。那副漂亮的面孔，早就变得陌生了，让人看着心里发冷。常常为了一件小事，她就吵，就生气，就解下围裙，饭也不做了，径自躺到内屋床上。那“嘭”一声夹带着风的摔门声，每每使他的脑袋都要涨得老大，握紧拳头站在过道中央，真恨不得砸了这个家。但这念头不过是一闪，渐渐地他就镇定下来——一个人若是心里很明白自己不如爱人条件优越并且很爱她，那就很难鼓起勇气摆男子汉大丈夫的谱儿。她那么美，身材那么苗条，而且文化高，能说能写能干，家里外头拿得起放得下。他不止一次听到过同伴们发出艳羡：“大雷小子有本事，搞了个标准的美人，四面见线。”虽然听这话的时候，他脸上装作不以为然，心里却甜滋滋的舒服。何况当初他们认识的时候，刘璐是国家正式干部，他雷平均不过是个文化不高刚刚转业的大兵，她是硬顶住来自四面八方的重重压力与他结合的，为此，他曾发誓要好好爱她一辈子。一念及妻子的好处，再联想到他们爱情的结晶和未来的希望——天真可爱的女儿，雷平均软了，拉下脸，讪讪地进屋赔不是，用那种只有夫妻间才说得出的调侃缓和气氛。这一招也生过效，不过时间长了，吵得次数频繁了，刘璐便不再吃这一套，给他一个后背；或者，正赶在火头上，猛一下坐起，瞪着杏眼怒斥：“别碰我！你越这样，越让人讨厌。瞧你这副尊容……算啦，自己照照去吧。”

他悻悻地走到穿衣镜前，果真发现，自己在讨好时的表情实在难看，脸上的皮肤是粗糙的，皱纹是明显的，眼睛不大而且混浊，头发自小就稀疏而发黄，只要几天不刮脸，那铁丝一般的胡子就不规则地胡乱长出来，再加上身心疲惫、生活不规律造成的深陷的腮纹、鼓凸的颧骨，以及龇牙赔笑时咧得过于大的嘴，他真恨不得扇自己一巴掌。

几次不赏脸之后，他就暗自告诫，再不能用哄或自轻自贱的方式向妻子赔不是了。每天早上，他穿起那身为掩护身份而从小摊上随便买的衣服出门，妻子在身后不满意地嘟囔“当这种破警察，也真窝囊透了。瞧这身打扮，灰溜溜像个乡下老土”的时候，他绝不再歉然奉送一副笑脸，而是缓缓地、带着讥诮的口吻说：

“我没挡着你，找可心的去吧。什么时候主意拿定了，咱们就离婚。”

这是句颇有“内涵”的话，十分厉害。

说这番话，雷平均心里隐隐作痛。记不清是几个月之前了，下班回家，他发现家中有客人，一个身材颀长皮肤白皙、说话举止既潇洒又文质彬彬的男子。妻子介绍说，这是她的同事，刚从外单位调来的记者。那男子也大大方方地与他握手，说着一些礼貌而有分寸的话。开始他并没有丝毫的不愉快，而且立刻下厨掌勺，为这位初来乍到的年轻客人备饭接待，然而渐渐地，就隐隐约约产生了一种不舒服的感觉。他模模糊糊感到，刘璐好像对这位男同事格外崇拜、敬佩，他们的谈话既投机又知己，那些听不明白的渊博的高谈阔论，使雷平均自惭形秽，而每当他想坐下来认真听一会儿，刘璐总要找个借口，将他支使到卧室或厨房干这干那。妻子那颐指气使、在客人面前毫不掩饰地对丈夫的轻视，深深刺痛了雷平均的心。他是忍了又忍才没在客人面前发作，但是这个疙瘩算是结上了，刘璐在气头上抱怨他土、窝囊，他便一股脑儿将憋了许久的话，没头没脸扔了出来。

刺激是显然的，刘璐一下子愣了，颤颤地伸出指头，嘴唇直抖：

“你……说什么？再说一遍！”

他扭头就走，但被死死地拖住。

“你给我回答！你刚才的话是什么意思？告诉你，今天不说清楚，别想出门！”

他惊愕地瞪着妻子的脸，那张脸变得气愤而又难看。他第一次发现，妻子老了，虽然她穿着时髦的蓝牛仔裙，但这种衣裳，其实只属于那些没有皱纹的女性。她穿上，尤其在脸上一副凄迷表情，腋窝下细长的腋毛胡乱爹撒出来，头发也由于没有梳理而在凌乱中掩饰不住顶上过度脱发显露的头皮时，他动了恻隐之心：倨傲自恃的刘璐，你要是照照镜子就好了。

“说呀！”

“说什么？”

“装得倒像，这种不凉不酸的话，我从你嘴里听到几次了。别人说，我不在乎，可你不一样，你是我的丈夫。当丈夫的，自己不能帮助妻子在知识业务方面提高，还不准她请教别人？那次人家来串门，你那驴脸能拴个油瓶子，怎么啦？我和他有什么事？告诉你，你妻子不是那样的人。你要是不愿意家里来客人，可以直说，何必闷在肚里？还拿这个要挟人，有人格吗，你？”

她说着，泪水无声地淌了下来。根据刘璐近乎乖张的脾气，这眼泪很难说究竟是伤心之极，还是一种心虚的掩饰，但雷平均却只会以前一种可能来推断，他也不能不这么推断。人，不能没有一个权做歇憩休整的家。而且他也考虑过，假如妻子真是那种无情无义、放纵轻薄的女人，那她可能早就与他这个默默无闻的公安小卒分手了。可她没有，这说明她还不是没有良心的。

他站起来，抻过一条毛巾递给她，哭，是女人最厉害的武器，尤其是刘璐这样风姿姣好的少妇。雷平均无法使自己再深陷如此难堪的气氛，他必须认输，必须采取主动，只是，当他揽过刘璐的肩，吃力地说起并不擅长说的宽慰话，以便将一场不快化为乌有时，心中涌动的，已不是往昔那种充满幸福和甜蜜的爱恋之情，而是一种面对生活无可奈何，强压烦恼以求平安，以求能将眼前的日子凑合着过下去的深深的惆怅。

在路上，他记起结婚仪式那天，一位老领导再三祝愿他俩“白头偕老”的话，老者说得那么恳切，那么语重心长。他当时对这个词挺纳闷，白头偕老有什么难的？巴不得呢。如今明白了，这不是一句随便说说的话，男女厮守一辈子，光靠那种神秘的异性吸引力是远远不够的，神秘容易消逝，更多的是繁杂招人烦的居家琐事，以及和热恋时截然相反的，完全是干巴巴缺乏浪漫色彩的交代、推脱、不如意、你怪我我怪你。尤其可怕的是，当表面的不和谐渐渐发展成为难以弥合的感情裂痕，夫妻之间已经有了一道心照不宣的隔阂时，家在某种程度上，仿佛就失去了作为归帆靠泊的安全港湾的意义，遇有风吹浪打，就很难拴牢两颗游移的心。

他边走边问自己。不想多动脑子，却偏又摆脱不掉，自己折磨自己。也许，是对刘璐、对这个家已经预感到了什么，只是这种预感深深埋在意识深处，他不愿碰、不敢揭，仿佛一旦触动，就会如同揭了伤疤一样，让人更加痛苦不堪。

直到在台阶上发现了那两个可疑的人，雷平均才从深陷的苦恼中解脱出来。

三

公共汽车缓缓起动。车门抵住他的背，艰难地“嘭”一声关拢。他蹬住上一层台阶，试了几试，勉强站了上来，可那两个可疑的家伙，依然没有出现在视线之内。

在如此拥挤的场合作案，对扒手既有利又不利，有利的是人挤人，乘客们对身体碰触已经感觉迟钝；不利的是，眼睛太多了，高的矮的老的少的，道道目光纵横杂错。不过，这后一条对许多狡诈的贼，已经没有多大的威慑力，他们深知那些眼睛大都不值得惧怕，即使被察觉，只要一亮匕首一骂街，甚至只需凶狠地瞪一眼，那些人就会立刻变得视而不见。当然，敢这么光天化日硬干的，都是些罪行累累、铤而走险的亡命徒。

他开始小心地挪着身子，尽可能朝车厢中间挨。前方几个停车站，上下车的都多，正是易于接近目标、作案后又易于逃脱的地段，他不敢怠慢。不在那作案的瞬间人赃俱获，歹徒是无论如何也要拼死抵赖的，那就麻烦了。作为一个专职民警，他不能允许自己做事拖泥带水留下后患。

没有什么比接近目标更叫雷平均感到振奋的了，每逢这时，他都像钓鱼的人发现咬钩一样，血液沸腾，一切烦恼统统忘却，代之一种不动声色的、极其专注敏感而又极其镇定自信的情绪。从外表上，谁也看不出他是便衣公安。妻子说他老土，其实并不太过分，没有了威严警服和大檐帽的陪衬，他那瘦削的稍稍弯曲的身板，两只紧抓扶手的骨筋朗朗的粗糙的大手，使他看上去充其量不过是一个不显眼的、稍稍有点文化的农村推销员的形象。这大概是 20 年的乡下生活，已经给他的外表气质打下了不可磨灭的烙印，以至于当了五年兵，又干了几年公安，他还是脱不尽那种与城市同龄青年毫无相像之处的憨厚、沉稳与老成。

“喂，雷——”

有人喊他，是个女声。开始他没在意，可是衣角被人抻动。他回过头，眼睛不觉一亮，脸腾地红了。

是她，俞丽萍！

姑娘手里拿着票夹，脖子上挂着那串珍珠项链，正微微笑着，坐在后车门的售票座里朝他打招呼。她总是这么时髦，天刚渐凉，挺括的秋装毛裙就穿在身上。而且无论什么衣服，她穿上都格外合体，格外耐看。微黑的小圆脸上，那对妩媚中透着狡黠、聪颖中跃动着青春活力的闪亮的眼睛，此刻正似饱含深情地一动不动瞅着他。

“白班？”

雷平均轻声问，有些拘谨。

“白班。”

淡淡的回答，透着一缕嗔怨之情。随后她咬咬嘴唇，似乎在问：为什么这么多天没见你？

雷平均窘然地笑笑。他有意躲着她已经好多天了，没料到今天会无意中碰上。不过眼下他可以不回答她的问题，可以不理睬她的责问，他相信她会因他正在执行任务而谅解他的又一次躲避。不然，他真感到棘手，真不知该如何对视那双深潭般充满魅力的、让他心神不定又使他感到惶恐的乌黑的眸子。

四

雷平均做梦也没想到，在自己的生活道路上，还能和俞丽萍这么一位活泼大胆、与自己性格气质完全不同的青年女性发生感情纠葛。

吸引他的是什么？漂亮？不，俞丽萍虽然是个时髦姑娘，但容貌其实并不怎么出色，她是会打扮。雷平均眼里的漂亮，应该是像电视播音员那样的文雅端庄。卖弄风情？他并不给那样的女人打高分。

作为便衣公安，街市上纯粹的自由人，每天的工作，就是观察街面上熙熙攘攘、花花绿绿的人群。心情闲在的时候，他也像其他男人一样，怀着好奇和兴趣，留意过一些装扮入时、愉快活泼的青年女子。但也仅此而已，他从没忘记自己的身份，从未因为意志行为的自由，而稍微产生过会亵渎神圣职责的非分之想。

可是，他却被俞丽萍吸引住了。

事情发生得有点蹊跷。

那天，他乘上一辆公共汽车。职业的习惯，使他首先从前走到后，眼睛扫遍车厢每一个角落，由于没有什么可疑的迹象，他掏出月票，就要下车了，可就在这时，年轻的女售票员笑容可掬地走过来，恭恭敬敬地将一个封了口的信封交给他。

“雷平均同志，您的信。”

嗓音细小温柔。说完脸一红，扭身走向车厢前面。雷平均惊诧地打量时，只看见纤巧丰韵、烫着发背着票兜的后影。

信是封了口的，上面用铅笔写着几个学生一样工工整整的字：请下车拆。

下了车，他立刻就打开了。信的内容很简单，却又大出意外：

雷先生：

您好。

大概您不认识我吧？可我认识您，在我的车上，您曾经不止一次地制服了正在行窃的扒手，有一回还是我们帮着一块儿给那几个家伙上的手铐呢。您肯定忘了，记不得了，不过没关系，从那时候起，您英武的形象就深深印进了我的记忆之中。我相信，您一定是位非常正直、非常有内在力量的男人。

很想与您交个朋友，行吗？或者，单独见个面，随便聊聊也可以。怎么样？如果您认为没有必要就算了，我表示歉意；如果行，请在今天下午3时，准时到湖滨公园南门，我们在那儿见。

凭直觉，我相信您是一位值得信赖的男子汉，去与不去，您都会妥善处理。对吗？

一个崇拜您的小老百姓

看着看着，雷平均逐渐感到全身涌出一股新鲜的、说不出来的快感，为居然收到这样的信感到不可思议，又有点怕，感到荒唐。信上的话，使他体味到了一种久违的情感，却也如同一个巨大的问号横亘在面前，使这个从未接触过此类事情的男人，犹犹豫豫不知如何是好。他沿着便道，走走停停，一遍又一遍地看，苦苦地思索，脚步匆匆，却不知道要走向哪里。信中那一行行女性韵味十足的字迹，如同散发着沁人的馨香使他脸颊燥热，越看心跳越快，脑子里像开了锅七上八下……

——不能去，别忘了你是什么人！

——怕啥？人家又不是老虎。大惊小怪。

——她称你先生，说你英武，正直。瞧，别有那个意思！

——不会。活泼开朗的人都这样说话。

——你对她的情况一无所知，就不怕她……

——一个堂堂大男人，连自己都把握不了，像什么话。心里有鬼就别去。

雷平均准时来到了湖滨公园。

站在门侧一个不显眼的位置，他的心怦怦跳着，默默地注视着来往的女性，尤其是年轻的、单个的女性。

他觉得自己变了，变得既可笑又唐突。

为什么要来呢？这女子是个什么人？他一无所知，甚至连面目都没看清，即使打眼前过，也未必敢认。一个公安人员，一个有了妻子、女儿的成年人，现在居然来赴一位陌生而又大胆的年轻女性的约会，地点又是在柳枝依依、情侣不断的湖滨公园，这无论从哪个角度讲，都违反了一个便衣警察成天与罪犯打交道的行为习惯。

他克制住忐忑的心跳，努力将此行想象成一种纯粹工作式的、值勤民警与司乘人员的交道，可是不行，堂皇的理由说服不了他自己。他不能不承认，近来一想到回家就颓然沮丧的心境，已经使那位热情开朗女性的邀请，格外具有一种说不清的吸引力。平心而论，他并不奢望得到什么，可是，他太想听一听鼓舞与理解的话了，尤其这话从女性口中讲出来，肯定会像溪水流进干涸的土地，让他那近乎凄苦的心田，得到一丝宽慰和熨帖……他终于使自己镇定了下来。

远远地望见她来了。是她，错不了，那略含着怯意的眸子，那由于发现了他而突然焕发出的热切兴奋的羞赧，毫无疑问都是朝向他的。

他迎了上去。两人同时在距离两步远的位置停住。

“我叫俞丽萍。”她说。

第一印象：妩媚，聪明。经过修饰的略略上挑的眉眼熠熠生辉，小巧的鼻子，薄薄的红唇，以及生着细小绒毛的脖颈上那一串珠圆玉润的项链，恰到好处地给这个时髦女性增添着魅力。

不用寒暄，不用客套，她在前，他在后，两人无声地进了门，朝公园深处走去。

一座土山下，苍松翠柏掩映着蜿蜒小路。上去吗？他踌躇了，站在土山脚下，嘴张了几张，却说不出什么。

“找个座位吧，瞧这儿多晒。”

她星眸闪闪，热情，但不是轻佻，大大方方伸过了手。

他终于伸过手去。

山，并不难爬，可对于雷平均，每迈一步都是吃力的，拘谨的。与这么一位曼妙的陌生女子携手同行，无异于一个根本不晓剧情的蹩脚演员被强迫推上灯光刺眼的舞台。每一个擦肩而过的游人都使他心跳尴尬，姑娘细微的喘息以及偶尔不经意发出的铃儿般清脆的笑声，都使他隐隐不安。他几次试着将手抽回来，然而又担心那样会有失礼貌，瞧瞧人家姑娘的脸吧：开朗、坦荡，没有一丝一毫的做作，完全是一个沉浸在信赖中的天真的孩子！他惭愧了，那只柔软滑腻的小手，在他出了汗的巴掌里仿佛成了一只传递尊崇与敬意的小鸟，使他直起了腰……

五

他终于发现了目标。

那一高一矮两个可疑分子，正像哼哈二将一样，将已经坐到座位上的一位穿干部服、上兜鼓囊囊的乘客箍守在他们的肘腋之下。

雷平均继续朝车厢中央挨。太挤，视线难以顾及肩部以下。他抓紧挪步，一仄肩一转身子就能前进半尺。姿势变了，眼角余光却始终瞄着、揣度着两个可疑家伙的眼神。

扒手的眼睛，与好人迥然不同。好人的眼睛都是平视、直视，无论看什么，整个脑袋一起转，带着一望而知的目的性。扒手不同，扒手看人看东西都是斜着眼睛，尤其要下手时，更是像老鼠一样，斜眼中透着紧张，透着惊惧与邪祟。当然，高明的扒手，会表露得隐蔽些，不易察觉些，但那只是对普通人而言，在雷平均的眼睛里，哪怕再不露声色的歹徒，他也能像一位高明的摔跤手那样，不用看手脚招式，仅凭那目光中泄露的蛛丝马迹，便看穿对方骨子里的诡谲与虚弱！

他终于贴住了高个戴墨镜的那位的后背。他不再挪动了，两手抓住车顶的横杆，弓着腰，脑袋厌倦般地耷拉着，这样，他就能从蜷曲的肘臂之下，望到乘客鼓凸的胸兜处。

车身摇晃起来。随着转弯造成的倾斜，小腹紧贴椅背的矮个歹徒开始了准备动作，那件肥大的牛仔上衣下摆不经意地遮挡住了乘客的视线，手指的动作麻利极了，几下便钩开了兜扣。之后，稍稍喘息镇定，四下睃睃，如同在为一次重大的冒险酝酿情绪。当确信安全之时，他会意地朝同伴使个眼色，接着，食指与中指剪子般迅速伸向兜口。

“别动！”

一声命令，声音低而严厉。同时，那对犀利的目光直逼得被抓住的人躲躲闪闪不敢对视。威严的手腕动作像电视中的慢镜头缓缓地举着翻上来——那只刚刚作案尚未缩回的肮脏的手，连同鼓囊囊的皮夹，一起被悬举到众目睽睽的半空之中！

“噢——”

四周一片哗然，半个车厢的眼睛齐刷刷朝这边扫来。惊愕、欣喜。那干部模样的乘客一跃而起，嚷着，急不可耐地抓住了皮夹。

“你这个不知羞耻的东西！同志，这钱包是我的！”

雷平均不动声色，点点头，沉稳地将钱包摘下来递给那人，接着从屁股上摘下手铐，“咔嗒”一声，熟练地铐住了贼手。

“同伙是谁？说！”

他小声喝道。手铐的另一头已经张开，这是给高个子预备的，不过在整个作案过程中，那家伙并未出手帮忙，这就只有得到指认才可以抓人。

一切驾轻就熟。下一步，便是将两个铐在一起的“蚂蚱”带下车，带回分局。自己取一张表，填上。今天这意外遇上的“活儿”就算圆满完成。

以往类似的经历太多了，尽管对象有别，但结局到这一步也就基本定了。一铐上手铐，一亮明公安人员的身份，那些狡诈的绺窃之徒登时便如同断了脊梁的狗，再也鼓不起嚣张气焰。至于那些小偷小摸，根本不必使用警具，只用眼睛就够了。雷平均眼睛不大，外表既缺少光彩也给人留不下印象，然而一旦发现案情就像突然接通电源的探照灯，那种潜藏的锋芒一下子就会咄咄逼人，威严赫赫直刺对手的心田，使窃贼胆寒。

也许是过于自信，也许是想到押解案犯到分局之后，再往保姆家赶时间肯定已经耽搁，或者是刚上车时，俞丽萍那似怨似艾的眼神触动了他的敏感的神经，干扰了他在这种场合不能丝毫分散的精力。总之，他太大意了，太低估了今天这两个作案歹徒的残忍。就在他自认为事情即将了结，胸有成竹地转身扯住高个子手臂，准备铐在一处时，连他自己也没看清对方是怎么挣脱的。只觉得恍惚中太阳穴挨了重重的一击，喉咙随即被死死扼住，几乎窒息。而且没待他意识到发生了什么，脑袋已然被剧烈地摇荡着，一下一下撞击转盘中央支撑篷布的铁棍。他顿时觉得脑袋嗡一下炸开，金光乱舞，天旋地转，四只凶狠的拳头在眼前挥，挥……他渐渐倒了下来……

六

打发走了丈夫，刘璐开始擦拭屋里的摆设。这个星期天，她有一项重要计划要实施。

她穿着敞肩无袖的石磨蓝牛仔衫裙，腰间系了块手帕大的花围裙，手执一块抹布，动作轻捷利落，显出作为家庭主妇的干练和作为女人的精明。她忙这忙那，有条不紊，红拖鞋踢踢沓沓、出出进进，情绪与刚才丈夫在时判若两人。

她是一个城市干部家庭的长女。父亲早逝，这使她从小便养成了好胜要强，喜欢自己做主指挥一切的脾性。她当过工人、打字员、秘书，可这些在她眼里，不过是些平庸的工作，她的理想是利用自己擅长握笔杆子的优势，靠写文章在社会上争得令人羡慕的一席之地。

她是刻苦的，几年时间不谈恋爱，不讲穿戴，不与周围女友们一起张家长李家短，一有时间就拼命写稿，四处投送。然而，不知是才力有限，还是缺少必要的门路，或者是众多的异性目光以及越来越大的年龄压力使她无法保持宁和的心境，最终她也没成功，带着可怜的几块在小刊小报发表的豆腐干大小的消息文章，遗憾地撂了笔。

她结婚了。雷平均是她自己选择的。作为干部子女，她熟悉并厌恶那些门当户对的求婚者中纨绔子弟的浅薄与懒惰，她情愿找一个没有背景的青年男性，一同创造全新的生活。婚后最初的日子是和谐的，当警察的丈夫从来都是对当秘书的妻子百般照顾，百般顺从。在家庭生活方面，刘璐没有什么可挑剔的，但是她不满足，她更钟情的是事业——当少女时代理想的光晕褪尽，现实生活中的丈夫，并不如想象中的布衣才子，不能侃侃道出电视镜头中常见的那种位虽卑却气魄宏大的高论，只会一天到晚忙个臭死，一进家就累得连交谈的精力都没有了时，她失望了，对理想与现实间的落差，感到难以接受，十分苦恼。

她订了诸多的报刊杂志，有意鼓励丈夫在知识上提高，在观念上增强竞争意识。她不能死心，虽然对自己不抱奢望，但她却想刺激起丈夫的进取心，希望丈夫脑瓜开窍，认识到自己工作的平庸，从而发奋改变目前境况，不要永远只当一个默默无闻、只知每天带着手铐子挤公共汽车的“捕快”。然而，丈夫对她的精心设计，似乎是锅里炒石头——油盐不进。他有自己的乐趣，满足于自己的小家，满足于自己的工作，满足于每年抓一二百个扒手在单位名列前茅。对那些报刊杂志，他并不真喜欢，不过碍于妻子的苦心，不得不随手翻翻，但从不动脑子，从不联系实际体谅妻子的用心。久而久之，她也灰心了，就这么凑合着过吧。

是什么使她的信念死灰复燃的？对，是两年前那次偶然的意想不到的机遇。作为离休的交换条件，母亲向组织上提出了将大女儿的工作“调整”一下的请求。这个请求很快就被答复落实了。根据刘璐的意愿，加之一些必要的疏通，她如愿以偿地摆脱了烦人的文牍秘书工作，成为市报文艺版一名见习编辑。编辑也就是记者，流水般的采访，五花八门的交际，耳濡目染，这个靠个人奋斗苦憋苦熬了多年的才女，忽然悟出了至关重要的人生真谛：自己的头 30 年，原来竟是囿于一个多么闭塞、多么可怜的环境之中！靠锲而不舍走通成功之路者不是没有，然而，社会上更多的优越位置，包括名声、地位、资格，等等，却原来大可不必非通过煮心熬肝，只要把握住机遇，运用一些适当的变通方式，照样也能得到！

记者生活使刘璐如鱼得水。她觉得这样活着，才算真正把握了自己的命运。当然，她并不就此陶陶然忘了既定的追求，她有愿望还未实现，她还要奋斗，还要抗争，还要凭借自己的努力，改变这个家的形象，改变丈夫的形象，让人们刮目相看！

这是必要的，也是她的性格秉性决定了的。既然不打算离婚，她就不能容忍自己的丈夫平平庸庸、毫无发光之处。她觉得自己有这个本事、有这个能力，今天将丈夫打发出门，就是特意安排的，就是她要实施的那个改变丈夫形象的计划的一部分。她从来想到做到。

客厅擦拭完毕，刘璐又将一盆冲过水的银边吊兰摆放在正中的玻璃茶几上。看看表，9 时整，她快步走进另一间卧室，对着镜子抻抻衣襟，双手朝后拢拢麦穗型松松蓬蓬的卷发，又抽出一条洒过香水的手帕，试着轻轻绾了个结。

敲门声。她约好的客人——焦若增到了。

七

俞丽萍掏出报纸，轻轻撕成两半，自己垫半张坐了，另一半，小心地展放在椅子中央。她拢拢耳边的秀发，斜睨着抬起眼，看雷平均犹豫的样子，便笑吟吟道：

“坐呀？我又不是老虎。”

雷平均咧咧嘴，将报纸朝边上移移，顺从地坐下了。

这儿是幽静的背荫山麓，临湖一圈石砌堤岸，柳枝依依轻拂着水面，湖心生着茂盛的莲荷；再远处，是游船出没的地方，偶尔一叶轻舟荡过，欢笑声便在碧绿的水面上留下久久不散的涟漪。

“怎么样，这地方还可以吧？”

俞丽萍试探着问，眼睛直直地瞅着，等待着他的回答。

“挺好的……我是第一次来。”

他回避着，极力使自己自然些，两只大手下意识地在膝头上搓来搓去。

“我还以为，您不会来呢？您不知道，信递过去之后，我自己害怕了老半天，越想越怕。别不相信，真的。刚才走到公园门口我还直嘀咕，怕您会像抓贼那样把我抓起来呢。笑什么，不骗你……我见过你抓小偷时的那副样子。好吓人哟！”

雷平均尴尬地笑了。气氛逐渐地松弛下来。他和她，两个本来素不相识的人，现在坐在一张长椅上，面对湖光山色开始介绍自己，了解对方。介绍是简约的，了解却是既分外敏感，又分外礼貌小心的，似乎生怕一旦使对方产生稍稍的不高兴，眼下的气氛就会被破坏了似的。雷平均头一回无所忌讳地谈了自己，谈了自己的工作和对俞丽萍的印象，尽管他语言表达的能力很有限，话也结结巴巴很难产生打动人心的效果，但这对于他，已经是极其少有、极其难能可贵的了。相比之下，俞丽萍更显兴奋，她仿佛并不介意雷平均说了什么，而是一有时机一想起要说的话就立刻说出来，好像一耽搁就会忘了，结果常常是话赶话，或者自己刚说了自己又反对，以致连她自己也不好意思地咯咯笑起来。天真的表白，不加修饰的语句，像个单纯的小学生。雷平均既感到意外，又觉得新鲜有趣。他饶有兴味地倾听着，心情已然变得从未有过的舒惬，姑娘那真切的表情，悦耳的声音，毫不掩饰地流露出对他既了解又崇敬的心情，使他感受到一种久违了的温暖……

雷平均是个沉默寡言的人，平日，除了工作方面的交道，即使所里的同事，他都极少在一起聊天。他觉得自己口才不好、有点木讷，跟不上别人的灵活节奏，特别遇到明知不对的话，又很难保持无动于衷的表情，这样，他与周围的人交往就很少。最初，同事们大都将此理解为“这是个老实人”，后来，出色的工作成绩，使他在同行中间越来越引人注目，局领导几次开会都举了他的例子，随之而来的评先进标兵、提前晋级……人们的态度开始变了，开始有意识地疏远他，私下议论，也开始挑剔他的骄傲、出风头、个人英雄主义……去年省里选劳模，他的名字已经报上去了，可是当上级来分局核实情况征求意见时，整日相处的男女同事们，居然没有几个说好话捧场。结果，机会错过了。

为此，雷平均产生过深深的懊恼。说心里话，劳模不劳模他并不拿着当事，可他深知上了省级的光荣榜，会在妻子刘璐的心目中意味着什么。在许多方面他看不惯妻子，可又不能不承认，刘璐现在是记者，她的工作性质和她的才气，似乎都无意中为她在家庭中的专断，为她的指手画脚、喋喋不休提供着资本。作为丈夫，他既难以容忍她对他工作的轻视，又由于意识到夫妻间的差距而隐隐不安。显然，这差距是按刘璐的眼光、刘璐的标准衡定的，可他宁愿接受这不平等条件，因为从内心深处，他毕竟还爱着妻子，还对她的能干泼辣以及种种优长，有着某种发自内心的钦佩。

他接过俞丽萍递过来的一个纸罐饮料。饮料的吸管已经插好。他接过来，却只是拿着，注视着宁静的湖面，心潮起伏难以平静。尽管与这位单纯爽朗的姑娘在一起是件愉快的事，可他又似乎能够意识到，事情的发展，大概不会像自己想象得那么简单，姑娘对自己的情况尚一无所知。人家肯定不是为了单纯崇拜“英雄”而主动与一个男人约会的，只要不是故作无知，就该意识到，那个随时可能会使气氛变冷的话题，其实是无法回避的。

“你大概结过婚了吧?”

果然，俞丽萍发问了。“您”变成“你”，说明姑娘对他已经没有了距离感。只是话直得像榔头。尽管心理上有所准备，他还是像挨了一击，沉默了好一会儿。

“是的，我的孩子，都已经三岁了。”

俞丽萍感到奇怪，她看见雷平均蔫儿了，沮丧了。她好奇地蹙眉思索，似乎明白了，笑笑，毫无顾忌地拉过雷平均的手，用一种嗔怪的语气说：

“这有什么呀？看把你窘的。像你这样的，没结婚才是怪事。我早猜着了。”说着，她用手一捋耳边的秀发，头一歪，“你的爱人一定很贤惠，对吗？给我说说怎么样？这有什么……我？你猜……你猜错了。我也是结了婚的人。”

雷平均像被烫着了似的抽回手。再看，姑娘脸上已经开始蒙上了一团阴云，说话吞吞吐吐，眼神也直了，嘴唇绷着，无言地望着远处的湖面，那双刚才握过的丰满圆润的小手，此刻掌心朝天，无望地平摊在膝头上。好一阵儿，俞丽萍才缓缓直起腰，掏出手帕揩揩发红的眼睛，带着鼻塞的声音说：

“我的婚姻并不幸福……我从内心看不上他，腻味他，可他死乞白赖追求，缠得我没有办法，最终只好……蜜月没过完，他就进去了，罪过是偷。他完全是让我逼的，婚礼铺张得厉害，我要什么，他百依百顺讨我的欢心，虽然指派他买这买那，但并非我的本意，只是一种苦恼的发泄……现在一切都晚了。我对不起他，害了他……算了，还提这些干什么。”

她说着伏下身子，久久捧住脸不作一声，再抬起来的时候，眸光中闪着凄切的泪光。

“我现在唯一的念头，就是想托朋友帮忙活动活动。眼下办什么事都得凭人情关系。这个我懂。我是实在受不了良心折磨了才想到求人。我想到了你……需要什么我也答应，需要钱，我有……只要他能早一天……放出来。”

俞丽萍的脸上，两串晶莹的泪珠扑簌簌落下。

空气凝固了，四周寂然无声。雷平均久久凝视着远处的湖面，脸上一副麻木的表情。偶尔，隐约的击棹嬉水声从湖对岸远远传来，他脸颊上的肌肉便不由自主微微抽搐，好像听到了刺耳的嘲笑和挖苦。

八

刘璐刚刚把门打开，焦若增就倏然闪了进来，也不说话，轻轻碰上门锁，转身握住刘璐的一只手，没待刘璐反应过来，就突袭似的在她额上印了一个吻。

“你怎么这样？”

刘璐显然有些愠怒，脸也涨红，抬头蔑视地瞪了一眼，胳膊一甩，扭头进屋去了。

焦若增心神不定地摇了摇头。刘璐的态度，有点出乎他的意料，昨晚下班接到邀请的时候，他曾好一阵心花怒放，蛮以为这个高傲女人的理智防线，终于被他出众的魅力所征服，他可以像以往对待别的女子那样，掌握主动了。现在看来，下结论为时尚早，这个风姿绰约、气质卓尔不群的少妇，也许是个极自爱的女人，可她为什么频频对他表现出倾慕的样子，一再主动与他接近？焦若增有些烦了，猜不透刘璐的葫芦里装的什么药，为什么像玩弄一只小鸡仔一样玩弄他的感情？他的耐心是有限度的。可就这样退下去，一了百了？焦若增既难以割舍，又有些不服气。

他跟着走了进来。

这是一间带阳台的宽敞的房间，既是卧室又是客厅，窗下是一张铺着平展洁白床单的双人床，其余的位置，一侧是罩着白幔的拐角沙发，另一侧是一排色调淡雅的组合家具。家具正中摆放着屏幕不大的彩电。刘璐背对他立在电视机前，胸脯起伏着，一下一下拨弄着揿钮和天线。

焦若增不动声色地在沙发上坐了，点上烟，开始久久地打量面前女主人裸露的白皙修长的臂膊，以及刚及膝盖的裙裾下，那一对匀称丰满的小腿肚。从刘璐调报社与他同室的第一天，他就凭着对女性特殊敏感的洞悉力感知到了：这位外表谦和与人无争的女人，其实骨子里有着一种对谁也并不真正服气的雍容高傲的气质。不像那些结了婚就发胖，就变得婆婆妈妈成天纠缠于鸡毛蒜皮、喋喋不休的少妇。她说话不多，可是细心听，就能听出话里的锋芒，听出这是一个蔑视周围，有着极强的个性自尊，极强的进取意识的女性。尽管由于才力局限和女人天生的弱点，她的欲望的实现比起男人来要障碍重重、困难得多，可她韧劲十足，看似不显山不露水的举止交往之中，处处都能让细心人察觉那种执着的目的性和潜在的自制力。他欣赏这种气质。

焦若增自信对女人是了解的，虽然刚到而立之年，但不同一般的经历，似乎注定了这个自幼生活在优裕环境中的年轻人，要比同年龄的男性在女性知识方面成熟得早。他聪明，接受能力快，上大学时就发表过作品，而且很会审时度势施展才华，既不使自己的天性受到约束，又肯在种种能够提高自身价值的正事方面用功努力。他的文字功底不错，笔头也快，而且采访中善于发现应时醒目的题材，是报社上下人人不敢小觑的人物。名气使他形象生辉，也招来了年轻女性的爱慕，然而焦若增不为所动，在这方面他有自己的打算，他的观念——结婚是爱情的坟墓。一旦将自己与一位哪怕爱得发狂的女性绑到一起，随着时光流逝，爱也会逐渐变成枷锁，变成一副与种种责任、义务、做饭刷碗洗尿布等不堪设想的事物连在一起，毫无浪漫色彩可言，难以忍受又难以推卸的担子。因而他坚决不肯草草成婚，而要充分利用自己的大好年华，提高自身价值，尽享人生乐趣。正是基于这种观念，焦若增以往在男女事情上出过纰漏，几近狼狈。不过如今的焦若增毕竟成熟多了，他已经开始意识到了自己前程的重要，已经知道感情游戏所付出的代价对一个年轻人有多么沉重和得不偿失。而且，他也厌倦了那些浅薄的没有什么内涵的女孩子，觉得她们太嫩，太缺少内在的东西，简直是绣花枕头，接触上几次，就会发现肚子里尽是草，加之那些女子大都是朝三暮四，既无知又自作多情，常常给人增加无谓的麻烦，所以，他的视线，渐渐便被同室这个结了婚有了孩子的女性——刘璐吸引了过来。

刘璐调好了电视机，屏幕上正进行着一场足球赛。本来这是焦若增最喜欢的节目，可是现在，他没有心思。他默默地看着刘璐的动作，看着她走到窗前，为调整光线扯上了半面窗帘。她做这些的时候，能看出心情是不自然的，眼睛极力不与他对视。这使他暗忖自己刚才的举动不够理智，其实早该明白：几次编辑室仅有两个人的时候，他试着要像对待以前的女孩子们那样表示一下温存时，刘璐都像早有预料似的，用一个并不使人难堪的手势制止住，那对深邃乌黑的眸子一眨不眨地凝视着他说："别那样，不然，你的形象会贬值。"焦若增讪讪地抽回手，一脸不快。刘璐笑了，宽容中透着一股深谙世故的狡黠：

"我钦佩你，所以不愿意看到你因为这方面的一时冲动，导致身败名裂。而且我压根就不想成为谁的情妇，我有丈夫，起码到现在，我还没有要背叛他的意思。我相信，你会尊重我，不会使我失望，对吧？"

一番话，使焦若增从头凉到脚，顿时觉得在这个女人面前矮了半截。从那之后直到昨晚接到邀请，他再没敢动过非分的念头。

"喝咖啡吧。"

刘璐托着盘子，将刚沏好的咖啡端上来，放到焦若增面前的茶几上，杯子是由一只小碟垫着的，里面放了一把精致的小勺。刘璐操起小勺轻轻搅动，褐色的、冒着热气的咖啡在杯中渐渐转成一个小小的漩涡儿。

焦若增默默思忖着，注视着，由于距离近，刘璐眼角的鱼尾纹很清晰地显现出来，脸颊也由于褪去了青春的红润而呈现一种略显苍白的颜色。这些，应该使她作为女人的自信有所减弱，然而，她仍然胸有成竹，我行我素，即使在有"美男子"雅号的焦若增面前，仍不失自尊高雅的风度，这就不能不让焦若增感到不可思议。因为焦若增曾以为：大凡有独立个性并且钟情于人的女子，其情感防线无异于一层窗纸，一旦捅破，便不再有什么秘密可言。然而，刘璐却让他感到了自己的猜测并不对。

"你坐下，我有话要问你。"

看看刘璐还要走，他一把抓住她的小臂，硬拉着坐到了斜对面的沙发上。

“我提一个问题，好吗?”

“提吧。”

刘璐抻抻裙子下摆，勉强盖住两个浑圆的膝盖，平静地望着他。

焦若增四壁扫了一圈，眼睛转过来问：

“告诉我心里话：我和你的丈夫，谁更值得你爱?”

刘璐脸上掠过一丝不易察觉的潮红。她低下头，若有所思沉吟了片刻，扬起脸，望着屋顶说：

“他……不如你。”

焦若增轻轻一哼，将烟头按在烟缸里，一下捻灭。

“我见过他。平心而论，他绝不是那种气质过人的男子，所以我纳闷，像这样一个平平庸庸的丈夫，究竟有什么本事，居然能降服像你刘璐这样一个出众的妻子？而且降服得如此彻底，使一个本来天性开朗的女性，竟毫无怨言地恪守封建时代的道德操守，不敢丝毫表露自己的真实情感，宁可将宝贵的情愫窒息在无谓的庄重之中，还要故作轻松的姿态?”

他带着一种嘲讽的激动，干脆站起来。

“挑明了说吧，您不止一次在我面前话里有话地暗示过：您的丈夫，是一个文化不高但人格绝不低下的男人，由于不趋俗，不逢迎领导，因而尽管在工作上成绩卓著，却始终得不到提拔和重用，甚至理应得到的荣誉，也因为遭到妒忌而落空。如果我没有理解错的话，您的意思，是想假我之手，撰写一篇有分量的文章推出去，造成一定的社会舆论，改变目前状况。对不起，我这人很不成器，可还懂得，真正的爱，一旦与世俗功利做交易，便一文不值。假如您还抱着这个聪明的算盘，那么我今后会像对待一位贤惠的老大姐，对您敬而远之！好了，我要告辞了，对不起。”

说完，焦若增大步朝门口走。

“站住!”

刘璐喊。声音大得吓人。

焦若增迟疑了一下，她已经走到前面，死死地盯住了他。

“说完了吗？我的大才子？”

“好啊，给我下最后通牒了。我问你，假如我现在就与雷平均离婚，你——敢不敢答应，立刻与我去登记？你说呀？”

她伸出一个指头指向他，星眸闪闪带着愠怒。焦若增完全没有防备她会提出这样的问题。

“我暂时还没有考虑，不过……”他有些语塞，移开了视线。

刘璐轻轻一哼，仰脸道：

“算了吧你。我早就看透了：你不会与我这样的女人成家过日子。在你的眼里，我作为女人的条件虽然够得上出众，可毕竟韶华渐逝，凭你的优越条件，什么样的姑娘不是任挑任选？找一个离了婚拖着孩子的做妻子？你不用说，我也知道不可能。你对我的要求不过是用之即来，挥之即去，填充你的空虚，满足所谓的欲望，又不至于给你造成什么麻烦。对不对……不用摇头，我不怪你，是我自己钦慕，愿意与你在一起，可是并不包括形成暧昧关系。我愿意得到友爱的其他内涵，譬如与你谈一次话，我的心底就像燃着了火一样，对自己追求的目标信心十足。这些，别人从未给过我。我干吗要因为一时的冲动，自己毁了这种难能可贵的友情？”

“你是自私的。”焦若增冷冷地说。

“你难道不也同样？”刘璐反问，“不要说我根本看不起那种西方式的关系，即使我同意，结局又会怎么样？让我们设想一下吧——出了事，你独身一人，拍拍屁股换个单位也就没事了。你可曾替我想过？我有家，有丈夫、孩子，有几年感情的积淀以及良知负罪感的牵制。我会像你那样轻松，那样无所顾忌？当然，我也是人，尤其和自己喜欢的男性在一起，我也会有种种想法……可是，能否把握自己，也许这就是做人的最难之处，最可贵之处……我相信，你根本就没有想过这些。”

说到这里，刘璐的嘴唇哆嗦了，情绪激动了，她没想到自己会如此放言不羁。这些想法，都是深藏心底、无法与丈夫进行哪怕一丁点儿沟通交流的话啊！现在这么无遮无拦地讲出来，她竟然一点不感到愧疚，不感到难为情，反而产生出一种由于释放了久已压抑的郁结，而周身上下轻松畅快的感觉。她不由脑子闪过一句让人好奇又让人惭愧的俗话：夫妻话短，情人话长。看看焦若增，俨然一只淋水的公鸡耷下了脑袋，不觉又怜悯了，走过去，一边拉住他的手，一边用羞赧的语调说：

“对不起，我也许说得太过了。你知道我……是倾慕你的。无论你怎么要脾气我都不怪，我都理解，只是我……”

九

车厢内一阵骚乱。许多人惊叫着，不知所措。胆小的赶紧往车门附近躲，准备逃离是非之地。

在倒下的一刹那，雷平均脑子里闪过分局领导批评他大意时那张严肃的面孔，当时他由于疏忽，被一个流窜作案的窃贼打得满嘴淌血，还断了半颗门牙。他歉然地接受了批评，打那以后，只要出门，哪怕不是上岗值勤，他也总在腰后挂上铐子。

然而，今天的情况太突然了，在一点儿没有防备的情况下，便被歹徒先发制人。这对一个专职公安人员，无疑是莫大的耻辱！

他的眼睛迷蒙了，人影幢幢，乱脚乱拳正雨点儿般朝他的头、裆、腰眼没命地踢、打，还夹杂着粗野的、反咬一口的辱骂。

雷平均明白了：这是两个惯犯，两个手段恶毒的亡命之徒。他们现在是铤而走险、孤注一掷，他们要打得他爬不起来，无法申辩，还要把水搅混，以此唬住吓呆了的乘客们，一旦汽车靠上站台，便会夺门而下，消失在大队人流之中。

不行，不能让穷凶极恶的罪犯逃脱！

雷平均挣扎着，用一只手臂护住脑袋，摇摇晃晃要站起来，可是立刻被更猛烈的拳脚重新制服在地上。后背脊骨一阵铁器打击的剧痛，这使他记起，矮矬歹徒已被戴上了铐子，不好逃脱，现在要紧的，是拖住大个子，不能让他逍遥法外！他边想边辨认准了目标，猛一跃，死死抱住了对方一条大腿！

车刹住了，慌乱的人们纷纷拥向车门。高个子趔趄着，气急败坏地骂着，招呼同伴，拼命撕扯他的胳膊。“对手没带凶器。”雷平均想，“只要护住脑袋，就不会受太重的伤。”他反而镇定了，尽管皮肉上的疼痛使他大汗淋漓，但那两只胳膊顽强地箍着，坚决不肯稍微松动，头也豁出去了，不顾一切朝对手腿缝间钻、抵……

他坚持着，他期待着，期待出现帮手。这种时刻，哪怕有一两个人出来拉一把，嚷几嗓子，缓冲一下，他也能争得主动站起身，将罪犯制服。

可是，没有一只援助的手朝他伸来，车上的乘客早都跑光了，前后门处拥挤着的闲人是看热闹的，他们既随时预备欣赏精彩的打斗场面，又随时预备逃跑。没有人肯助他一臂之力。不仅与事无关的人害怕血溅到自己身上，就是造成这种情势的主角之一——那位被窃的干部模样的人，此刻也悄然消失得无踪无影！

时间在一秒一秒地过去。歹徒惊惧绝望的面孔已然变得凶神一般狰狞可怖，他们知道如此拖下去将意味着什么，每一分每一秒都在将他们逼向牢狱。两对冒着杀气的眼神交换了一下，接着，一起拼出全力，连打带挣，拖拽着雷平均下到了中门的台阶口。就在雷平均的脑袋因为突然移动而暴露的当儿，那只攥着铐子的手，带着死里逃生的欲望朝他挥砸过来……

雷平均只觉得身子下沉，像溺水一样，耳边呼啸着水声，怀中那条粗壮的腿，正一点一点地朝外抽、抽……在朝后仰倒的朦朦胧胧之中，他蓦然发现，后座上一动不动坐着的，仿佛是那个熟悉的倩影……“哦，小俞，你今天全看到了，看到了我的出丑，我的狼狈。这是应得的报应，我不该在接受了你的邀请之后，断然拒绝了你的请求……没办法，朋友关系是有，可那种事……对不起。好啦，你肯定明白了，我为什么躲着你。”

“啪！”车门关闭的声音！

这响声使雷平均心头一震。当他强睁开眼睛，看清发生了什么事情时，不觉喉头涌上一股热流。

是俞丽萍，这个一直被怨艾和犹豫折磨的姑娘，在亲眼目睹了惊心动魄的场面之后，毅然动用了她的机智，在后一个歹徒即将跨离车门的关键一瞬，不失时机地按动开关，夹住了他的小腿。

“喂，放开！狗×的，开门！”

歹徒声嘶力竭地擂着车门，不顾一切地拼死力撑住门缝，想将夹住的脚抽出去。可是晚了，车内，那个被打得遍体鳞伤的便衣警察，已然咬牙用身子抵住了门的折扇，越抵越紧，一边狠狠地抱住夹在里面的那只脚，像老太太拨弄纺线锤一样，硬别着将脚面与门缝横成了十字……

俞丽萍笑了，眼睛红红的，噙着一点宽慰的、忧伤的泪花。

对面交通岗下，值勤民警正随着人群引导，拎着警棍，朝这边急匆匆奔来。

十

屋子里静静的。焦若增仿佛被对方直刺心底的表白弄哑了，双手捧着脑袋，默坐着，许久不再吭一声。

刘璐站起来，关上电视，走到窗前将纱帘缓缓拉开，当发现焦若增仍是一脸沮丧、坐在沙发上发呆时，忍不住笑笑，轻声说：

“别一脑袋官司好不好？咱们说正事。我让你看样东西。”

说完，轻盈地去隔壁屋了。

焦若增摇头仰在沙发靠背上，长长地叹口气，心里七上八下、空落落的，说不上是沮丧还是怨忿。短短一上午工夫，他已经被刘璐摆布得心猿意马、手足无措。他承认，失掉主动的责任并不在眼前这个女人，而是完完全全源于自身，是自己无法抵御她的诱惑力。她那卓尔不群的性格有如一泓无法测知深度的清潭，看似水波不兴，潭底却潜藏着只有她自己才知道的秘密。有时候，你明明感觉到了从那潭水深处泛起几朵幽微的浪花，却无法把握它，消受它，只会被诱惑牵着鼻子走。而且更让他困惑的，是刘璐那忽阴忽晴、捉摸不定的脾性，高兴时神采奕奕勾魂摄魄，但顷刻间又会来一个一百八十度大转弯，变得冷凝庄重如同一座冰雕，使对方在毫无思想防备的情况下，感情忽而上升到峰巅，忽而跌落到谷底——

也许，这正是异性之间神奇魅力的所在，既诱惑人，又折磨人。他为自己第一次在女人面前失去主动，失去主宰事态发展的能力而长吁不已。

刘璐捧着一个鞋盒，款款地进来了，笑着，小心地将盒子放在焦若增面前的玻璃茶几上。

“这是什么?”焦若增纳闷。

刘璐一边笑吟吟地揭开盒盖，一边留意着客人脸上的表情：“这是雷平均历年得的奖状，还有群众的感谢信。知道吗，别看他外表又粗又憨，可他抓的扒手，每年在全公安局都是最多的。有人说他快成专家了。”

“那算什么?”

焦若增冷冷地哼一声，斜过眼睛，嘴角挂着淡淡的嘲讽：

“就是只兔子，要老拿鞭子抽，也会学会划火柴。”

刘璐的脸腾地红了。她知道，焦若增说的，是一位外国作家讥笑蠢人的话。她垂下眼睑，细长的睫毛由于激动微微发抖。但她没有发火，沉思片刻，默默放下盒盖，取出盒内一个个塑皮的、绸皮的荣誉证书，还有一沓用皮筋缠着的信件。

“你还是看一看吧。”

她缓缓地小声说。声音有点发颤，好像在克制着什么。

“我知道，你对这些证书、感谢信之类的东西不感兴趣，认为不值一提。说心里话，我也并不看重这些近乎小学生奖状似的所谓荣誉。有时候，我甚至想，假如雷平均有赶上你一半的才华，能够在业余时间和我谈谈文学，谈谈音乐，谈谈国际国内的政治时事，开导开导我的疑问，成为我的精神支柱，那样，即使这些荣誉一点儿也没有，我也不会感到遗憾……可是，他做不到。这在我的生活中，是一个难以弥补的缺憾。不过，我有时又想，总不能让每一个男人都脱离世俗生活，去专门追求那种高雅的生活情致吧？总得有一些——不，总得有大多数人去干那些看似默默无闻却又人人都离不了的工作吧？他们干了，而且干好了，我们这些自命文雅脱俗的人，在享受他们的劳动成果之时，又向他们投去鄙夷不屑的眼色，这算公正吗？我的道理是低层次的，说不服你。可你也太伤人的心了，他不是个出类拔萃之辈，可这些东西，毕竟能代表一个人的心血，代表一个人对社会、对别人做出的真诚无私的奉献……”

她说不下去了。

焦若增出神地听着。起初，他还为自己给刘璐造成的难堪而得意，听到最后，才明白又是自己错了：一个妻子，只要她对丈夫还没有完全失望，还有值得她尊敬的地方，那么，无论在任何场合，也无论任何人对她丈夫的贬低，对女人的自尊心来讲都是莫大的污辱与伤害。当悟出这个对他来说全新的哲理后，焦若增对刘璐立刻多了几分敬重。他握住她的手，真切地说：“对不起，我是一时感情冲动，别介意……来，我同意现在看着这些东西熟悉熟悉，不过先申明，看归看，能不能像你期待的那样，写成一篇打得响、引得起轰动效应的文章，我还没把握。这个你懂，写文章要靠情绪，情绪要靠培养，只有真正佩服了某个人，你才可能带着感情写成功……对吗，刘璐小姐？”

刘璐嗔怪地瞥了他一眼：

“算了吧。你想看？我又没情绪了。其实这纯属可有可无。我是觉得他总这样被埋没，总这样做出奉献却又不为人知太冤枉了，才想到利用一下舆论工具。今天的时间，全被你浪费了，以后再说吧……喂，你听，是不是有人敲门？”

笃笃的敲门声越来越清晰。刘璐匆匆收拾一下，与显得有些惊惶的焦若增交换了一下眼色，就去开门。

门外，站着一位陌生的姑娘。

“请问……是雷平均同志的家吗？”

“对。您是——”

“我姓俞，汽车公司卖票的。今天，不，就是刚才，雷平均同志在我们车上被歹徒打了。您……到医院去一趟吧。”

“谁打的？重不重？天呐！你快告诉我，他是不是还活着？”

刘璐吓傻了，脸色刷白，不顾一切地抓住俞丽萍的胳膊摇着，恳求着，眼珠瞪得吓人。

“大嫂，您别急，别急。伤……不算太严重。他是自己走到医院的。雷大哥很英勇，他今天……给所有在场的人都……上了一课。”

俞丽萍极力用平缓的语气解释着，眼睛里，有晶莹的东西在闪烁。

“哦，谢谢你，姑娘，谢谢！请……屋里坐。”

刘璐手抚前额，身子绵软地摇晃了一下，被赶上来的焦若增一把扶住。

“怎么样，我没有说错吧？”她惨然地笑笑，站直身子，一边从门挂上摘下钥匙，一边用恳切的细声对焦若增说：

“我希望你能留下来，听听这位姑娘的介绍。是啊，为公家的事不顾性命，现在早不时髦了。我们为此常赌气，也为此打过，吵过，可事过之后扪心自问，我又不能不承认，他其实并没有错，真的，没有！是我们大家都习惯了是非颠倒的缘故……请替我招待一下客人。再见。”

十一

雷平均从昏昏沉沉中苏醒过来，才发现自己躺在盖着白罩单的病床上，头被绷带裹着，肩、肘、腹部两侧，敷着一块块洇着血迹的纱布。

天刚麻麻亮，光线从多日没擦的玻璃上射进来，照着空气污浊的病房。病房是凌乱的、拥挤的，十几张床位都住满了，陪床的人横七竖八占据着走道的位置，浓烈的消毒水气味弥漫着整个房间。

这就是住院？活了这么大，他第一次作为伤员领教了躺在病床上的滋味。

是什么时候躺到这里的，雷平均已经记不起了，只记起昨日下午，为了争得一个住院观察的位置，刘璐把整个医院都跑遍了，最后还是求得一位熟人的帮助，才勉勉强强被留下来。

看着妻子楼上楼下跑得头发湿漉漉、浑身汗淋淋的样子，他实在不忍，吃力地扯住她，坚决不让她再托人求情，坚决要立刻回家去——既然没折胳膊没断腿，他就一刻也不愿“赖”在这里，不愿再感受乱哄哄的气氛，看大夫护士们冷冰冰的、橡皮一样的面孔。

可是，就像平日吵嘴谁也拗不过谁一样，他说服不了她，而且，嗡嗡作响隐隐作痛的头，也减弱了他争执的锐气，只得乖乖地仰靠在走廊一隅的排椅上，等待她的安排。他住下了，昏昏迷迷中，已经在这儿度过了一夜。

刘璐在哪儿？他直直身子，想支撑着坐起来，不料身子一动，脑袋便像裂开似的一阵扯痛。他咬牙稳住身子，无奈地闭上眼睛。

“喂，我说，你现在感觉怎么样？”

耳畔响起刘璐的声音。他睁开眼，只见妻子容颜憔悴，眼神惊恐，正俯在身边巴望他。她的脚下，是一只放倒的凳子——为了陪他，她坐在这只放倒的小凳上寸步不离，困了，就头枕床尾打个盹儿，已经整整一夜没有得到休息了。

“我没事。来……扶我一把。”

“不行，你不能动。”刘璐赶紧制止，“现在必须绝对卧床！”

“诊断结果出来了？”

“出来了，脑震荡。”又凑到丈夫耳边小声告诉，“还算万幸，轻度的。”

“哦，太好了。”雷平均眼里忽然有了神采，“我就知道不会多么严重。你去叫辆出租车吧，把我送回去。这地方，我待着……难受。

“不行，难受也得住！咱们不能走！”

刘璐忽然发狠地说，眼眶里泪水汪汪。

“你怎么了，回家不是一样吗？我……我实在……”

刘璐俯身按住雷平均的肩膀，脸对脸直视，一字一顿恳求道：

“听我一句吧，求求你。咱们无论如何不能再傻下去了……让歹徒打成这样，谁领情？连个像样的病床也没人给！那些头头脑脑，就不该来看一看，关照关照？所以，就是可以出院，咱们也不走，倒要等一等，看一看社会的反应！”

刘璐说这番话，虽然是极力克制的小声，可她那越来越激动的情绪，还是使同屋的人们都感到了奇怪，人们睁开迷茫的眼睛望着这一对，不知道出了什么事。

雷平均痛苦地叹一声，将要说的话咽了回去。

作为自己的妻子，作为自己朝夕相处的爱人，刘璐在持家方面是颇能干的，在事业方面也无可挑剔，可是，唯独在最需要心往一处想、劲往一处使的重大事情的决策上，两个人总是别着劲，总是和他无法合拍。她埋怨他傻，脑筋死，只会干些默默无闻、费力不讨好的蠢事，为此，他的自尊心大受伤害。他曾想到过离婚，可是这念头一冒出来，他便又想起在生活上，刘璐对自己的百般体贴、百般照顾。他又软了，又下不了狠心割舍夫妻之情。就是在这种夹杂着苦恼与恋栈的矛盾之中，日子一天一天地过去了。

屋内静悄悄的。雷平均默默地注视着屋顶，一言不发。他知道刘璐决定了的事，是无法让她改变的。可就这么等待下去，像人质那样逼着有关上级领导注意自己？实在太荒唐，不行！他努力试着，想使自己的姿势抬高一点儿。这时，病房的门吱呀一声被推开了，一个陌生男子的脑袋探进门缝，四下张望。还没等这人发现目标，刘璐已经惊喜地蹦起来了。

“喂，是焦若增让你来的吧？见报了吗？快进来！”

来人蹑手蹑脚地闪进门。他的手里，拿着一沓刚出厂的本市报纸。刘璐抢先一步接过，急忙翻开第一版，焦渴的目光飞快地在纸面上浏览着，搜寻着。那散发着扑鼻油墨香气的通栏大标题映得她双眸生辉！

“公安战士不辱使命勇斗歹徒
围观乘客视若罔闻无人助阵
——5路公共汽车窃贼被擒纪实”

“噢——”

一声哽咽般的惊呼，从刘璐那激动得走了调的喉咙发出来。

她颤巍巍地将报纸举到丈夫眼前，语不成句地指着说：“瞧，瞧呀，上报了……总算……还有这一天！”

雷平均却没有反应，而是正呆呆地看着一纸便笺：“刘璐同志，您的丈夫是个真正的男子汉。我没有别的可说，让我向他表示衷心的敬意吧。”

十二

当天下午，雷平均就被转到了高干病房。

很快，前来慰问的就成了走马灯：市里、区里、局里……

鲜花、锦旗、慰问品……

人们说着同样的话，表达着同样的意思，用同样温暖而热情的双手紧紧握住英雄的手，向他表达由衷的感谢，叮嘱他安心养伤，争取早日康复，重返战斗的岗位。

雷平均想说谢谢，可那张泛着白皮的嘴巴干咧着，一个字也说不出来——他还不习惯文质彬彬的语言和举动。不过，他倒是从刘璐口里不断听到了这种声音。雷平均感到很不舒服。他厌恶这种心安理得接受别人问候的胜利者姿态，厌恶这种不冷不热、纯属外交性的礼仪。他觉得眼下得到的殊荣已经过头了，他不配接受；她，当然更没有资格！

晚饭之后，当清静的病房只剩下夫妻俩的时候，雷平均提出了他的意见：

“璐，咱们回吧。”

“回哪儿？”

“回家。”

“什么？”刘璐瞪大了惊愕的眼睛，“回家？”

“咱们再这样打扰下去，有点……不像话。”

刘璐不可思议地摇着脑袋，扭身抻亮了灯棍，顿时，装饰雍容的病室内一片明亮。

“你不想想，能有现在的局面，容易吗？明天，电视台还要来录像。怎么，不好意思？难道你的伤是自己打的？难道这些年吃的那些苦、受的那些委屈，连我这当家属的都成天陪着担惊受怕不是真的？听我的，老实待着吧。”

雷平均不说话了。他抄起台灯下的报纸，开始浏览那篇报道他的文章。看着看着，忽然问：

“写这篇东西的，是那个姓焦的吗？”

“对，是他。怎么啦？”

“没什么……我不太喜欢这个人。”

“行了吧你。不是人家，你说不定现在还挤在那间又脏又有味儿的大病房里呢。小焦脑子活，最会看事，要不人家哪儿都能吃得开？人不能不知趣，但也不能像你这样过于知趣，过分知趣常常落个没趣。你过去吃亏，就在于把自己的价码定得太低了，别人买得再便宜也不会知你的情。我说这些你总不爱听，可这是真理，谁不这样，谁就会在社会上四处碰壁……喂，我说你，你要干什么——”

她看见雷平均已然下了床，穿上拖鞋，正晃晃摇摇朝门口走。她慌了，急忙过去拦住，却见丈夫脸色铁青，浓眉下那对不大的眼睛，正像喷火一样射出令她惧怕的威严。

“别拦我。再说一遍别拦我。刚才那套谬论，希望是最后一次从你口里说出来。我不想听，我不是可以买卖的物件。我干工作，是凭一颗良心！”

他长长地呼出一口郁气，趔趄着走近窗台。

“你往窗外瞧，就在那个十字路口南侧，邮筒旁边，前年夏天，一位进城为丈夫看病的农村大嫂因为钱被偷光，钻汽车轮寻了短见……那情景真惨，轮下那一大摊鲜血我至今也忘不了。死者旁边，是两个衣衫褴褛的孩子和她的痛不欲生的瘸子丈夫……我当时一句话都说不出来了……也许是从那以后，再遇上窃贼，我就从来没有客气过……现在，咱受了一点伤，你就觉得有了资本了，伸手提条件了，告诉你：只要我雷平均还有一口气，就绝不能看着你干这种事！这篇文章若是姓焦的自己要写还罢了，如果是你求他，告诉你，这件事咱们没完！咱是谁？向谁要价？你刘璐要是想不通，哪怕离婚，我也不能把自己的良心掏出来去换什么地位、荣誉！”

“啪”一声，雷平均的巴掌重重地击在了墙壁上。

一辆出租汽车在暮色里徐徐驶下高干病房的坡道，驶出院门，

朝路灯映照的马路奔驰而去。车内后排座上，刘璐紧紧依偎着丈夫。那美丽的眼睛是忧郁的、凄迷的，如是沉浸在辽远的思索之中。只是在车子通过第一个十字路口时，她用手指拨开纱帘，朝迅速闪过的窗外投去匆匆的、茫然的一瞥。

（原载《啄木鸟》1990年第6期）

窦卫华，1950年生，河北沧州人。中国作家协会会员，文学创作一级。著有长篇小说《一代跤王》、《一个警察的二十四小时》。纪实专著《百味人生——当代中国老百姓生态录》曾获第五届北方八省一市优秀图书奖、第十届河北文艺振兴奖，报告文学《白沟人》及中篇小说《一个警察和他的妻子》分获河北省作家协会优秀作品奖、第二届《啄木鸟》文学奖一等奖。

万家诉讼

陈源斌

太阳好起来了，何碧秋拿牙锹剁挑在麦田里的塘泥，剁完最后一墒了，她听说丈夫被打，将手上拾掇拾掇，回家看过伤势，转来找村长。

村长家在村东头。也不过两进排厢，一个院子。屋瓦是小瓦，屋墙是青砖实砌的，院墙也是青砖实砌的。门槛是用青石做的。院子里一口水井，上面一棚落光叶子的葡萄架。对面一地盆花都是枯枝杆儿，拴着一条狗。何碧秋绕过那狗，看见村长坐在堂屋里呷酒。她说："你打了他，现在旁证也有了，医生诊断也有了，是个什么说法呢?"村长一哼："说法?"何碧秋说："你打他，踢他胸口，倒罢了。你还踢他下身，这是要人命，不该有个说法?"村长慢慢举杯。何碧秋说：“那你就别怪我了。”

村长问：“你怎么我?”何碧秋说：“请政府讲理。”村长笑道：“我打他又不为私。我是村长，政府不帮我，下次听谁吆喝这村的事?”何碧秋说：“只怕是如意算盘。”村长说：“好。到乡里的路你认得吧：过了摆渡口，再走一二十里，就是了。也辛苦你了。”何碧秋见他张狂，便不再啰唆，回头收拾动身。

何碧秋走了一里多路，到摆渡口了。望见岸边等渡的人已跳在船上。船工弯腰解桩上的缆绳，听见声音，虚抓绳头，等着。等何碧秋上船，说：“站稳咧。”收了绳子，换竹篙将船缓缓撑进一片白水里去。

过渡的这几个人或站或坐，都袖着手，东西放在舱里。这些人七嘴八舌让船工说，船工笑道：“你们是想东北方向的路快修好了，不坐我的船了吧?”又说，“不过是土公路，大半截又在人家地盘，一个弯儿绕十万八千里，仍不如走渡口节省时间。”这些人议论道：“我们王桥村，亘古就属安徽，只因造了这座水库，把路都隔断了，反被江苏抱在怀里。出个门，比登天还难，还不如划归江苏省呢。”说了一阵，船工目光落见何碧秋，问：“这位面生呀?”有认得的便替她说：“她就是万家的。”船工明白了：“怪不得你脸上有事，是你要告王长柱吧?老话讲居家莫讼，怎就到了这一步?”

何碧秋说：“村长管一村人，就像一大家子，当家的管下人，打、骂，都是可以的。可他要人的命，就不合体统了。这又罢了，我登门问，他连个说法都没有。”船工听着点头：“这是他王长柱不对了。”

说话间，船身摇晃起来。船已近库汊中央，人们脸上觉得有东西蹭擦。在岸上是很平静的，到这儿有风了。那风贴水而起，逐渐大起来，风也变冷了，刺得面皮绷紧。风搅得库水涌动，浪花乱翻开来。船工说：“有水便生风，有风便有浪，过了这段深涧，会平静的。”把竹篙收好，拽出双桨来摇。风扯出了响声，脚下舱板不停颠荡。人嘴里的词儿倏地少了，只有零星几句，声腔不很匀足。憋一口气，慢慢散出去，把一颗心徐徐放落。桨急船紧，风势果然过了，却早近这边岸来。船渐行渐稳，船工收了桨，再换篙撑起来。

这些人扯起原先的话头。船工道："我说：在娘家青枝绿叶，嫁人后面黄肌瘦。不提它倒也罢了，一提它泪水直流。"猜了一阵，猜不准。看何碧秋脸上有心事，疑想是她。船工说："喏。"将手举起。众人看他手中的竹篙，水淋淋的，不觉恍然，又有些不解瘾。这时船已傍岸，大家说笑几句，跳下船，各自赶路。

乡里不是原先模样了。多了一条细沙路，路边挨排栽着树，边上尽是住户，放足眼光才从这头望到那头。住户的房子三层、两层、一层高矮不等。何碧秋从一座大门口张见一幢六层楼，以为是乡政府，进门问了，却是乡办工厂。转弯抹角，到一个僻静旮旯，才找准了。见乡政府比早先添加了两排平房。她进一个门，说几句，有人把她领到西头一间，说："这是李公安员，你不妨跟他细说。"

李公安员小四十年纪，眉眼平常，辨认不准忠厚奸滑。见他正捧着一只凹腰茶杯看报，此时转头迎过来说："王长柱？他是托你捎信让我去喝酒吧？你回去说，他要不改酒桌上的蛮气，我再也不去。"何碧秋说："我是来告他的。"李公安员诧异道："哦？"看过旁证，看过医生诊断，皱眉说："怎么是区医院证明？还是外省的？"何碧秋说："我们王桥，往本省的路都被水隔住了，只好去江苏呀。"

把前前后后说了一遍，李公安员听罢，收好旁证和诊断书，看看手表，说："食堂开饭了，你在这吃吧。"何碧秋说："不客气。"李公安员说："不是我请客。我可以帮你买饭菜票，食堂里碗筷现成，能借用的。"何碧秋说："不了。我一路过来，看见不少饭店。"李公安员说："饭店里的饭菜，宰人呢。"何碧秋说："我问过两家面食摊，一碗面条五六毛，贵也贵不到哪里去。"李公安员便站起身来："我下午有个会。明天我去处理这件事，你在家等着别走。"

第二天傍中午，何碧秋见李公安员一路向这边问过来，迎上去问候道："累您了。您是走来的？"李公安员说："骑自行车。"何碧秋问："从新土路绕过来的？"李公安员说："那太远了。我车技好，这一路田埂都敢骑。只是过了摆渡，来你们村全是上坡，我推到半腰，觉得不划算，又返回去，车子交请船工代看，一来二去，刚走到这里。"何碧秋惊讶道："你还没见过村长？"李公安员说："我到你家看看，这就去。"

李公安员进屋看过伤势，转向村长家来。狗跳闹得凶，村长赶来喝住，连喊："坐！坐！"一扭头看见何碧秋，不喊了，脸沉下来。李公安员自去坐了，让村长与何碧秋坐，两人都不坐。李公安员在板凳上说："旁证、医院证明我都看了，我还看了伤势。这件事，是你办错了。"村长发毛说："我错了？我是为自己吗？上面布置成片栽油菜，各户都通了，就他家不通。百十亩油菜夹他家一块小麦，看着像头上的疤痢。验收组下来，还没进村，看见这种场景，把分扣了，打个不及格，还限期改进。我要他补栽油菜，说了一遍，两遍，三遍，不听！用嘴不行了，不用脚用甚？"李公安员笑说："其实你仍然用嘴好。"村长说："是该用嘴，我恨不得拿牙咬他！"李公安员敛色道："无论怎么说，你打人，还打伤了，这就是你的错了。"村长瞅他道："这句话是你个人还是代表乡里说的？"李公安员不答，转脸对何碧秋说："这样，你暂先回避一下，别走远了。"

在外面等了一会儿，李公安员出来跟她商量："医药费由村里报销，另给些调养费和误工补贴，这部分由他私人和村里各出一半，怎样？"何碧秋说："这一来，人不把我看扁了？我并不是要钱，只要他有个说法。"李公安员又协商说："他人一向蛮气，又是村长，面子是第一要紧的呀。"何碧秋问："那没说法了？"李公安员想了一想，解释说："医药费、调养费和误工补贴由村里和他私人拿，就证明事情的你对他错，岂不正是个说法吗？"何碧秋细想在理，应下来。

回到屋里，李公安员说："事情就这样。不算处理，叫调解、搭桥，都行。你们依我呢，我照老例在村里吃饭；不依呢，我饿肚子走回去。”在村里吃罢饭，李公安员来跟何碧秋打声招呼，又劝说几句，回乡里去了。

这边丈夫在床上问：“刚刚两次进屋的，是谁?”何碧秋说：“乡里的李公安员。我告下村长了。”丈夫急道：“你拧过他?”何碧秋说：“李公安员敲定我对他错了。”又把医药费、调养费和误工补贴的事说了，“下午他付了钱，岂不正是个说法?”

到后晌，何碧秋转了去，狗在院子里吼叫，村长喝它，声腔里有些味道。何碧秋说：“发票带来了，收条也打了。”村长问：“总数多少?”对了数字，村长掏出一叠崭新票面，用指头捻开，数一遍，再数一遍。何碧秋想等他先递过票子，再还回去说“算了，事情也就这样了”，没容她这话出口，却见村长随手一扬，将票子撒落到地上。

何碧秋呆问道：“这是干吗?”村长拿腔道：“给你钱呀?”何碧秋说：“你打了他，不给个说法，又来污糟我!”村长说：“我是为你好，其中有个道理的。”

村长顿了顿，缓缓道：“我仍是村长，仍管着这块地皮上的三长两短，仍不免要憋住气作践你万家。地上的票子一共三十张，你捡一张低一次头，算总共朝我低头认错三十下，一切恩怨都免了。”

这般说完，又催促她弯腰捡票子。何碧秋气愤道：“上午怎么说的?”村长反问：“我上午说了吗?”何碧秋说：“并没听你一句驳词!”村长笑道：“你当我软了? 李公安员过库爬埂来一趟不容易，我是给他面子。再说，这钱也不是公私各半，都是村上的。”

何碧秋怔了怔，踩着地上的票子就往回走。回家坐在床边说了，丈夫说：“我说拧不过他。”何碧秋说：“你怎么不早说?”丈夫说：“我不晓得。”何碧秋啐道：“你现在晓得了呀?”丈夫叹气：“都撕破脸了。”何碧秋愣了半晌：“这个理不扳平，今后没法活。”丈夫愁道：“告不倒他，怎么办?”何碧秋咬牙道：“我带足盘缠，就住在那里!”两口子在床上翻了一夜。

何碧秋睡到天亮起床，梳洗了，踩着一地银霜，过渡口来到乡里。李公安员门锁着，向别人打听，说上县开会，三两天不定回来。何碧秋站了一会儿，慢慢想到前天见面，李公安员漏说到曾和村长同过酒桌，直疑心两人头天做好了圈套，诱她去钻。左想右想，只有上县里告这一条路可走了。

从乡里搭上进城班车，下了车，满地的人。地上的霜已化尽了，出了冬日里少见的暖阳。车站几间旧房子看着眼生。旅客都不在站里避风，在站前空地上挤成一团。空地由一遭栅栏围着，各有一宽一窄的缺口，让人和车进出。她站住，让胀胀的脑子松动了，慢慢辨认准东南西北，这才挤出栅栏，沿街往城里去。街不像七八年前见过的街了，多少食摊儿吆喝：卖馄饨的，卖水饺的，卖阳春面的，卖红烧杂碎的，卖熏烧兔头的，卖卤猪尾巴的……将路面挤得瘪窄。何碧秋向一位面善的摊主打听，这人勒细了嗓子笑道："吃哦?"听清她问，一抹笑去，指一个地方，只见男的女的大剌剌地进去，便跟着也朝门里走，却被旁门里一位上岁数的人叫住："进去要登记的，带证件了吗?"验过身份证，让何碧秋说了开头，插道："你找错地方了。这是法院，公安局在街里呢。"何碧秋问："怎么走?"答说："笔直往前，右拐弯，再左拐弯，再右拐弯，大门里有一幢楼。你去一楼左手第三间，把诉状交给屋里的人，就是了。"何碧秋不解道："什么诉状?"上岁数的人解释说："就是控告别人的状纸呀?"何碧秋慌说："哎呀，我怎的没带!"这人安慰道："你不用着急，可以补一个嘛。"

一路过去都是做买卖的，锅碗瓢盆勺，油盐酱醋茶，身上头上脚上手上床上和脸面上的，吃的用的花的，述说不尽。拐弯走尽这条街，再左拐，却是一街毛线生意，满眼里鲜亮：杏红、桃红、肉红、土红、水红……铁锈红；柳叶绿、檀枝绿、墨绿……玉石绿。各种各样的黄，各种各样的蓝，各种各样的颜色。心思跟它并不搭界，眼却早花了。脱身拐过街角，差点撞到一个写字摊上。这字摊设在避风朝阳处，摊主戴副眼镜，留了胡须，一脸老气，正跟一个中年男子讨价还价："若是家常书信、感谢信、表扬信、申请救济、请调报告，都能通融的。只是这代写检讨，一厘也不能减。"中年男子道："不该这个价呀?"摊主说："你骑车撞了人，还逃跑，被捉拿住，这张纸上不使出手段，怎么过关？你还不乖乖付钱！”中年男子拿着检讨书走了。

何碧秋看在眼里，询问一声，摊主答道：“可以！”铺开纸笔，这边讲完，他那边已经写好了。

何碧秋拿着诉状到公安局楼下，找到左手第三间，进门去，见屋里两个人穿着制服，捧着凹腰茶杯说话。何碧秋递过诉状，其中一个人接住看了，眉头直皱，递给另一个人，另一个人看了也皱眉道：“这上面尽堆砌华而不实的辞藻，又扣了许多吓人的大帽子，主要事实经过，却陈述不清，是不管用的。”问：“你在街头字摊上写的吧？花了多少钱？”何碧秋说：“要四十元，实付三十五元。”两人相视一眼：“这阵子太忙，一放又乱了。真该挤些时间，把街头治安秩序好好整治整治！”

其中一个对何碧秋说：“你写诉状，应该找律师事务所呀。”何碧秋问：“它是干什么的？”这人说：“就是帮人打官司的地方。代写诉状，代理诉讼、辩护或上诉、申诉。原告，被告，刑事，民事，经济，行政，各个方面，都可以的。”何碧秋问：“是公家的吧？”另一个插话说：“我们政法口下属五个部门；公、检、法、司、民，司就是司法局，律师事务所又是司法局下属的一个部门。”何碧秋听罢，再请两人详细说了走法。

找到地方，见是一幢平房，大小五间屋。东西顶头两间门分别开在内走廊里，中间一副双扇式大门，门旁挂了三块招牌，一律白底黑字，字数多多少少，字迹也肥瘦不等。看这里的气势，绝难比刚见过的法院、公安局楼房。她看了一阵，问西顶头门里一个女的，这个女的把头埋在纸上也不抬，随手朝中间指指。何碧秋进屋去，见中门内三间没隔山墙，通作一厢大屋，放有几张办公桌，几只椅子，坐着几个人。问了一声，让她跟坐里墙角的一个人说话。

这人约莫三十小几岁，头上早添了些白发，捧住凹腰茶杯近前让座。何碧秋坐了，问：“怎么称呼您呢？”这人说：“我姓吴，叫小吴，叫吴律师，都行。”何碧秋叫“吴律师”，说了一遍。

吴律师问：“要不要聘请代理人？”何碧秋不懂道：“什么意思

呢?”吴律师说：“就是当你的全权代表，一道出席各种场面，帮你说话，依法维护你的正当利益。”何碧秋问：“要付钱吧?”吴律师脑门皱皱道：“当然。”又说，“收费不归我们自己，上交国家。价目也是固定的。”拿出表格来看。何碧秋请他详说，吴律师说：“上面几项都是不变的。这一项，是指律师受聘后，外出调查、取证等的车旅食宿一应费用，也由聘请人负担。”何碧秋问：“大约数目呢?”吴律师道：“说不准。得看具体情况，实报实销。”何碧秋低头默想一回，算不准这里头的深浅，便问：“不请做代理人，单写一张诉状，行吗?”吴律师说：“当然可以。”

问了价目，便宜得惊人，这才认定被摊主骗了。按住懊悔，从头说事情，吴律师写好了，读一遍，加减几个字，誊写到一种格式纸上。何碧秋开过发票，银货两讫，赶到公安局来，早已下班了。

中午在食摊上吃一碗椒面，辣出一头汗。坐着等汗干了，太阳已挪过头顶了。顺街打问旅社，选定街角一家门面小些的，问一夜价钱，管登记的老头把头探出窗口：“开发票哦?”何碧秋问：“开与不开，怎么说?”老头笑道：“开票每铺一晚六块，实付四块，回去报销后，有两块进你腰包。不开票，一晚三块。”何碧秋惊讶道：“你是私人的还是公家的?”老头说：“国家保护个体经营呀!”见她发愣，又说，“我店面虽小，被褥换得很勤，你看看再说嘛。”何碧秋被强邀着看了一遍，见地下和床上果然爽净。又碍于店主热情，便付钱住定这里了。

那店主放下心来拉呱道：“大嫂你进城，有要紧事吧?”何碧秋说：“告状。”店主听罢问：“伤着要害没?”何碧秋说：“幸好没有，离得也不远，好大一块紫血淤肿。”店主说：“也就罢了，不至于闹到公安局呀?”何碧秋说：“眼下将就也行，倒是想着日后呢。不把这个理扳平，我一家日后没法活。”店主同情道：“说的也是。”

何碧秋巴到公安局上班，到这边来，两个穿制服的前脚后脚到了。看了诉状、旁证和诊断书，惊讶道：“怎么是外省的区医院证明?”何碧秋回答了。两个人拿出簿本来，问几句，记到上面，让按指印。按过指印，两个人说："你先回去，我们会处理的。不过，这几天有几桩急案需要办，你稍稍耐心等候。"何碧秋应声出来。

她出得楼门，仰脸被西斜阳光一刺，憋不住鼻孔窜痒，就打了个喷嚏。忽听有人叫，却是李公安员，问："你上县了？王长柱付你钱了吧？"见她不吭声，惊讶道："他竟敢不付？"何碧秋说："我没说他不付，是说他怎么个付法。"李公安员听罢，评判道："这个王长柱，真不晓事！"又检讨，"也怪我，当初应该三人抵面，手接手清账，就没有这些话了。"何碧秋说："现在扯破脸，结下子孙仇了。"李公安员说："这个人哪，香的不吃吃辣的。"何碧秋听他口音向着自己，解释道："我去乡里没找到您，才来县城，刚刚写了诉状递了。"李公安员正色道："这是你的权利嘛。"说着，听见那边有人叫。

何碧秋瞅见是刚刚收她诉状中的一个人，这人拿着茶杯去洗涮间倒了残叶，返回站在内廊问李公安员："有个妇女刚走，是你地皮上的事呀。"李公安员说："我也约略了解些。什么时候派人下去呀？"这人说："局里哪里挤得出人手？"李公安员说："其中一个当事人，就是那个村长，我有些熟悉，单对单说话抹不开面子，你们至少要派个把人吧？"听到这里，何碧秋想到听人家墙根不妥，赶紧退到大门口。

过会儿李公安员出来说："好了，过几天你来乡里一趟。"何碧秋问："是几天呢？你说个准数。"李公安员说了，两人分手。

到了这天，李公安员办急案不在，由别人转交了一份县公安局的处罚裁定。何碧秋听上面的文字，仍是承担医药费、调养费和误工补贴三项，数字跟上回不相上下，心想："转了一圈儿，岂不绕回来了？"见她愣着，这人告诉她李公安员说过，如果对裁决不服，可以提请上面复议。何碧秋听了，不再多说，回家将两头放足架子催了一半膘的猪，拉到江苏地面集上卖成钱，当作进城的花费。

何碧秋上城仍住这家旅店。去市公安局申请了复议回来，店主老头在窗口安慰她道："反正这码事了，你别太急，下午空闲，去逛公园散散闷气也好。"何碧秋问："说这七八年来，西南城墙下三五里水塘，都修作了风景，又造了一座祠墓，棺材是金丝楠木的。公园猜想绝不是先前模样吧?”店主点头道：“只恨天不助雅兴，风飕飕的。”何碧秋说：“我们一年三百六十五日，不在乎这个。”

何碧秋到祠墓一问门票，三块五，忍痛付了。进门一座寻常大殿，寻常几样石人石马。转过殿去，一块石龟驮着一扇石碑，这又是见过的。却见龟嘴下放一只大石香炉，围着许多人看热闹。近前看时，炉内没有香灰，是半槽清水。这些人正向水里投放硬币，多数沉了，水底明晃晃的一堆。竟有几枚浮在水上。原来殿角把这里的风遮挡了，那冷好了一些。有一上岁数穿斋服的人坐在阳暖处，守张桌子兑换硬币。围看的人老少不等，夹杂一伙青年，穿得花簇锦绣。欢声闹动的也是这伙青年，每投一枚，总先问一个心愿，有调工资的，有分房的，有娶到好女子的，有当官提级的，说的一并是寻常话。何碧秋呆望一回，自去换了五毛角子，握在手里，心里祷告了官司输赢，挤进人群去丢。一连五枚都沉了。

边上一个看客焦急，要过硬币替她投，这五枚全都浮住。何碧秋一颗心也悬飘住，愣着瞎想。忽听耳边一阵轰闹，是一个花簇青年问今晚麻将桌上的收成，才明白不过是场儿戏。收了心事，来看祠墓。

那祠墓其实是在坡腰上挖一个洞，边顶衬了方石，三五十步深浅，只拐一个弯，那口棺材阻在眼前。看它不比见过的大许多，漆也是见过的荸荠色，不值得花三块五买这个看。

转来公园，门口依稀亲切。走过小石拱桥，见左边先前一大片暖花房，改作了游艺场。风从右边的空旷池塘上泼撒过来，逼人一身冰水。两个值班姑娘缩在售票亭内不出头。有一拨游客，看是两对夫妻，带的两个孩子闹着乘“旋风”，家长去买票，那边不卖，双方对起嘴来。

听其中一个游客协商道：“我们在外地，来一趟不容易。”值班姑娘道：“天又冷，又不逢星期日，你等足二十个人，才能售票开机。”两个孩子更闹了，游客便说：“我买二十张票，总可以了吧?”每张票六块，付了钱，姑娘把头缩在衣领里，出来开机。买票的游客便过来说："这位大嫂不用买了，乘便坐一坐，也是人情。"又道，"不用你付钱的。"何碧秋被强邀了过去，见这"旋风"是庭院大小的一块铁盘，斜戗在地下，盘上设有飞机形状的座位。选了一处，屁股刚刚落座，那盘已开始转动了。

却不提防它转动不合规矩。如叫驴毛了，又如牡牛红了眼睛，再如母猪婆遭兽叼去奶猪，上下左右前后蹿跳，蹿跳得又不依这上下左右前后次序，只顾乱窜。她想这岂不是活受罪吗？想着，人已把持不住，见天和地都被颠动了。那天歪倾着倒插下来，又刺斜着复向上去，地便脚跟脚随天翻覆。天和地也搅混了，一会儿黏住，一会儿撕开。她也顾不得天地的闹腾了，自己肚里打起架来，肠子，胃子，心肺，肝脾，挪来移去，都跑错了，找不到原位。连身子也不去管它了，脑壳里一股浆儿搅转旋动，拌成了一团乱汤儿——正眩晕间，铁盘猛地停住了，剩下五脏六腑脑浆和天地依然旋转个不停。

何碧秋竭力将魂收拢，看见两对夫妻站在地上，两个孩子早爬上一座高台，要坐空中踩车。一个穿干部服的男子过去望见，嚷叫孩子下来，又问家长："你们该买票呀？"游客说："是天冷人少，说等足二十个人才卖呢。"这男子道："谁说的？"到窗口前训斥一顿。

值班姑娘无奈卖了票，冲着走远的那男子背影啐道："你成天坐办公室，倒轻松。哪天说好了，撂给你一个人干！"去高台上开了机。这踩车两个座位，一个大人领一个孩子。踩动车子在空中一根铁轨上走，看着悬乎。何碧秋自去别处转悠了。回来对店主说："一回花钱，看了空；另一回没花钱，看个昏。"

话题转到官司上，店主说："这件事，在你天大地大，在人却芝麻绿豆。都因这一辈年轻人，不讲传统了，偷的，抢的，骗的，为一个钱字都干得出来。为赌一口气，杀人像割灯草。公安局人手又紧，哪忙得过来？从这上面想，前次为你下裁决，真还不错呢。"何碧秋问："依这话没用了？"店主道："也不能这样讲。"何碧秋一肚子冷气冰凉去睡了。

清早起来，店主说："昨晚我有话没讲，今早就讲了吧：前次裁定书是以县公安局名义，其实是下边承办人办的，局长不过听个汇报，盖上大印了事。你申请市公安局复议，还是这回事。承办人见过的多了，你这事算什么呢？照例批个维持原裁决。依我看，你直接找市公安局长，他听汇报时心里有数，或许有救。"何碧秋说："那好，我这就去一趟。"店主说："你又不懂。局长室你不一定进得去。即使进去，许多人不断来汇报工作打岔，他静不下心听你说，只会公事公办。"

何碧秋晓得有话，等他讲。店主道："你不妨打个马虎眼，问清他住处，中午或晚上等他下班，到他家里说。"见她不语，声明道，"我可不为拉生意，你多住一宿三块钱，发不了大财的。"何碧秋说："您多心了。我是在想，人人都打这个主意，市公安局长家岂不被踏平了门槛，吃睡不得安宁？"店主笑道："正是人人都像你这般想，所以并没多少人真登他的门！"

何碧秋转来市公安局传达室问："这位老同志，请问严励民在吗？"传达员瞅瞅她："你找严局长？"何碧秋说："我从大老远乡下来，他这会儿上班忙，我在家里等着吧。我有七八年没来了，不知他家搬没搬？"传达员说："你不知道呢，严局长今天不在局里。他夜里被罪犯用刀刺伤了，这会儿怕还在医院呢。"何碧秋惊讶道："是吗？"

老传达员说："昨晚局里开党组会，开到十二点，严局长到家一点过了，电视也没了，人也困了，准备洗漱上床。倒完洗脚水，从客厅过时，听见门锁吱吱嘎嘎响，晓得有人撬门。严局长过去把门猛一拉，那家伙吓一跳，倒也狠着咧，顺手把匕首捅过来。严局长闪过了，将匕首打落。那家伙一看苗头不对，转身就跑。严局长虎跳着将他捉住。过廊里还有两个同伙，握着匕首刺过来，一把匕首被躲开了，另一把匕首戳着了，本指望把人戳倒逃跑，严局长却忍住疼痛，手上捉牢那家伙不放。到这地步，过廊里各户都出来了人，把一个同伙堵住活捉，另一个跳窗闪了腿，也被活捉了。

何碧秋听了暗想道："世上百样行当都难，当市公安局长凶险更大呢。这三个想必先前结有恩怨，半夜来寻仇的。也碰巧晚上开会，若平常，这三个撬门进了屋，人睡着了，一家人性命怕是不保了。”不免问了伤势，传达员说并无碍大事，何碧秋说：“我先去家里看看吧。”

依他指点，乘上六路车，坐两站再换三路，过四站下来，往前走块儿把田远近，朝左拐进一条窄街，走过一所小学，一排连幢楼房，右首空旷出来，却是一口老大的水塘，塘水灰笃笃的，不很清爽，塘边栽了乌菜、蚕豆苗，用树枝胡乱插成了篱笆。到这里，也走出五六块田地面了。向右拐一个上坡，进一个敞开的大门，里面老大一块地盘，地势不甚平整。那高地上有些乱，树木高高矮矮，里面夹杂着横横竖竖的民房。下边一片空地砌成八排灰楼，想是在这群楼里。打问了一下，人向高坡指指，说住在上面的红楼里。爬上高坡，由杂树和民房中间穿过去，找着这幢红楼，见它东西方向横着，大约十来间房屋长短。高只有两层，尖屋顶，楼身灰扑扑的，不很鲜亮。在楼下站了一会儿，把来路熟记了。

回到旅店，店主已经听说了，说：“原以为蓄意报复，一提审，三个人都是西北口音。这三个家伙运气也倒煞了，在边陲犯了事，一路流窜过来，到这个城市，落脚不足半个钟点。他们本意是想隐蔽点，找个不起眼的人家，先弄点零花钱，喘过气来再动大手脚，却不想头遭撞在市公安局长手里。”何碧秋忙问：“三个人不晓得是公安局宿舍？”店主道：“他一路几千里，撞到这块，三个蒙眼虫虫，晓得个东南西北？再说那也不是公安局宿舍，是各个单位杂居的大院。”何碧秋问：“严局长怎么不住本单位宿舍呢？”店主道：“这个人，廉洁上有些名气，他住的是他爱人单位的宿舍。”何碧秋说：“怪不得，我看也不像是他这种人住的地方。”

请帮拿主意，店主说：“这就不好讲了。人又不在家里，住医院了，好歹是个病人，你空手去谈事情，不妥。不空着手吧，道理上又说不过。”经他这么一点拨，何碧秋倒有了主意。嘴上七扯八拉，把话题引到别的地方。

挨过下午，何碧秋看了几个菜场，转到市中心这一处来。这个菜场是用一条旧街改作的，从头至尾，足足三五里远近。此时不是一天里买和卖的潮头，但仍见货物压倒了街面。鸡鹅鸭鸟，猪牛羊狗，各种干货水货山货海货，挤酸了眼睛。亏它们排列得极有次序：蔬菜是蔬菜的地盘，活禽是活禽的地盘，豆腐千张是豆腐千张的地盘。稀罕的是一类不合节令的时鲜瓜果：黄瓜、茄子、瓠子、韭菜，竟有西瓜、香瓜，说都是当地暖房里出产的。看这光景，怕是天上的仙蟠桃，也能仔细找寻得到。最稀罕的是一类买卖人等：爷们儿娘儿们倒也罢了，有几个年岁二八二九细皮嫩肉的女子，脸模儿像白面捏的一般匀称周正，却穿了油渍麻花的衣裳，站在红白摊前，提刀卖肉，把一副嗓门勒细了再吆喝。何碧秋看着走着，一些个时辰也过去了，脚下放紧到菜场的这头，见晚市鱼果然上摊了。

何碧秋看准一筐出水青鲲，讨还了价钱，图它“事事如意”的谐音，选了四条十多斤重的，用一只蛇皮袋装了，上车转车，到了大杂院内高坡上那幢红楼前。转了两圈，找不着楼道。这时天光在西边收拢住，地下的冻也紧了，脚踩着“咔咔”直响。向一个背书包的中学生打问，由偏僻处的小门爬上两段楼阶，面前是一扇独门，敲两下没听到回音，却是虚掩的，推门进去，是一个廊道。廊道约略两墒田宽，块儿把田长。外墙开着许多窗户，靠里是一家家住户的门。数到中间这户举手敲门，一个上岁数的大娘把门开了，看样子这位大娘一人在家。

见那大娘说话声音呛人，像吵架一般，脸上却笑眯眯的。何碧秋便试探着把鱼送了，大娘这边收下。说了几句，大娘倾耳听着。何碧秋又叮嘱道：“我是西北乡水库那边王桥村的，我们村长叫王长柱，我叫何碧秋，我丈夫叫万善庆。您说给严局长听，他就晓得了。”说毕，归来店里，住了一宿，回家等候消息。接下来一两个月，丈夫腿间紫血淤肿消尽，能下床走动了。这段日子的间隙，何碧秋兼带忙着地里和家里的事。上回两头猪卖的钱，进城剩有些许，用它另买了四只秧子猪，养在圈里，用玉米掺老糠放尽架子，等开春阳暖细料催膘。地里又铺了一遍塘泥，垩一交圈肥和三袋磷粉。把这些活儿做完。六九交尽，到七九末尾了，春节也早过了。

丈夫来地里帮着干些活，稍稍出点力，就觉着累。何碧秋问他："到底哪儿硌着呢?"丈夫说："不硌哪儿，只是胸口闷。"何碧秋说："一口气憋在心里，岂有不闷的道理?"话转到官司上，何碧秋说："这许多日子，该有消息了。怕是我没进城去问。"丈夫说："怎么进城呢？三九头下了场大雪，三九尾又是一场雪，头雪连着尾雪，地里的庄稼活没了，人却被它锁住。摆渡口封冰了，从新修土路走，不把人累死?"何碧秋说："从公讲，我交了复议的申请；从私讲，我登门送过鱼。他严局长也该给个信嘛。"丈夫叹道："人活着，就是多事有事。村长也不过让我们毁了麦子，补栽上油菜。若不跟他拗，没这出戏的。"何碧秋瞅他道："你倒说这个理!"

丈夫说："大面积种油种麦，不是他当村长的，是上面布置的。他选定这块地方，因它是出进村的路口，一村的面子。细想，大伙都想通种油了，只咱一家种麦，是像他说的一块疤痢。再说上次上面来验收扣了分，也不是扣他村长个人的，是扣王桥村的。从这里想，咱略也有些理亏。"

何碧秋讥他道："你吃了忘心果了。早些年，上面让种三季稻，他也选定这地方做面子，老辈劝也不听。早稻三百二，中稻三百二，晚稻瘪多实少，实的也就一百来斤。种一稻一麦或一稻一油呢，轻巧巧一千过头。'三三念九，不如二五得十'。他懂得这个算数，却硬着干!"

丈夫辩道："那是早十多年前的事了。这些年田分到户种，讲空的百姓不听，上面说话不都实在了？说村长呢，当年他不跟着干行吗?"何碧秋反问道："怎么不行？他当时是民兵营长，末等角色，硬出头干了，把别人踹倒，自己爬了上去。况且眼下不是十多年前了，容他动手打人，往人要害处踢?"

对嘴之间，听人隔着油菜地朝这边喊："万善庆，村长让你去他家呢。"应了一声，那人走了。何碧秋说："还是我去。"丈夫说："依我说，你见好就收吧。"何碧秋道："告也告了，复议也申请了。"丈夫说："杀人不过头落地。哪怕不正规给个说法，他若服些软，也了事吧。”

何碧秋点头应允，顶着一天灰云回到村里，到村长家，绕过那狗，听见堂屋里吆五喝六，想是上边来了客，探头却见都是村里的熟脸色。村长看见她，起身迎到门边：“来了?”何碧秋道：“来了。”

村长笑道：“你看见了，我这里放着四桌赌呢。”何碧秋说：“与我有相干?”村长收了笑道：“你常进政法口门槛呀?告到乡里，又告到县公安局，再告到市公安局，你牌子硬着呢，对眼前的违法事，怎么不去举报?”

说话声惊动了屋里，有站着看闲的不看桌上牌了，转来门口看对嘴。何碧秋道：“你喊我来，是又污糟我呀?你怕我不敢!”村长说：“我还有话呢。”她也不听了，把一口气提在胸口，拔腿往村边走。

走了一阵，天上的云色越发积得厚重，风缓了一些。何碧秋被话一激，加上这般急走，身上出了些汗。来到摆渡口，眺见库水中央被风推出道道波花，找船不见，却搁在岸上。转来敲门，船工正在屋里对着一盆炭火取暖，对她说：“库中央化是化开了，岸边还有三五丈宽的冰，早上破开，夜里它又冻住，船板吃不消的。”出来指给她看，到门口打一个寒噤，就倚在门边指说：“你看看，天上积的不都是雪团?脚跟脚要落了。恐怕等这场雪过，才开始渡呢。”何碧秋说一遍，船工劝道：“他故意惹你呢，你到乡里举报了人来，他早收摊了。再说他并不一定真的是赌——别生这个气，回家歇歇更好。”

回家听丈夫说：“你去哪儿了?我从地里回来，村长也来了。”何碧秋问：“来干什么?”丈夫说：“他说你话没听完就走了，市公安局复议决定下了，维持县里的裁决。”

何碧秋听罢愣了，看看盖了红印的复议决定书，闷坐了一会儿，说：“他是村长，却也是这桩官司的被告，好歹不该由他的手转交。我得进城问这个理!”丈夫阻拦道：“怎么就走?摆渡口不通。”何碧秋问：“我从新土路走!”丈夫说：“绕十万八千里?你再看看这天！”门外果然有雪花飘来飘去。

何碧秋出了村子，雪泼泼洒洒起来。沿新修土路走进江苏地面，那雪越发大了，一片接一片落成棉花朵儿了，慢慢地那棉花朵儿粉了碎了，人像走进了机麦面的厂房，纷纷扬扬，睁眼上下都是个白。此时已打过春，春雪赛如跑马，因此那雪只在空中和眼前飞，一触地面，眨眼就踪影儿不见了。新修路面已被千百只脚踩过，踩硬了，被雪水一润，走着一粘一滑。何碧秋绊腿走着，恨老天爷也这般逼迫人，直想跟它赌一个高低。揣着这种念头，走进了雪的深处。

何碧秋好歹挣扎进城，见天黑尽了，便去老地方住下。次日雪小了些许，换了衣服，转来市公安局，老传达员指指说：“严局长在办公室，这会儿怕正有空闲呢。”进门见一中年男子在桌前坐着，何碧秋对他说：“您是严局长吧？我是西北乡水库那边王桥村的，我们村长叫王长柱，我叫何碧秋，我丈夫叫万善庆。”说了一遍，又惊讶道，“您还不晓得？”

严局长边为她泡茶边解释道：“我们几个局长各有分工，具体管的王局长恰好不在，我让承办人接待你吧。”何碧秋赶紧说：“我专程来找您呢。我去过您家，就是您被小偷刺伤的那回。您住医院了，家里有一位大娘。”严局长说：“哦，不错，是前些时来过的一位北方亲戚。她老人家耳朵不好，说话像吵架似的，你没被吓着吧？”

听他这话，何碧秋疑心那天说的，大娘都没听清。看光景严局长也不晓得送鱼的事，这么一来，几十块钱扔进水里了。她不好明说，也不艾怨，只说：“我告的是村长，你们却把复议决定由他转交我，不合情理吧？”严局长说：“是吗？”出门走进另一间屋子。

何碧秋拿眼看屋里摆设，也就简单几样：身边靠墙是一张沙发，头顶墙上贴了白纸黑字。屋中央一架烤火炉子，装有白铁皮管儿拐出窗外去。炉前是一张桌子，足有见过的四张大。一把转椅。后面是一只竹编篓子，里面些许揉皱的纸团。桌上一小块石板，插着两支笔，边上两瓶墨水。铁网盒里一叠字纸。一只茶杯跟李公安员几个人用的一样，也是凹腰的。看到这里，严局长进来说："你稍等会儿，我让人问了。"

待会儿有人进来汇报："电话打过了，是乡里李公安员接的。他说本想亲自送达的，恰好出了盗牛案子要破，便请文书了。文书走到水库边，摆渡口不通，只好回头，准备从新修土路上绕过去。回到乡里，却碰到王桥村的村长。文书是新调来的，不了解情况，更不知道村长是当事人被告，就托他转交了。"何碧秋接口道："这样，也不怪你们。"

严局长问她："你对复议决定，有什么看法呢?"何碧秋问："我是百姓，他是村长。我告到乡李公安员处，又告到县公安局，再告到市公安局，都是一种评判，我不服怎样?"严局长解释道："我们工作难保没错，权限是有制约的。你不服，可以向法院起诉，这是你的权利。"何碧秋问："怎么起诉呢?"严局长说："你这种情况，应该找个律师。"何碧秋听这口气，猜想他原不知情，现在晓得办颠倒了，却不好自纠自错，也许是绕个弯子把理扳平。

何碧秋心里有了底，乘机说："我人不熟，您能帮我介绍一个吗?"严局长写张纸条交给她："你去司法局，找这个人。"

这个人却是上回见过的吴律师。吴律师赞道："这个法刚颁布，你学了就敢做了，可敬可嘉呀。"何碧秋听糊涂了，照实说："您说的法，我并不晓得。我只想问问官司能不能打赢。"吴律师道："我对案情了解不够，不好说。"问这回请代理人不?何碧秋问："收费还像上次讲的?"吴律师皱眉道："当然。"何碧秋说："算了，仍请您代写张诉状吧。"

去法院递了诉状，转来街前，天上雪又细小些，变作雨了。

回到旅店，含糊应答店主几句，睡了一宿，起来换上昨日泥衣裤，踩着一地雨水，回家。

三九过后，地气逐渐腾漫上来，日子一天比一天暖了。地里的麦子往上拔起身子，周遭的油菜尽数开花，像一汪黄灿灿的库水，围住麦田这块孤岛。畜牲也焦躁得很，四只秧子猪忽地由两拃长窜到五六拃，总倚在食槽前哼哼唧唧。丈夫显得好了些，只因官司未见分晓，一口气憋着，心口还闷。等法院送达开庭传票。何碧秋进城来，旅店费却大涨了。店主因是熟客，又怜她这桩遭遇，只加了她每宿五毛钱。

店主说道："国家年前颁布了个《行政诉讼法》，就是民告官的法。本以为是面子账，不承想动了真格的。说有个乡下妇女抢了风气之先，把市公安局给告了，大名鼎鼎的严局长还得出庭当被告应诉呢。"何碧秋不信道："她怕是吃多了荤油，把心窍糊住了。这一告，能有个好?"店主说："这件事，一座城，城郊四乡八村，上上下下都轰动了，要来争看稀奇。说宾馆里住了好几位记者，等作报道呢。"何碧秋道："看乡下人笑话呀?"店主道："这你又不懂了。眼下文化还不很发达，国家颁布新法令，下面不免心揣疑团；国家又诚恳想让百姓理解，往往先选一两件注目的案子，隆重地办一下。百姓看在眼里心里，揣知了深浅，就领会这个法了。"何碧秋说："照这话，乡下女人赢定了?"店主道："若她输了，这个民告官的法也就砸了，今后还有谁碰它?"

何碧秋打一个比方道："世上一团乱麻。若百姓不对，政府在理，也得违心判政府错吗?"店主说："当然依理判决。不过，这是头一回，不比寻常。都猜测这个乡下妇女是预选好的典型，她必定站住理，而事情又不很大，判个民赢官输，于政府面子上无大碍，反倒显出它的宽容大度。"何碧秋觉着新鲜，听了一会儿，洗漱了上床。

第二天出了大好的太阳，拿眼看到的都是清爽鲜亮。头几天落过春雨，地面将干还湿。空气润润的，又暖暖的，吸在胸里，有些滋补人。满街的人如坐赌桌旁熬过七昼夜困乏极了又放倒身子睡足了七昼夜，方才尽兴醒来，脚下锵锵的，嘴里喊的都是响亮。街上食的摊儿、用的摊儿、伺候人的摊儿，摊主七吆八喝，像杂鸟闹林。整座城市像刚刚洗了透澡，又剪理了头发，面容神采崭新。

何碧秋拿着开庭传票来到法院，见楼下院子里站着一地的人，各人脸上都摆有事情，嘴上乱说。过去听了几句，瞅见店主在另一人群里插嘴岔舌，上前问道：“您来了，店面谁看呢？”店主说：“我昨天讲的那个官司呀，场面千载难逢，顾得上店面？”何碧秋不觉心疑道：“法院一天要开庭审几桩官司呢？”店主说：“多少不等。有时好几天闲着，有时一天开好几个庭，有时一个庭开好几天。不过今天上午，只开这一个庭。”何碧秋待要开口，店主摇手边走边说：“我托熟人在里面留了空位，待会儿门口堵塞，挤不进去了。”

耳边听见有人在叫，却是上次见过的其中一位法警。法警说：“我们到处找你，却站在这里。”何碧秋道：“说是九时整开庭，还有十多分钟呢。”法警道：“那是指正式开始审理。当事人至少提前十分钟到位。”何碧秋听了，脸上急出来。法警看了道：“你要上厕所吧？二楼楼梯口靠左就是，你也别急，我在下边等着你。”

解了手，洗干净了，随法警进一扇小门，穿过一间放了桌椅的空房子，打开另一扇门，一望便知是法庭大厅了。扑面一片森森的人的气息压迫而来，何碧秋被它逼住眼光，低头随法警走过一段地板，下了五六级台阶，走几步，到一个半圆形桌柜前，就在跟前的椅子上坐下，法警转去一边了。听有喧哗声按着捺着散布开来，何碧秋慢慢将心静住。见这座法庭犹如一段坡地，主台面上高出一层，自己坐的地方略矮些。人声响动处是旁听席，成一段斜坡形状，近处低，远处高，许多长椅连横放着，坐满了人。过道和大门的人也站满了，猜想不准是院子里的许多人刚刚进来，还是里面的人早就来了，把剩余的人挤在门外。如此乱想，忽听头顶屋上有东西“吱——”一阵糙响，老大房子陡地静下来，几十几百个人都把气屏住，似要听一根绣花针徐徐落地。

坐主台面正中穿制服的法官咳嗽一声，开口说：“我们今天开庭审理，何碧秋诉市公安局复议决定一案。”说到此处，不说了，改说法庭组成人员。先报自己名字，他便是这个庭的审判长。再报旁边两位没穿制服作陪审的，再报外两边两位穿制服的，又报边上一个穿制服当书记员记录的。下边说到原告，叫了名字，何碧秋起身应答坐下。接着叫被告名字，对面一座桌柜前坐着的几个人中，有一个起身应答。

何碧秋抬起眼来看时，阳光由窗户射得庭内明亮，对面站着的，却是市公安局的严局长。正自疑讶，听审判长说："现在宣读诉状，因原告当事人识字不多，由法庭代为宣读。"书记员刚读罢开头，何碧秋听了，急口叫道："不是这么回事！"只这一句，听众席上的嘈杂之声便泼撒开来。审判长拍拍案木，顿时静住。审判长道："原告当事人何碧秋，你有什么话，不要紧，慢慢说吧。"何碧秋说："你们弄错了，我告的根本不是市公安局严局长，告的是我们王桥村村长王长柱……"大致说了。审判长说："对的，这是一回事。"何碧秋道："怎么是一回事？他在城里，我在乡下水库那边，八竿子也搭不到一块，他跟我丈夫今生今世从没照过面呢，我凭什么告他？"审判长说了几句，何碧秋焦躁道："我理不清其中弯曲，我只要打我丈夫的村长王长柱，坐到对面当被告。"听众席上又哄嗡起来，乱了一阵，被告席上严局长要求发言，这乱跟着停了。

严局长说了，审判长听罢，跟身边穿制服和不穿制服的嘀咕了几句，将他的说法采纳了。清了嗓子宣布："现在暂时休庭。"一齐起身退到台后的门里去。法警也过来为何碧秋引路，听众席上有人问："上午还开不开庭呀？"穿制服的书记员从门里出来回答："休庭半小时左右，足够了。"

何碧秋进门见审判长等都在椅上坐着，严局长几个也坐着。让她坐，她坐了。法警为她泡了茶，看别人各自凹腰茶杯里都有茶水。审判长道："何碧秋同志，我们事先估计不足，工作没做好，向你道歉。"

何碧秋责怪道："这我又不懂了，我告到乡李公安员处，告到县、市公安局，他们虽有偏差，也讲出个理。你们倒好，让我告市公安局长，岂不是将砖头在火里烧红了，哄我去抓吗？"

审判长听罢，辩说不清，急了，又笑了。严局长几个也笑了。何碧秋奇怪道："别人让我告你，牵连你上法庭当被告人，你不生气，反而笑？"几个中的一个插言道："被告人这个词，说着难听，其实是个称呼。特别是民事和行政，被告人不一定就做了错事。”严局长接着话头说：“村长打了你丈夫，按其行为该由公安部门处理。县公安局作了处惩裁决，你觉得偏了，请市局复议。市局复议了，你仍觉得偏，来法院起诉，这是你的正当权利。你代表你一方，我代表市公安局，你我两个此刻是平等的，谁对谁错，都听法庭判决。”说毕，让何碧秋喝茶。

何碧秋喝几口茶道：“照这样讲，法庭若判你错呢？”严局长道：“就依法庭的，对王长柱重新处罚。”在座的人都点头认定。又说几句，将茶水喝完，谈妥了。

去楼上解了手，何碧秋随这拨人各归原位。听众席上扑面气息比先前柔软了些，不再逼迫人了。庭铃又响，乱声静住，审判长把嗓子清了，重说各色人等的名字，说完了，先由书记员代读了诉状，听他吐字也还清楚，纸上所列详情，也还实在。下边由被告答辩。严局长领头先说，身边几个各自说了，无非是说当初县公安局的裁决，是按哪条哪款；后来市局的复议决定，又是按哪条哪款。听口气倒还随和。旁边椅子上的听众不知是进到事情里面了，还是懂得约束了，有好几处忍不住嗓痒，自己憋住，实在憋不住，不过放开窄道由它排泄少许，若听法庭上有人开口了，便复又噤声。

当下两边都把话说完了。审判长又搭个桥，让双方对嘴，对了一会儿，词儿说尽了。审判长捉住火候宣布：“上午开庭就到这里。下午四点整，复审。”听了这话，听众四散走了。审判长由台上过来对何碧秋说：“你进城很不方便，好在双方看法虽然不同，但对事实的认定，并无歧异，证据也是齐全的。我们合议庭中午加个班，争取下午当庭作出判决。”何碧秋谢一声，和他分手。

顺道在街摊上吃了饭，回到店里，店主早等在窗口，赞啧一番，说到下午的判决，店主道：“照上午所说，打人情节没有分歧，县和市公安局的处理，也是有依据的。”何碧秋灰心道：“你说我输了？”店主道：“你绝对赢。还是昨晚的道理，国家诚心要百姓领会这个民告官的法，必要选几桩活例子，让人亲眼实见入肉入髓，才有应验。按这个理，必定要把官司判给你。”何碧秋心里踏实了些，店主又道："你且放宽心，快把城里该逛的地方，细逛了吧。"

何碧秋稍歇出城，走到废城墙下一带水塘边来。七八年前见过的杂树林修整过了，补栽了各种眼生眼熟的树，高的矮的，团的蓬的，猜想春夏耀眼红绿。有一种树没落叶子，叶色也不是绿色，是冷下来的猪血一般的紫。走出老远回头，又疑是一树月季。那树丛里掖许多石雕的禽兽形状不同，都是见过的：张牙舞爪的狮子，翘甩鼻头的大象，狂跑的驼鸟，眯觉的狗熊。有两样不能放一起的兽放一起了：一头恶虎将一匹马扑倒在地，嘴啃进好深一块肉，叫人不敢多看。看水边造了好些亭子和石桥，亭子一层、两层、三层、四层不等，砌在路口和桥边。石桥有拱着的，有曲着的，担在水上。都没多少稀罕处。见塘里的水已不如七八年前清净了。

忽听有人声闹动。转过弯去，见坡岸凹了进去，约有半块麦场大小地盘，铺着大大小小的石块。地上站了一些穿红着绿的人。春阳斜射下来，被凹地聚起了热，近前暖融融的。这些人就站在石块上脱衣服，男女夹杂，不见有个躲避的。那男的把上下都扒光了，单剩裆间一张薄皮。女的有只穿遮胸连裆服的，也有戴着护奶罩子和遮羞短衩的。上述脱好了的，原地跑两圈，把脚掼一掼，吸口气，"扑通"跳进冷水里去，看水面上散布着多少颗湿头。远眺对面的亭栏上，有男有女一个接一个爬在上面，反身朝水里跳。只觉得那塘水的冰凉，激到自己身上了，身上也就迸出了鸡皮疙瘩。

何碧秋看到这里，不由得身子往后退退，站到坡上的树林里。树林里也站了些人。这拨人跟凹地上的那拨并不相干，一并穿得整齐，有的毛衣厚袄，有的棉布冬衣，有的鸭毛鹅毛夹克，把手插在裤袋或袖口里，只管睁眼朝下看，见岸边水里动荡的几个女的，正在二八二九好年岁。这几个女子脱剩贴身的，要么是红，要么是黄，要么是绿，要么是紫。水中有几个尽了兴，爬上岸来，却不急着穿衣服，站着让水自己滴落。风由一个突坡处荡过来，将皮肉上吹出寒噤，人便用干毛巾略揩揩，来捡衣服。何碧秋身边这拨看客此时盯定一个穿红色泳衣的小女子身上。那女子不去寻隐蔽处，就站空地上在大众目光里脱换。见她将刚揩身子的干毛巾往腰间一围，借它的遮挡，弓腰把下身湿衣脱了，顺势套上长裤，嘴里还跟面前几个赤膊男子不停搭茬儿。再看她把一件罩衫由头颈套好，探手解脱上身的湿衣，几次没脱下，猜想是其中一个纽扣紧了，又猜想是背带打了死结。往下她动作大了一些，之间见有白白的奶一闪，见坡上的看客眼光一亮，她本人倒坦然地不停口舌。岸上这几个穿好衣服，坡上的看客把目光转了，移去水面上看红黄绿紫。

看到这里，一颗春阳渐渐西下去，何碧秋忙向一个看客问了钟点，转身赶回法院开庭。

到了四点整，庭铃响过，审判长说话，说的也都是上午各方说过的话，说完了，起身清清嗓子，开始宣判。

审判长道："本案经本法庭依法开庭审理，并经合议庭慎重讨论，特判决如下：市公安局对县公安局对西北乡王桥村村长王长柱殴打本村村民万善庆一案裁定的复议决定，正确无误，本庭无异议。"

听他说罢，何碧秋晓得是自己输了，呆在那里。耳听听众席上的腔调，有一些向着她，这些人都散退走了。见审判长和严局长几个人走过来，和缓着口气说话，说的还是她如果对判决不服，仍可以向中级人民法院上诉。听见这句，何碧秋好了一些，坐在那里说："上诉，当然上诉！"

上诉后等了两个月，天气递升着暖，一日不比一日了。柳条浅绿又深绿了，整个地面上都绿了，油菜花儿落尽结了荚儿，麦子在地里站起了身子。四只秧子猪各窜成一张弓，再粗填几天，能细喂催膘了。

这日何碧秋去地里垩拔节肥，两墒没到头，有人捎信说上面来了人。何碧秋问："让我去村长家？"捎信人说："不是，是去村委会。来了三个人，先见村长进去过，不一会儿出来了，脸上多了些汗，像刚被人讨了债似的。"何碧秋拾掇好手上，往这边来。

远远望见空地上一辆小汽车，白色的底漆，腰上粗细两道蓝杠，顶上一盏红灯。一望便知是专抓犯人的警车。看见车内没人，反身朝那边走，听见屋里人在说话，话题与她有关，脚下放慢了来听。

听一个陌生口音道："这个女村民告到乡里、县里、市里，又起诉到县法院，上诉到我们中院，原以为她是个蛮缠角儿，现在下来开座谈会和个别调查，却没想到对她反映这样好。"另一个口音老些的道："照打人情节和伤势看，前面的处罚，是有依据的。可这何碧秋既不是个蛮缠角儿，头脑又没毛病，她为什么一告再告，抓住不放呢？是不是另有缘故？"听又一个人道："你们来一趟也不易，不妨仔细听听她本人的，看怎么说。"

听着这话耳熟，一想，是乡里的李公安员。此时已阻在门前，不好后退，何碧秋特地脚下踏得重了些。屋里听见了脚步声，不说了。只见李公安员伴两个穿制服的坐着。李公安员介绍道："这两位是中级法院负责你上诉案的朱审判、杨审判。"三个人面前凹腰杯子里都有茶水，李公安员要代为泡茶，何碧秋抢过自己泡了，为他们三个添了水，坐下来，说了几句。口音老些的是朱审判，另一个年轻人是杨审判。两人要她把事情从头至尾详细说一遍。

何碧秋理个头绪说："秋后割过稻耕好地，村长选定村前一大片地集中种油，事情是这里惹起的。照实情说，集中种油是上面布置的，我晓得是好事情。村长选的地方因是进出的路口，来人好看，不单他当村长的光荣，一村的面子，大伙儿都答应了。只是我家夹在中间的三亩三分地，头年种过一季油，依理得换茬儿。村长又大咧咧地一讲了事，话没细说到家，我家就种了麦。麦苗出土了，麦叶长到两分宽了，都没话。上面来验收扣了分，村长火了，就有话了。答应他明年笃定种油，村长不依，让午时三刻毁了麦子，补栽上油菜。庄稼人能忍心下得了手毁青苗？三言两语来去，村长就动了手，把他打了。"

朱、杨二审判把话记到本子上，说："打的过程呢，你说一说。"何碧秋说："他当村长的管一村人，譬如一大家子，当家长的管下人，打、骂都是可以的。可他呢？踢他胸口倒罢了，又踢他下身，几乎擦着要害了，不是逼人命嘛！"说到这里，姓朱的审判插问道："卷宗里只提到你丈夫下身被踢伤，诊断也是这样写的，没提到踢胸口呀？”何碧秋道：“在场人三睹六见，还有假？只因他一脚不很重，不碍着什么，就没让医生诊断，也没多提。”姓朱的审判道：“你说你丈夫稍稍干活，就累得胸闷？”何碧秋道：“做男人的被人打了，还了得？这场官司告到乡里、县里、市里，再告到法院，又上诉给你们，至今扳不平这个理，他一口气憋在肚里，岂有不累闷的？”

两个审判听了，对望了一眼，说了几句话，又问她：“你丈夫在家吗？”何碧秋道：“追麦肥呢。”两个便道：“走，我们去看看他。”

在太阳底下走出村来，仰看天空干干净净，一片云彩丝儿也没有。一地的都是庄稼，放眼望不清尽头。田埂上的草长到这会儿，脚踩着锵锵的。何碧秋领三人来到地里，见丈夫趁这工夫又垩了两墒肥，正撑着歇息。到了跟前，介绍了，问答几句，让脱上衣看了，用手按了捺了，两个审判说：“到医院拍个透视片子吧。”何碧秋道：“也好，您两位稍等到傍晚走，我们赶去江苏地面一趟，来得及的。”李公安员说：“那是区医院。上次因为情况特殊，将诊断算数了。按规定是县以上医院证明，才具法律效力。”

何碧秋为难道：“地里有点忙了，这儿又不比别处，进趟城不容易呀。”两个审判想了想道：“让他乘我们的车一道进城吧。”

何碧秋待要应了，转头看见散布在地里干活的人，都朝这边张望，心里多了一忧，说出来道：“承你们情。俗话说十里无真信，何况我们被水库隔断的王桥？都晓得警车是专抓犯人的，他若同乘了走，难保没人嚼出多少舌头来！”三个人不好说了。何碧秋又道，“还是我们自己由摆渡口进城，再找你们领去透视拍片吧。”三人听了说：“也好。”开车由新修土路上走了。进城拍过透视片子，住下，店主过来问候。何碧秋说：“看他一脚并不重，没想到真把一根肋骨踢断了。医生说自然愈合得不太整齐，因此胸口累闷。”店主问：“开诊断了？”何碧秋道：“开了，叫轻伤害。比先前的轻微伤害，少了一个字。”店主点头道：“三年前我亲戚打过一桩伤害案官司，因此这方面我倒在行——现在性质两样了。”何碧秋问：“哪儿不同呢?”

店主道:“轻微伤害、轻伤害、重伤害,各有讲究。头一个不过吃些皮肉苦。中间和后边的都是伤筋动骨,程度又不相同,比方说,打断三根四根肋骨,手腕脚腕被打骨折,能接续愈合的,是轻伤害。把股骨弄断腿残废了,或伤了肝胆心肺脾,或弄瞎了一两只眼睛,或弄残弄缺了一两只耳朵的,都是重伤害。”

何碧秋不解道:“手脚骨折再接续好,会影响做事的。可耳朵本是个无用的摆设,弄残弄缺不碍着什么,怎么反而是重伤害?”店主道:“毁人容貌了呀!”何碧秋再问道:“三个处罚有轻重吧?”店主道:“头一个不过罚些款。后一个最重要判无期徒刑。”“国家对你丈夫受的这个轻伤害,处罚余地大些:轻则治安拘留,重的要坐年把牢狱。”何碧秋便道:“依你说,我这回官司赢了?”店主道:“不好说的。我上次都说错了一回呀!”

忽然看见店主握只凹腰杯子喝茶,何碧秋惊讶道:“您也用这个呀?”店主奇怪道:“它有什么呢?”何碧秋说:“我一路打这桩官司,乡李公安员、县公安局承办人、市里严局长、开庭的审判长几个、管上诉的两位审判,都用凹腰杯子,疑心它跟制服一样,是政法口专用的呢。”店主忍不住笑道:“哪里,它本是装秋梨膏的,人一年总要咳上几回,吃完药,看它顺眼,就用来喝茶,慢慢在城里流行了。有一班青年,本没生病,用公费医疗开了,将里面的秋梨膏倒掉,只取这个杯子。我这一只,是熟人多余送的。”何碧秋恍然笑了,丈夫也笑了。店主笑道:“你这位当家的,话少呀。”

何碧秋道:“他呀,葫芦晚了季节,没长出嘴来。”

店主说:“你当家的这根肋骨,依医生说法,重接不重接都行。这话要慎重听。若不重接,放在城里工作人身上,成天喝茶看报纸,是可以的。可乡下地里有活,说不定累积成大病;若重接吧,大小也是个手术,剖膛开肚一样有风险。”何碧秋说:“正愁的是。”

店主便道:“我有个熟识的退休老中医,治胸肋是数世单传,几付方子,药到病也去了。只不知你家地里活儿能不能脱身?”

何碧秋说："家里请亲戚代照看的。地里的活儿呢，眼下温吞季节，说有，连日夹夜也做不完；没说有呢，丢下不管也不碍大事。"店主说："那好，你夫妇在我这住下，先吃两付方子，再带一付方子回家去吃，管保见效。"何碧秋说："只是法院让在家等上诉结果，要不要打声招呼？"店主说："他们事多人少，半个月内难保忙到你的案子，不用的。"何碧秋把头点点，店主又道："我也不是为揽生意，住宿费又刚涨过，我们不是一日两日了，仍按每铺三块五一宿收吧。"

一住半个月，那退休老中医真的极好手段，不但将断肋挪正了原位，胸口积闷也排解干净了。夫妻两边谢过了，收拾回家。在乡里下了车，取路向摆渡口而来。沿途见两边田里秧青水白，心里焦急，脚下这一二十里路，不知不觉间走完了。到了摆渡口，这边岸边没一个过渡的人，收住脚等。站了一会儿，丈夫照老样子闷声不吭，何碧秋早习惯了，不去管他。再站了一会儿，风从库水上悠悠地荡过来，吹透衣缝，激得皮肉有了松紧，这眼中的目光，一时便长长短短起来。

却见面前一库春水陡地涨过，下边一条岸埂被淹没了，水逼到上一条埂来，地皮浸湿透了。那水不比冬夏，碧透纯清得令人眼馋。上边这条埂头被无数只脚踩踏过的草梗，得着这些滋补，悄悄撑起了身子，又绽开新鲜茎干和嫩头。头顶一颗太阳像刚被这一库碧水泡过洗过，将一盘蓝空照得干净透亮。地上有地气云云雾雾漫起，远处近处的庄子、树木、庄稼、坡洼沟坎遮得糊糊涂涂，看不清之间的人、狗、牛和家养牲畜在走在跑在站。目光不觉软了酸了，收回来，向两边扫看。见左边一片天大白浪，被一截黑铁似的库坝阻住，那浪翻来翻去翻不出多少花样。有鸟在天上要么成群结队，要么单溜，再落到水面上歇住，猜测不准是湖鸥还是野鸭。将目光由这片白水上拢过来，那水越向右走越窄，到眼前便是三二里宽的库汊。库汊折向右边去，七绕八绕，把头埋进一道又一道坡坎里去了……看到此处，何碧秋才眺见对岸也无人待渡，船工不见影儿，一只渡船冷清清地飘靠在岸边。心里明白，必得要喊了。

喊声也像目光一样，长长短短，传递到对岸去。先是女的喊了一阵，再是男的喊了一阵，才把对岸喊应了。遥见船工拿篙将空船撑出，再换桨摇过库汊中央，却懒得再换篙，只用两柄桨，咿咿呀呀摇近前来。

到岸边停下，船工老脸似乎与往日有些不同。听他说：“消闲三五日了，想今天必定上床仰觉，不想到底摆渡了你两位。”何碧秋不解道：“人呢？”船工道：“自西北方向土路修好，由村里出去的，宁愿骑自行车绕着走。没来得及买车的，也只搭乘顺路拖拉机。”何碧秋问：“难道外边没来村里的？”船工道：“谁来这块僻地？上面来人呢，有大车小车送。这不，早上来过两拨人。一辆面包，是来验收庄稼的。另有一辆小车，都从那边绕行的。”又道，“我和这只船，怕是穿旧的衣裳，要收收叠叠，被人搁放进箱子里了。”

见他对摆渡如此恋恋不舍，又如此伤感，何碧秋也随了同样心情，胸口多了些许惆怅。便找出些话来打岔，顺口问道：“另一辆小车，又来办什么事呢？”船工道：“不清楚。”再瞅瞅认出她了，“真忘了你是告状的万家，这是你当家的？那桩案子还没了？”何碧秋说：“怕是早着呢。”等船靠岸，又说了两句，双方分手。

到了家里，帮看家的亲戚说：“上午来警车，把村长铐走了。”何碧秋不信道：“怎么可能呢，你弄错了吧？”看家的亲戚道：“我在圈里喂猪食，起先也不知情。后听村里人沸沸扬扬传，才跑去看。这时村长刚巧从门里出来，身边跟着两个穿制服的。本以为他是应酬上面公事。他的双手原是缩在袖口里的，不料走着脚下一绊，双手一甩一扬，太阳光由他两手腕上反照过来，把人眼睛刺花了，才晓得他戴了手铐。”

何碧秋这才吃惊信了，问：“上面人来过咱家？”亲戚道：“没有。”何碧秋想了一回，仍旧惊疑道：“我上告他，不过想扳平个理，并没要送他去坐牢呀？”

因没料到有这个结果，往下不好说，也无话可说了。忙着弄饭吃，吃在嘴里一点不香。吃完了，看家的亲戚想起一件事来：“地里的麦子起了黑花，别人说得了黑穗病呢。”

当时赶来地里看了。地里的光景跟在家时自然两样，周围油菜早收割过，栽下中秧了。这老大一片秧苗也都返青了，反衬得这块麦田乌油油绿。麦子长势已及腰眼，麦身上的黑花眼见着多了。在埂边和田中间各折下穗头，揉去芒壳，吹出蓄浆半干的颗粒来，在手里掂了两掂，估算病情，还能抢救出六七八成收成。

忙活了一阵，何碧秋怕丈夫累着，催促他回去歇着，丈夫只是不依。正僵持间，见一群人远远地由秧田埂上走过来，到跟前停下了。其中一个指着道：“这片麦子，岂不是活教材？真该召集全体乡村干部，来开个现场会呢。”听他话音，知是上面来验收庄稼的。又认出这人是早年来讲过免耕法的乡农技员，何碧秋上前问他：“种这块麦子时，我也免耕了，也条播了，也清墒了，怎么它还得病呢？”

乡农技员指指四周，答道：“油菜茬口比小麦早许多，栽了秧，四面水浸润过来了。俗话说寸麦不怕尺水，尺麦却怕寸水，若没有上述措施，你的损失怕还要大。”又奇怪道，“这些集中种油种麦的好处，我在全乡村干会上，讲过不止一次，你们村长回来没说？”

何碧秋道：“他呀，先是大咧咧地让人全都种油菜，后又逼我把麦子毁了，补栽菜苗。他早讲这些理，会生出那许多事来？”听她这么说，一群人杂叹道：“这位村长呀！”略站站，向别处去了。

这边何碧秋劝不转丈夫，便把手上拾掇拾掇，一道回家。

（原载《中国作家》1991 年第 3 期）

陈源斌，1955 年生，安徽天长人。中国作家协会会员，文学创作一级。著有小说集和长篇小说《秋菊打官司》、《刑警故事》、《杀人有罪》等。曾获安徽省政府文学奖及庄重文文学奖。小说《命系悬壶》、散文《定海抗英六昼夜》选入初中语文课本。

无悔追踪

张策

一

命运是个什么玩意儿？

它是精灵，还是鬼怪？它是哲人，还是稚童？它是历史，还是现实？它是圆，是方？是苦，是甜？是真，是假……

我寻求答案，却依然糊里糊涂。

我只隐约知道，对于我和我们家老爷子来说，命运也许就是那个瘦瘦高高、似笑非笑的家伙……

二

我要讲的第一个故事主角是我家老爷子。

故事发生的年代是遥远的，至少对于我来说是这样。那年代是激动人心的，革命领袖的手指在军用地图上戳点着，每点到一处那里便很快会飘起留着弹洞的红旗。

命运在这时和我的老爸爸开了第一次玩笑。

怀着一腔革命热情的地下学生党员想投笔从戎，可组织上的一纸介绍信却把他送进了刚刚组建的公安局。

准确地说这在当时对他来说没什么区别。那年代的人淳朴。我的老爸爸庄重地穿上了带着“公安”臂章的军装，从此走上了一条漫长、痛苦、坎坷、光荣……怎么形容都不过分的道路。

我要讲的故事便发生了。

那是一个热得人流油的夏日，连蝉的鸣叫都显出了倦怠。我的老爸爸匆匆忙忙地赶回派出所，他心里蹦跳着一个紧张的欣喜。

他管界的一个洋车夫告诉他，恶霸“四阎王”悄悄溜回家来了。那洋车夫曾有个不甘受凌辱的妹妹就死在“四阎王”手上，洋车夫苦大仇深、爱憎分明。

缉捕“四阎王”归案是上边早就下了的命令。年轻的老爸爸仿佛看到一枚立功奖章在他面前闪光。他匆匆地赶回派出所叫人，边走边想象着把“四阎王”堵在被窝里的那种愉快。

派出所门口，他和一个瘦子撞个满怀。

此人叫毛四林，留用的前国民党警察。冷不防的相撞使此人的猴儿脸上撞出些笑纹来，搭讪一句：“回来啦?”

“嗯……”我的老爸爸无心回话，径直走进去。

“我买包烟去。”毛四林对着他的背影说。其实这话说不说两可，可这留用警察还是说了，而且说得不太自然。

我的老爸爸冲进派出所的院子，直奔所长办公室。

办公室的门在他鼻子前面拉开了，长着大络腮胡的所长也正扎着武装带冲出门来。

“小肖，你来得正好！快招呼人，抓‘四阎王’去。”

我的老爸爸一愣，奇怪所长怎么已经知道了？正疑惑间，办公室里又走出个人来，我的老爸爸一下子便明白了。

这是个瘦瘦高高、似笑非笑的家伙。

我的老爸爸在向我回忆这个故事时曾反反复复地强调了这一刹那的感觉。那不是被人抢了先的恼怒，也不是对此人来报告的感谢，而是一种说不清楚的疑惑，一种隐隐约约的被戏弄感。我笑老爷子多疑，他却瞪我一眼，断言我麻木不仁。

当时那种情况当然不容我的老爸爸多想。一行人等匆匆准备了一下就拥出派出所。临行，大胡子所长对那瘦高的家伙说：“您也跟着去一趟吧。”

那家伙弓一弓腰，轻声答了个“是”。

这个细节我的老爸爸也记得很清楚，他说那家伙当时分明做了个标准的立正动作。一个普通的小市民会做这地道的军事动作吗？应该不会。

这就是疑点。老爷子说。

“值班的呢？毛四林呢？”在走下派出所的台阶时，大胡子所长突然问道。

“他说他买烟……”我的老爸爸说。

大胡子的脸沉了一下，挥手叫大家快走。

那天的行动应该说是快速的，可“四阎王”还是溜掉了。他那布置豪华的卧室里一支大烟枪还是温热的。那年代人们还不大讲法制，尽管没有搜查证，可大胡子还是叫人把里里外外搜了个遍，连院里倒扣的金鱼缸都掀了起来。“四阎王”的眷属哆哆嗦嗦地挤在大槐树下，虽是夏天却摆出一副惧寒的苦相。

大胡子铁青着脸，站到“四阎王”的大老婆面前：“说，谁给他送了信？”

那婆子垂了头不作声。

这时，那瘦高的家伙轻轻松松地插了一句：“说吧，政府同志讲宽大的。”

婆子侧脸，向他射去两道阴冷的仇恨目光，却仍不说。

大胡子冷笑一声：“不说我就不知道吗……走！”

人们走出“四阎王”家那黑漆大门，心里却别别扭扭不是滋味。恰在这时那毛四林却从哪儿钻了出来，猴儿脸上满是真诚的急切：“抓住了？……没抓着？”

大胡子所长的青脸白了，又红了，红得发紫。人们预感到要有什么事情发生。可这预感还没来得及清晰起来，大胡子已闪电般地抽出了腰间的驳壳枪！

大胡子在几个月前还是侦察连长，他的枪下死过多少人已无法统计……一瞬间我的老爸爸的脑子里闪过“糟糕”两个字，他的胳膊几乎下意识地往上一抬！

啪的一声枪响，子弹狞笑着飞上天空。

毛四林双腿一软瘫倒在地，哭出一声哀求：“饶命……我说……”

旁边那瘦瘦高高、似笑非笑的家伙轻轻地叹息一声。

这个故事就这样完结了。

“四阎王”半年之后落入法网，送了性命。大胡子所长因滥用枪械挨了处分。倒霉的毛四林供认他是临解放时加入特务组织的，任务就是掩护“四阎王”。这莫名其妙的任务使他糊里糊涂地露出了马脚，判了大刑去青海劳改，再回到这城市时已是老态龙钟……

可我的老爸爸不认为这故事结束了，他为这故事设计了一个完全不同的结局。他认为毛四林和“四阎王”都不过是这出戏中的配角，他们真正的任务只不过是被抛出来，以掩护另外一个真正的潜伏者。

毋庸置疑，他指的是那瘦瘦高高、似笑非笑的家伙！

此人叫冯静波，男性，当年 32 岁，孤身一人……

他从此和我的老爸爸结下了 40 年的恩恩怨怨……

这就是命运吗？

三

有一天老爷子对我说："你去当警察吧……"

我没吭声。

在我两次高考落榜之后，老爷子表现出了一种抑制不住的幸灾乐祸。他摇着轮椅出出进进，开始为我的前途奔波。我后来听说他曾在分局的院子里指着局长的鼻子喝斥："我当民警时你还戴着红领巾呢！干吗，欺负我是个残废？我这两条腿是为革命残的！"闹得几个小民警以为是"阶级报复"，险些把他揪进看守所。

我听了这段故事潸然泪下。

有这样的父亲我能不去当警察吗？

我知道我一定会被分配到太平路派出所，我还知道我一定会被派到小芝麻巷去当管界民警。这都是我的老爸爸安排好的，我是那演了40年的恩仇戏的继续。

我去所里报到那天天气阴冷。接待我的高所长仿佛声带被冷冻了，只能一个一个地往外蹦字。他上下打量我一遍之后张了张嘴："信？"眼睛便在我脸上冰冷着。

我愣了一下，随即明白过来。我是"后门兵"，没能享受大批新警享受的待遇：由所里派人到分局去接。我是从政治处领了一封介绍信自己找到太平路派出所的。

高所长象征性地扫了那介绍信一眼，又吐出一个字："来。"便走出门去，我便在后面跟着。

曲里拐弯转到后院，推开一个房门，一阵喧闹便热呼呼地扑出来。四个哥们儿正打扑克呢，脸上贴着多多少少的纸条。

"收！"高所长的脸一沉，风卷残云似的，眨眼扑克和纸条都没了。

"你师傅。"所长破例说了三个字，并顺手一指。一个白白胖胖的伙计便迎上来，热情地抓住我的手："肖勇吧？我是马福禄。"

我点点头，知道自己算是走上征程了……

四

我要讲的第二个故事就是马福禄讲给我的。

“你爸爸是个好人，好警察。”他先下了这样一个断语，仿佛他是我们家老爷子的老领导、老战友。这口气使我反感，尽管这个有着极俗气的名字的哥们儿人不错。

“我了解他很多事儿……”他领着我走在小芝麻巷里，边走边聊。

我想说其实我知道得也不少，可我没说。我懒得说。这小巷我太熟悉了，它在我的老爸爸的叙述里已出现过多少次。远处那棵大槐树，不是“四阎王”当年的宅院吗？旁边那眼只剩石头井台的废井，不是洋车夫的妹妹当年自尽的地方吗……啊，15 号！小芝麻巷 15 号！冯静波不就住在这儿吗？

我仿佛看到了那瘦瘦高高、似笑非笑的家伙。

就在昨天晚上，我的老爸爸还郑重其事地告诫我：“我不怕你说我傻，说我精神病，我只要求你把那冯静波的真面目查清楚，哪怕是证明他清白无辜而我错了也没关系。我只要求这一点。我知道你不爱当警察可我没办法，我只有靠你……”

他说得太诚恳，简直没有了腿坏之后的那种暴躁疯狂，倒使我震动。我已经习惯了他的暴躁。就是在那天上午，他自己做饭烫了手便把所有的碗碟砸碎……

我想说您这是何苦！我想说您就是查清姓冯的是国民党特务又能怎么着！现在从台湾回来的人塞满了各大饭店，正满含着热泪寻根，他们之中又有多少是过去和共产党打过仗的呢！

可我什么也没说。

我至今还没有见过这个冯静波，他刺激着我的好奇心，也引发了我一种莫名的愤怒。现在我走过这孤寂的小院，我的心怦怦地乱跳。

就在这时，马福禄讲了那个故事。

他说当年“四阎王”被枪毙之后那大宅门里便树倒猢狲散了，只有一个人无家可归、无处可去。这人是个女子，当年也就20岁上下。她曾是买来的丫环，却出落得如花似玉，于是便被“四阎王”的儿子看上了。这颇有些民主思想的少爷哭着喊着要明媒正娶，“四阎王”虽杀人不眨眼却对这独生子无可奈何。后来父子双方都做了妥协，这叫翠萍的丫环没当上少奶奶却成了少爷屋里一个不明不白的人。这种《雷雨》式的悲喜剧在那个时代里并不少见，可解放对于这个丫环却成了件尴尬的事情。少爷跑到国外去了，她又沦为下等人，而街道上对怎么安置她发生了分歧。有人说她是受苦人，该安排工作；可也有人说她在“四阎王”家吃香喝辣，又怎能担保她没参与“四阎王”一家的胡作非为？

于是当一天夜幕降临我的老爸爸回到派出所时，台阶下正踡缩着一个等他的女子。

“找我？什么事？”爸爸很惊讶地问。

“我……我怎么办？……谁也不管我……”那翠萍梨花带雨，哭得好不可怜。

我猜我的老爸爸当时一定很慌乱。试想一个年轻警察面对一个年轻美丽而且哭泣着的女子又会怎么样呢？何况在那种特定的环境，那种特定的关系。也许那是一个浪漫故事的开始，可那种浪漫会有好结果吗？我的老爸爸给我讲过很多那个年代的故事，可关于这个丫环的事我从没听过。

当时我的老爸爸在慌乱之后很快拿定了主意，他问清了那女子的原籍，便去向大胡子所长请示。大胡子沉吟了半晌，同意给开封介绍信，于是我的老爸爸便手脚麻利地把事办了。但是那丫环没有钱又不认识去火车站的路，我的老爸爸犹豫了一阵，一咬牙便带她走了……

“完了？”我问马福禄。

马福禄侧脸，有几分狡黠地看看我：“你想该是怎样呢？你以为你爸爸会有什么非分之想吗？那你就太不了解公安局的优良传统了。你爸爸纯粹是出于一种朴素的、真诚的……”

他做个手势，代替了词汇。

接着他告诉我，我的老爸爸把翠萍送到火车站，掏腰包为她买了张回原籍的火车票。当火车缓缓地驶出站台时，这故事便结束了。

马福禄不再讲话，我们沿着寂静的小巷走。我感到一种仿佛从很久远的地方飘来的感觉渐渐包围了我，我渐渐融入一种凝重的氛围之中。那种氛围里曾生活过我年轻的爸爸，还有大胡子、冯静波、毛四林、翠萍……历史仿佛在这小巷里停滞，我仿佛在和我年轻的爸爸默默地对视……

马福禄拍拍我的肩，又开口说话："你爸爸回来挨了大胡子一顿批。大胡子说：'你们知识分子就是心软！小肖你可得警惕哟，可别犯我的错误，拿谁都当好人……'"

"你怎么知道得这么清楚？"我问。

"我知道得很多……我喜欢这几十年不变的小巷子。"马福禄又挤眉弄眼地笑起来，"我还知道，那个叫翠萍的女人忘不了她的恩人，她来看过你爸爸，却让大胡子挡了驾。"

"那——"我想问，却不知问什么。

马福禄突然严肃起来："我告诉你吧，那大胡子所长是我的老爹。"

没等我转过弯来，他又说："我还要告诉你，你可别告诉你爸，那个冯静波半年前就出国定居走了，听说最近还要回来谈投资项目，人家现在算台胞了。"

我愕然。

五

我的老爸爸和毛四林现在是一对酒友。

这也许是很滑稽的事情。曾有一天在街心小花园里一个干瘦的小老头儿扑到我的老爸爸的轮椅上，用尖细的嗓子夸张地喊道："我的老天爷！这不是肖……我是毛四林啊！"这便继续了近40年前中断了的联系。不久，小杂货铺的毛老板提了酒瓶子找上门来，我的老爸爸曾断然回绝道："我不喝你的酒。"可毛四林的猴儿脸上顿时浮现起无限的真挚："哎哟，老肖！还要和我划清界限吗？我改造好了呀！再说，当年要不是你救了我的命，我早成了大胡子的枪下之鬼了。咱们这是缘分。"我的老爸爸听了，愣了半晌，叹一口气，不再坚持让那前留用警察滚蛋。于是，常在一起喝酒。

双腿残疾的人民警察和刑满释放的特务分子在一起喝酒的时候想些什么呢？

我去派出所报到那天他们又在一起。趁着酒劲，毛四林曾对我的老爸爸说："老肖，你不该让小勇去干民警。"

我的老爸爸顿时沉下脸来："我们家的事你少管。"

毛四林说："我知道你想什么，可是何苦呢？假如那姓冯的真是特务，最恨他的也该是我啊，我为他蹲了半辈子牢呢！可……我都没什么，你又……"

"你？"老爷子的眼睛里射出几分轻蔑来，"你是特务，你罪有应得！可我呢？穿着这身衣服，就有这份责任！"

"得得！"毛四林端起酒杯，自我解嘲道，"我该死行了吧？谁他妈让我当年瞎眼呢……"

他们俩总是这样，一个暴躁，一个油滑；一个冷峻高傲，一个嬉皮笑脸。可他们居然就这么成了酒友。

这也是命运吗？

当我知道我已经不可能再去调查那个神秘的冯静波之后，我竟然一时很慌乱。我突然发现尽管我对老爷子的怪癖不以为然，可我居然也那样深深地受到他的影响。

那个瘦瘦高高、似笑非笑的家伙已经占据了我的大脑，已经操纵了我的思维，甚至已经控制了我的命运！

从我记事起，我便常听到这个人。"冯静波"三个字像个幽灵，大模大样、大摇大摆地在我家里出没，在暗处冲我们一家人狞笑……

可现在……怎么办？怎么向我的老爸爸交代？

我想到了毛四林，我到小杂货铺去了。

听完我的述说，那干瘪的猴儿脸上竟是一种少见的严肃。毛四林痴愣愣地坐在角落里的一只木椅上，他周围是一堆硕大得和他不成比例的鸟笼，在昏暗的光线里，他自己也像一只充满无奈的大鸟。毛四林喜欢养鸟，鸟是他晚年孤寂生活的唯一伴侣。

“你说的，我早知道。”他说，像是半句话，却又不再往下说。

“你知道？”我惊异地瞪大了眼睛。

他点点头，笑笑：“这他妈的是命。也许你爸爸说得对，他是特务，大特务，可我坐了牢他却安安稳稳一辈子，现在还成了台胞……你爸爸不认命，可我认。”

我心里不是滋味，无话可说。

“你爸爸是个好警察，真的。”毛四林又说。

六

我的老爸爸的腿是在“文化大革命”后期残疾的，起因也是那个冯静波。从某种角度上说，他在那个动乱的年代里不动声色地、狠狠地整治了我们的家。

这是我要讲的第三个故事，它太凄惨、太悲壮，我实在有些不愿讲它……

而且按时间顺序说这故事也该往后放放再讲，因为在它之前还有许多故事呢。

可我还是要先讲它。自从我知道那个冯静波的去向之后这悲惨的一段总在我脑子里出现，它撞击着我的灵魂，它使我食不甘味、夜不能寐，使我常常用泪水打湿了我的枕头……

那年我正蹒跚学步，我父母带着我10岁的哥哥到农村去了。

“公检法”是一瞬间被砸烂的，速度之快叫我的父母无所适从。习惯于加夜班连轴转的他们突然闲了下来，于是有了我。他们本来除了我哥哥不想再要孩子的，他们都是把工作放在家庭生活之上的人。

20 世纪 60 年代下半叶，有一批和我一样与他们的兄姐年龄悬殊的孩子，可称为“文化大革命”的副产品。

我和奶奶相依为命。

有一天一群神情严肃的人突然拥进我们的家，围住紧搂着我的奶奶，审贼一般地闹了半日。

“你儿子有什么同伙在河北省山区的吗？”为首的人问。那人我依稀认得，不久前来我家时还给过我糖吃。

“不知道。再说，啥叫同伙？”我奶奶反问。

“老婆子！你说啥叫同伙？……我再问你，这两天你儿子回来过吗？”

“没有。你们要是见着他，倒是可以给他捎个话儿，该回来瞧瞧了，这个月薪水还给他留着呢。”

“你……”那伙人究竟不是毛头红卫兵，心狠手辣。对奶奶不软不硬的态度，他们也无可奈何。

可他们最后给了奶奶一个沉重的打击。他们说我的老爸爸私自逃离监督劳动的村庄，“窜”进深山密林，从崖上掉下去把腿摔坏了。

“我得去看我的儿子！”脸色惨白的奶奶怒喝着，她老人家此刻完全像一头疯狂的猛虎。

那群人仓皇而去。

我对当时的情景记忆犹深却无法理解。我太小，我还不懂得品尝人间的苦辣酸甜。我只会哭。

几天后我们终于见到我的老爸爸，他脸色苍白血迹斑斑躺在一所农村卫生院里。奶奶拍着大腿说：“你呀你呀！你干什么去了啊？”我的老爸爸苦笑道：“我想去查查那个冯静波……”

冯静波！那大概是我第一次听到这个名字。

多少年之后我曾问我的老爸爸，何以要在监督劳动的时候跑去查那个家伙，我的老爸爸揉着那已经残了的腿，沉吟半晌对我说：“我下乡走那天他突然到分局门口来送我……”

我没往下问。可我想象得到那个叫冯静波的家伙一定是很幸灾乐祸地站在墙角下，嘿嘿冷笑地看着我的老爸爸被押上汽车。那情景简直就是地主还乡团反攻倒算啊！我的血气方刚的爸爸能忍受吗？

我开始有些恨那个家伙。

悲剧到我的老爸爸躺倒时并没算结束，更惨的高潮还在后面。爸爸事发后妈妈自然受到轮番围攻，我的哥哥便成了没人管却有人骂的流浪儿。有一天人们在秋肥的粪池里发现他那小小的躯体，谁也不知道他是失足还是自愿走向生命的结束……

我常常在噩梦里见到一个男孩子的挣扎，那种挣扎呈现出令人无法忍受的痛苦。请试想当黏稠的粪水糊住人的口鼻时会是一种什么滋味？我每到此时便会从梦中惊醒过来。

失去儿子的母亲自然不会活得长久……

这就是因为冯静波而发生的一切。

这难道不是那个瘦瘦高高、似笑非笑的家伙的罪孽吗？

当然，有时候我也会换一种想法。

随着时间的流逝和年龄的增长，仇恨似乎是应该渐渐从心灵上抹淡的。何况对于我来说也许仇恨本身就是模糊的。我没见过冯静波，我对我的哥哥和母亲也只有一种隐隐约约的印象，甚至在我梦魇中出现的哥哥面容只是一片空白……更严格地说，这一切真的是冯静波造成的吗？假如没有那段大颠倒的历史，假如我的老爸爸没有那么死心眼锲而不舍，我的家难道不会平安渡过劫难欢欢乐乐、和和美美吗？

人生就是这样难以驾驭。换一个角度思考也许一切都是另外一个样子。

可我的老爸爸会像我这样想吗？他难道能忘记这失妻丧子断腿的惨痛吗？一个人再豁达，他难道会……我的老爸爸今天脾气暴躁、性格怪僻，这还不说明问题吗？

我该怎么办？把事情隐瞒到底？

可为什么我心底对冯静波的仇恨却又开始强烈起来？

七

高所长把我和马福禄叫去交代任务。

一封贴了花花绿绿外国邮票的信放在办公桌上，高所长划着火柴点烟，嘴角朝那信歪了一歪：“看。”

一种预感从我心头升起，那封信仿佛烫伤了我的眼睛，我回过头。

我听见马福禄在打开那封信。

昨天晚上我扶爸爸上床之后他拉住了我。我的目光和他的目光相碰一下之后赶紧挪开，我不忍看到他眼睛里的火焰。他让我坐下，却迟疑着不开口。他过去不是这样，自从我当了民警之后他突然变得对我小心翼翼起来。

“有事吗?”沉默了片刻，我问。

他不回答，咳嗽了一阵，指指桌子：“烟。”

“别抽了，老咳嗽。”我说。

“烟!”他皱皱眉头，固执地伸着手。

我不知道该怜悯他、该喜欢他，还是该恨他。我递给他烟，他却又不抽了，愣了一会儿突然把烟揉碎扔到地上!

“睡觉!”他狠狠地说，不再理我。

我知道他心里想什么可我又该怎么说?

这种煎熬什么时候能够结束……

“这事儿很简单。是吧小肖?”马福禄抖着信纸说，把我从纷乱的回忆中惊醒。

我接过信浏览一遍才知道我的预感错了。那信与冯静波没有关系，它是一个叫阎伯隐的美籍华人写的，除了述说思乡之情外，还请求帮他寻找一个女人……我的心猛然一动，急急忙忙地读下去，我果然在信尾读到了“翠萍”两个字。

这件事很简单，我只要回家问问老爷子。

当天晚上我也确实这样做了。我的老爸爸愣了一下，仿佛我的询问使他产生了那么一点儿慌乱。他揉着腿，半天才说：“我知道她的地址……当然是旧的。谁知道她这几年怎么样？”

这几年怎么样……那么说前几年还有联系吗？

我仿佛该重新认识一下我的老爸爸。

晚饭老爷子吃得很少。

八

我曾不止一次地翻开那散发着霉味的大户口簿，端详那张用毛笔抄写的、竖排的老户口底票。其实它上面那寥寥数语我早在少年时代就背熟了。

“冯静波，男，32 岁，无业，未婚，河北省……”

爸爸不止一次地给我讲这张底票，也讲关于核实它的许多故事。

我早已知道，冯静波是这个城市解放前一年出现在小芝麻巷的。当时 15 号院住了个外国学者，冯静波便是那金发碧眼红鼻头老人的男佣。当解放军的大炮响了的时候，外国老头儿跑了，15 号院就成了冯静波的天下。巷子里没人知道他的过去，他总那么似笑非笑干净利索和蔼待人，善良的市民们谁又想到别的什么呢？

只有我的老爸爸怀疑他！只有一个年轻的警察怀疑他！

我现在相信这怀疑不是无稽之谈，至少冯静波的海外关系一直隐瞒着。他今天不是台胞了吗？

可当时，人们相信我的老爸爸吗？

我问老爷子。他看着我，毋庸置疑地回答：“相信，当然相信。那会儿革命政权刚刚建立，人人都有警惕性的。”停了一下，他又说，“可是，后来……”

是的，后来什么也查不清，自然人们便松懈了。

第一次提出调查冯静波，是在“肃反”开始之后。大胡子所长听了我的老爸爸的汇报，一拍大腿：“查！甭管怎么着，查了再说。”

于是，到巷子里查，结果是交口称赞。那洋车夫晃着大拇指说：“老冯，行啊，是个好人！敢带人去抓‘四阎王’，就冲这条我就服啦！”

到监所提审“四阎王”和毛四林，结果一无所获。“四阎王”说：“我是加入了特务组织，但确实不知道姓冯的是不是。”毛四林则指天指地地赌咒：“我要知道他的底儿不说天打五雷轰！”

再发函到原籍去查，回函说，山里面是有个叫冯家台的小村，也隐约听说有人在外面谋生，可前两年一场山洪把小村和全村人一起给毁了……

这样，冯静波就成了一个仿佛32岁才来到人间的家伙。

我的老爸爸和大胡子所长坐在办公室里一筹莫展。完美无缺的人在他们心目中是不存在的，他们的思维方式是完完全全警察式的，越是没毛病他们越怀疑有毛病，一个人浑身上下没一点污点不正说明他早把污点都掩盖了吗？

“怎么办？”我的老爸爸问。

“再想办法。反正还得查，不查清楚心里不踏实。”大胡子习惯地把手伸到腰里去摸，摸空了才意识到没有了枪。自从犯了错误之后他发誓不再带枪，可没了枪又像没了主心骨。他苦笑。

这时候电话铃响了。大胡子去接电话，脸上变幻着惊、喜、怒、哀各种表情。放下电话，他揉揉胡子，告诉我爸：“冯静波到区里去了，献出了一罐子元宝金条，说是在院里种花刨出来的，大概是外国人埋的。他说国家不正恢复经济又抗美援朝，交给国家吧……这小子成大红人了，记者已经采访，区里要树这个典型……”

我的老爸爸听了有一种说不清楚的感觉，真说不清楚，也无法形容，好像是累又好像是病了。他犹犹豫豫地问所长：“那……还查吗？”

大胡子摇摇头，眼睛里也一片迷惘：“咱们错了？”

“也许……”我的老爸爸懒懒地说，觉得没意思便走了出去。

走出办公室的门他偏偏又碰上了冤家，那个冯静波正潇潇洒洒地走进派出所的小院。他看见我的老爸爸便很有分寸地一笑：“小肖同志，出去？”

后来我的老爸爸告诉我他就是在那一瞬间克服了动摇，决心把事情干到底的。他说他从那家伙的笑容里分明看到了嘲讽：不是调查我吗？我来了。你敢怎么样？我是典型啊！

我的老爸爸愤怒了，但这愤怒当时只能压在心里。他和冯静波握手表示了敬意和感谢，他对我说那家伙的手又凉又湿给人一种蛇似的感觉。他告诉我冯静波当时赶到派出所分明是来示威的，他用一罐子金银迷惑了那么多人，包括大胡子。

“我相信他为了掩护自己什么都舍得，包括同伙和财产。他阴险狡猾冷酷无情。他不是特务又会是什么呢？”我的老爸爸断然地判断道。

关于这个冯静波献宝的故事我听过很多次。其实这不是一个完整的故事而只是漫长故事的一个片段，它后来的情节我以后还要说到，而且我也不断地有着新的见解和分析。可我承认如果冯静波真的是特务，那么他一定是个高明的特务，他总在关键时刻胜我的老爸爸一筹……

我仿佛看到那瘦瘦高高、似笑非笑的家伙在望着我，他毫无表情。

九

我和马福禄给那位美籍华人“阎王儿子”——这是我们给他老人家起的雅号——写了封信，这信应该会让那多情的老人满意。我们到邮局把信寄走，我相信那老人很快就会急匆匆地赶回故国的。

走出邮局的时候正阳光明媚，我们便沿着热闹的大街溜达。人们匆匆地奔向各自的目标，谁也不理会我们，我们也不理会谁。暖融融的阳光使每个人都精神焕发，精神焕发的时候正是去干点什么的时候。只有我们觉得这阳光非常珍贵，我们警察能有闲暇享受它实在难得，因此我们走得很慢很慢。

我们就那么慢慢地走过百货公司，又那么慢慢地拐入农贸市场。刹那间在我们的耳朵里灌满了各式各样或甜美或粗犷的叫卖声，我们周围晃动着各式各样的蔬菜鸡鸭以及说不清楚的小玩意儿。我们正从包围中挣扎，忽然前面起了一阵更凶猛的骚乱。我还没从叫卖声中反应过来，马福禄已忽地蹿了过去。

我急忙跟过去，看清原来是一个白胡子老头儿和一个穿牛仔裤的姑娘发生了争执。

"你没排队就是没排队，耍什么赖！"那老头儿喝道。

"谁耍赖？谁耍赖？谁耍赖？我排队啦！排队啦！"那姑娘的尖嗓门震得我耳膜生疼。

马福禄那魁梧的身躯一晃就站到了老头儿和姑娘中间，隔开了老头儿那气翘了的白胡子和姑娘那涂得绛红的利嘴。他不说什么，只搀住老头儿的胳膊就走。

老头儿不干，挣扎着："我不走！这儿还没秩序了？"

那姑娘也不干，跳着脚骂出了不好听的："你这……"

她的脏话只出口一半，另一半却被吓了回去。马福禄瞬间转身，白胖脸已变得铁青，一双眼睛逼住了姑娘的嘴。那丫头似乎意识到不妙，扭头走了。

马福禄揪着老头儿往农贸市场外走。

我感觉到这里有奥妙，三步并作两步追上去。

在市场外面，老头儿挣脱了马福禄的手，一屁股坐在马路牙儿上："小兔崽子，你想拽死我啊？"

马福禄叹口气，声音软下来："爸……"

原来这是当年的大胡子所长。

他顿时吸引了我。他的胡子依然茂密，可是已经全白了；他很瘦，穿一身普通的中山服，扣紧的风纪扣显出几分军人的姿态；其他地方已完全是老百姓了，尤其是手里那两个大铁球。

"这是肖勇？"他盯住了我。显然马福禄和他说过我。

"是我，马伯伯。"我说。

他黯淡的目光一下亮起来："这么大了……你爸爸好吗？"

我看出老头儿的感情在起伏在波动，我的心也随之涌起一种说不出的情绪。我想问他我的老爸爸当年是怎样当民警的，我想问他冯静波到底是不是潜伏特务，我想问他我的老爸爸和冯静波 40 年的恩恩怨怨意义何在，谁胜谁负，我想问他我的老爸爸到底算不算一个好警察。

我知道，老头儿也有很多话要对我说。

可我们谁也没说。

马福禄在一旁埋怨着："我说爸呀，让您跟家待着，您怎么又跑到这儿来了？"

老头儿一瞪眼："跑？我干吗跑？我来买菜！让我碰上事儿我不能不管……你们干吗去了？"

"寄信。"我说。

"给美国的？"老头儿什么都知道。

我点点头。他的眼睛又黯淡下来。我发现这老人的眼睛真是心灵的窗户，它随着他的喜怒哀乐而忽明忽暗。他站了起来，忽然叹了口气："我对不住你爸爸……"说完就走了。

"马伯伯！"我听出点蹊跷，追了两步。

老头儿却不回头，只说一句："问你爸爸好。"竟飞快地走了。

"你爸爸够怪的。"我对马福禄说。

马福禄苦笑笑："你甭理他。离了休我说您享点清福吧，他偏一天到晚自己跟自己过不去。养花吧，懒得浇水；养鸟吧，没兴趣喂食；书法画画儿更是一门儿不灵！我发现有这么一种人，对某种事物入了迷，一旦离开这种事物他就难受。你看，老爷子没事儿就奔这农贸市场，号称维持秩序……"

我听着，没说话，我在想我的老爸爸。

十

我是个警察，职业要求我学会对蛛丝马迹进行分析推理。

马福禄说，当翠萍来看我的老爸爸时，是"大胡子挡了驾"；而大胡子所长很内疚地宣称："对不起你爸爸。"还有，据我的老爸爸说，他在1959年突然调到分局行政科去了，从此中断了对冯静波的调查。“突然”，这个词用在这里不会有什么奥妙吗？

把以上情况综合起来，我编造了一个故事。但是我敢说那不完全是编造，它符合事物发展的必然规律。我说它是编造是因为没人对我说起那些往事，他们出于种种原因不愿提起它。

我认为，翠萍再次来看我的老爸爸一定是在“大炼钢铁”的炉火刚刚熄灭时的事情。那时尽管人们仍热血沸腾，但饥荒已经在阴暗处摩拳擦掌了。对于像翠萍这样历史不明不白的人，饥荒也许会来得更快些。她来看我的老爸爸，一方面是感恩，另一方面也许是寻求进一步的援助。

总之她一定是疲惫不堪地来到派出所的，也一定是趁天黑了街坊们都回家吃饭才出现在这一带的。在我印象中她应该是个很聪明的女子，她并不想给我的老爸爸找麻烦。

我想她肯定又是蹲在派出所门边，企望碰到我的老爸爸，可惜的是，走出来并一眼认出她的不是我的老爸爸而是大胡子所长。

“你在这儿干什么？”大胡子一定很惊异也很不高兴，一定把那个“你”字说得很重。

翠萍一定很慌乱，她绝对抗不住大胡子的审问，于是如实招来。

大胡子当时会想什么？他一定会想这可不是个事儿，一定会想小肖表现不错又正谈恋爱——我母亲当时是这个所的内勤民警——可不能为这么个女人毁了，一定会想阶级斗争时刻都在考验着我们民警，我们要经得住考验……

总之，他绝对是为了我的老爸爸好。

于是他说：“小肖不在这儿，早调走了。”

翠萍一定会问：“调到哪儿去了？”

大胡子也一定会回答：“不知道。”

这回答一听就是假的，会有民警调动所长不知道的吗？可大胡子是个爽直粗犷的人，他不考虑这么多。而翠萍略一思忖也就明白了是怎么回事，于是不再问。

不，不对，这故事不该是这样。如果是这样大胡子今天不会感到内疚。他为什么内疚？他无非是为我的老爸爸拒绝了一个可能会带来麻烦的客人罢了，他的行为今天说也没什么大不对。他的内疚一定有别的原因。

我继续思索，继续编造。

对，那翠萍知道了大胡子在骗她之后会怎么办呢？她一定不会走，一定仍在四周徘徊，直到我的老爸爸从派出所里走出来……

哦，那一盏红灯之下，走出来的我的老爸爸并没有意识到这是他命运中的又一个转折。

他一定吓了一跳，脑子里也一定掠过各式各样的想法。可他到底还是站住了，听那个女子说什么。这或许是因为我的老爸爸那小知识分子的善良。

当时翠萍羞红了脸儿。她垂着头表示了感谢，又吞吞吐吐地讲了这几年的境况。她说的农村情况一定让爸爸心惊肉跳，可也听出她还饿着。于是爸爸截住她的话头，带她去吃东西。

他们那晚吃了什么？馄饨？火烧？豆腐脑？

反正不会是别的东西，尤其不会是“生猛海鲜狗肉汤煲”之类。

我相信老爷子是一片真诚，他不会也不可能有什么想入非非之处。他是个人民警察，他只不过把这女子归于人民之列，他在为人民群众排忧解难。

哦，我可尊敬的父亲。

而大胡子显然没把这女子看作好人。我想他一定知道了那晚我的老爸爸和翠萍的行踪，他考虑这样不好，于是向分局作了汇报，我的老爸爸也就莫名其妙地到行政科去清点桌椅板凳了。

这便是大胡子今天内疚的原因。

这也说明今天他修正了对那女子的看法。

对一个人的认识和判断有时是要经过漫长年月的。

以上的故事虽然是我的推理和编造，可我相信它八九不离十。我判断不出我的老爸爸对调动的原因知道不知道，我只知道他很惋惜，为不能直接与冯静波较量惋惜。他判定那家伙一定会跳出来破坏大跃进的，看那家伙每天积极地在街道食堂和小高炉干活就是兆头。然而我的老爸爸很沮丧地告诉我，冯静波后来又立了一“功”，他抓住了一个到食堂偷粮食的盲流……那时我的老爸爸已调到分局去了。

于是我知道我的老爸爸又输了一招。

可老爷子并未为这失败而动摇，他认准了追踪的目标便锲而不舍。他说有一天——他准确地记得那是1957年6月20日——他发现冯静波在偷偷看一张废报纸。那报纸上登了右派攻击共产党的言论，可不知让谁包了油条之类的东西之后扔到巷子里。冯静波就站在院门口斜着眼睛看……“可他说他是不识字的，懂吗?”我的老爸爸向我说起这事时反复强调。

对翠萍的怜悯和对冯静波的追踪构成了一个昨天的青年民警、我的老爸爸的形象。这形象既清晰又复杂地印在我的脑子里，使我陷入苦苦的思索……

十一

出事了。

毛四林病危。

这猴头猴脑的小老头儿在自己的小杂货铺里摔了一跤，摔倒时碰翻了那一大堆鸟笼子，大概当时他正在喂鸟。鸟笼子砸到他的身上，鸟们便在他渐渐瘫软的身上乱叫乱蹦。人们发现他时他已昏迷。

奇怪的是他的邻居把消息通知了我和我的老爸爸。

我赶到医院去，在走廊上碰到老爷子。

“甭进去了，他现在什么也不知道。”我的老爸爸说。

走廊很昏暗，只有尽头处的一扇窗子有夕阳泻进来，给老爷子和他的轮椅勾出一个金色的轮廓。我望着他的侧影，仿佛突然发现他很老了，那种年轻时肯定有过的潇洒气质已荡然无存。他现在只不过是个残疾老头儿。我每天和他一起生活，服侍他、孝敬他，可我真正了解他有多少呢？

昨天和几个派出所的年轻哥们儿喝酒，他们还说："听说你爸爸特倔，一辈子恨一个人至今不改，调查来调查去结果还是瞎掰。"我当时懒得说什么，便随口附和："没错，老爷子就是瞎掰。"

可我为什么不反驳他们呢？

我看着我的老爸爸，心里翻腾着许多无头绪的话。

"你吃饭了吗？"是爸爸在问我。

"吃了。"我回答。

我们父子之间通常就是这么简单地一问一答，用这种方式传达情感。只有谈起冯静波，我的爸爸的话才多起来。

可我至今没告诉他关于那位台胞的消息。

老爷子看看我，想说什么又没说，摇动轮椅准备走了。

"毛……他不要紧吧？"我冒出一句，似乎刚想起我是干吗来了。

"谁知道……生死对于他无所谓了，那么多年……"

"您对他……是同情吧？还是……"

"嗯？"老爷子盯住了我，我却把眼睛挪向窗外。

"你当警察时间还太短……"许久，我听见他说，"警察不是石头，警察……恨什么爱什么都……"

"那您……恨毛四林还是爱他？"

"他走过错路，可他现在规矩做人……假如冯静波坦白自首接受法律制裁，那么……"

又是冯静波。可老爷子的话使我感到新奇，他从未说过类似的话。他会放过那个瘦瘦高高、似笑非笑的家伙吗？那又何必40年念念不忘苦苦追踪呢？

"我怀疑他不是为了我自己。"他闷闷地补充一句，他的语气他的姿态都告诉我他很累了。

十二

那晚我守护了昏迷的毛四林一夜。

清晨我疲惫不堪地走出医院。我突然发现在医院对面的马路边站着一个白胡子老头儿。

他盯着医院的楼房，手里攥着两个大铁球。

我想：他为什么来？他会进去吗？可我太累了，我的思维迟钝起来，我只想去睡觉。

可我命里注定睡不了觉。当我回到派出所正想扎进我那小小的宿舍时，高所长拉住了我。“来。”他朝他的办公室努努嘴，一脸的庄重和神秘。

“我没犯错误啊……”我装着傻和他开玩笑，可一进他办公室的门就真傻了。

一对老人规规矩矩地坐在那里。

凭直觉我一眼就认出了他和她……

十三

我仍要讲过去的故事。

当我的老爸爸忍受着丧妻失子的痛苦和断腿上的疼痛躺在农村卫生院之日，也是我们家被厄运所笼罩之时。没有人理我和我的奶奶，我和奶奶像一老一小的两棵树，在风风雨雨中苦苦挣扎。

这一阶段只有两个人来偷偷地看望我们。

一个是过去的洋车夫，当时的公共汽车司机。

洋车夫是每年都来一趟的，那是他院里那棵大红枣熟了的时候。这次他来时仍带了枣，却很少。他叹着气说：“没心思拾掇，今年就没怎么挂果……”我奶奶接过那枣，落了泪。洋车夫说，“我没什么怕的，工人阶级，您有什么事就找我。”

另一个来看我们的是冯静波。

关于他的到来我印象深刻。其实当时是深夜我已经睡觉——因此我至今没见过这个家伙，我的印象是从奶奶和爸爸的多次讲述中得来的，我和他们一样对这家伙的到来有一种疑惑与耻辱、气愤交织的感觉。

他进门时并没报姓名，他只说他是爸爸原来管界的居民。奶奶自然而然地从心里涌起一股暖流，为他端来茶水。

“老肖好吗？”他问。

“好什么啊，腿坏了……”奶奶红了眼圈儿。

“他……怎么弄成这样？”这明明是探风。

“去查个什么人……他这人呀，就知道工作。人家都不让你干了，你可还干个什么劲儿呢！”

冯静波不再说话，捧着那一杯温热的茶水出神。奶奶后来说当时觉得这人挺怪，他不多说话，光想事。

这很引起我的兴趣。这个神秘的人在我家里触景生情想到了什么呢？

许久，他放下茶杯，缓缓摸出5元钱钞票，塞到我的枕头下面。

“哎呀，这可……”奶奶忙去推辞。

“没什么，应该的。”说完他飘然而去，还是不说姓名。

“您贵姓？”是奶奶追出门去问。

“冯。”门外扔来一个字。

爸爸管界只有一个姓冯的。

当问题“基本查清”的爸爸拄着双拐回到家里，奶奶向他讲这件事时，他脸上泛起了愤怒的潮红。他没说话，径直去了小芝麻巷15号。

那是他们唯一的一次正面交锋。

望着爸爸拍到桌上的5元钱，冯静波淡淡地笑了：“老肖，这是干吗？我是给孩子的。”

“谢谢。”爸爸的话显然是从牙缝间咬出来的。

冯静波垂下头，手里摆弄着一个纸匣子——他一直靠给街道工厂糊纸匣为生，半晌才说：“老肖，我知道你不信任我，可我真不是坏人。”

我的老爸爸当时可能没想到对手会这样单刀直入，他愣了一下，而且也确实无法说什么，他没有证据可以打倒对面这个人。他叹了一口气，扭脸要走。

“这么多年来，我干过坏事吗？”姓冯的又把话逼上来。

“……”爸爸咬着牙。

“我拥护共产党啊……”

爸爸在一瞬间动摇了吗？我猜他会动摇那么一下的。是啊，断断续续查了这姓冯的那么多年、那么多次，可……他历史上可能会有污点，可他一定会是特务吗？

“文化大革命”前夕，上级通报说国民党特务机关在呼叫潜伏本市的特务5182号，已是行政科长的爸爸把冯静波作为嫌疑线索反映给了政保科。可惜，工作还没开展，政治风暴降临了……

“难道真是命里注定查不清他吗？”爸爸扼腕而叹。

人是有一种逆反心理的。越得不到的东西越想得到，越干不利索的事越想去干。难道爸爸对冯静波的追查也是如此？

那天他们面对面时心情一定很复杂。

我可怜的老爸爸后来一定会想起我的妈妈和哥哥，他的悲愤可想而知。如果不是觉悟和纪律的约束，他一定会把拐砸到冯静波头上。

他在那小院里一定感到无法再待下去，他愤而离去。

他一定在那时下定了决心，那瞬间的动摇一扫而光。

当一切都结束所有问题都平了反之后，架着双拐的爸爸坚决要求回公安局工作。

可是他终于还是倒下了，终于无可奈何地坐上了轮椅……我那可怜的老爸爸！

十四

我陪着两位老人站在“四阎王”旧宅院的大槐树下。

他们不说话，我也不说话。大槐树在风中沙沙述说。

“四十多年了……”老头儿感慨。

“……”老太太抹着眼泪。

这院里住的都是新住户，住得最长的不过十几年，他们当然不知道“四阎王”是何许人，他们有几分好奇、有几分冷漠地望着这对反差极强烈的老人。

男的，西装革履，一看就是海外来客。

女的，虽穿了新衣服，却遮不住满面的沧桑。

我几乎怀疑她不是翠萍，她和我印象中的女子相差太远。可她又确确实实是翠萍，看老头儿对她那份绵绵情意还不肯定吗？

他们蹒跚着一步三回头走出院门。

男的说：“你记得吗？我借来的那本《家》，不敢让父亲看见，就放在你那儿，有机会就去翻几页……”

女的点头：“看了就给我讲，讲觉慧和鸣凤……”

我在他们后面听着大受感动，我觉得我对他们有了新的认识。我也仿佛感到我在长大，一向在我脑海里模模糊糊的爱情突然间生动起来。

我们缓缓走在小巷里，历史又悄悄地包围了我们。我想起曾在这历史中生活的爸爸，他老人家扮演了一个什么样的角色呢？他也有过相似的爱情吗？

母亲的印象早就在我脑子里模糊了，她现在只是一张挂在老爸爸床头的照片。我发现爸爸睡前和醒后都要向那照片看上几眼，仿佛是一种老夫老妻间的无言交流……

“小肖……同志，你父亲是……吧？”

小心翼翼的问话把我从遐想中唤回。我抬头，只看见两位老人微驼的背。可我相信我听到的不是幻觉。

“是的。”我回答。

“我……能不能见他一面？”仍不回头，但话很诚恳。

我沉默，掂量着话该怎么说。

“有个人……让我带封信……给你的父亲。”

我一愣，但我立刻反应了过来——我的反应从没这样灵敏过，我的心怦怦跳着，血液从四肢开始向头部集中，我脱口而出：“冯静波?”

老头儿缓缓地回过头来，满脸是庄重和肃穆。

老太太也回过头来，泪光闪闪的。

于是我知道他们明白一切。

“不!”不知道为什么我断然拒绝。

十五

我仿佛看到我的老爸爸在深山老林中艰难地跋涉。

没有路。大概是他迷失方向偏离了路。他在树、藤、草、石之间一步一步地向前挪动。非常静，只有偶尔一声鸟的怪叫和他脚下枯枝的断裂声。看不见天，被树冠遮住了；也辨不清地，哪里都是丛生的荒草和荆棘。偶尔有一块突兀的巨石，冷冷地横在他面前，让他又流一身汗又蹭破几处皮肉……

他不会有太多的物质准备，他是从监督劳动接受再教育的村子里偷偷跑出来的，顶多揣两个窝头、一把手电和几张钞票。他乘长途车，又搭了一段马车，然后进山……

他是不相信那叫冯家台的小山村已经不存在了吗?

他是不相信没人会告诉他关于冯静波的本来面目吗?

这一趟冒险行为十有八九注定会白白地浪费精力，而且百分之百注定回去会受到严厉批判，可我的老爸爸仍然义无反顾!

天渐渐黑了，山林间腾起阴森森的雾气，从没进过山的他感到恐惧了吗?

他一定加快了脚步，他想争取在天彻底黑之前找到人家。他的目的几乎达到了，因为他看到在雾中升起一股显然浓淡不同的烟气，也闻到了一丝饭烧焦了的煳香味儿。他兴奋起来，几乎是雀跃了，但就在这时候一脚踩空……

山，对于他来说确实太陌生了。

其实他的腿应该能治好，可那个年月，那种身份……

那是他命运中的又一次转折，犹如鹰折断翅膀。

十六

肖先生：

您好。

几次提笔又几次犹豫，万语千言不知从何说起。昨夜窗外凄风苦雨，于雨声中却突然下了决心，这一番心里话不吐何快？不吐何安？

你我周旋多年，当我踏上飞机舷梯离国漂泊时心头确有一种轻松之感。我这些年如履薄冰，小心翼翼，食而无味，寝不能安，这一切都在那一瞬之间解脱了。

但随之而来又是一种自疚的折磨，为了我你多年辛劳、丧妻失子身患残疾，实在使我不安。按说各为其主，你死我活，又有什么可说？但那种折磨却不肯逝去，扪心自问这是怎么了？

近来大概因为年已古稀之故，常于无人处把往事揣摩，思来想去便恍然而悟，原来使我不安、使我自疚的仍然是肖君你。你铮铮铁骨，耿耿忠心，矢志不渝；反衬得我躲躲藏藏，提心吊胆，猥猥琐琐。惭愧！在对手面前我从未认输，可君这样的对手使我佩服也使我渐醒。还干下去吗？每每问及自己便冷汗淋淋。我感到我竟然在对手面前悟出些做人的真谛了。

时至今日，我唯有在君面前低头，除此之外我别无选择。你是对的，我是奉命潜伏的军统分子，代号5182。毛四林和“四阎王”确实是上峰特意安排的牺牲品，抛出他们为的是掩护我长期潜伏——如此做法，今日想来实在惭愧。“四阎王”血债在身，似罪有应得，而那个毛四林，无冤无仇，唉……往事如梦，不可尽述矣！只是我遇到了你，我的一切计划都在君的眼前粉碎。坦白说近40年我从未做过按上峰指示该做的事情，我悄悄地让他们以为5812已经成仁。这一切都是因为有你。每每从噩梦中醒来，冷汗犹存，战栗不已，岂敢轻举妄动乎！

特别是岁月流逝，年龄渐老，过去那一份野心便也渐渐淡了。常常扪心自问，那问题又常常把我自己吓倒。例如：有君这样忠诚捍卫者的政府可能够颠覆之？把一个旧中国改变成一个新中国的政党可应该是我的敌人？呜呼，30岁前死心塌地为三民主义征战，70岁时得见海峡两岸气氛缓和而欣喜，大陆潜伏40年与君周旋40年我了解了共产党，也佩服了共产党。

家兄在台经商，力促我回台一聚。自知40年潜伏对国民党来说无功无能，遂落足香港。年已古稀，聊为家兄公司驻港代理，意为两岸贸易奔走，只盼大陆早日更为强盛，也算洗刷我的罪过。只是累君家破人亡，这笔账又何以还清？只有彻底坦白如上，只求宽恕我这昨天的敌人。

大陆有句名言，昨天已经过去，希望还在明天。不知明天我和君能否携手，为中华民族的前程而言欢也？

切切。

冯静波　上

十七

老爷子的手颤抖着，把信叠好。

“阎王儿子”——阎伯隐迈前一步，轻声说：“冯先生还有一句话，让我务必代向肖先生转达，强……强调。”

他大概不习惯大陆常用的“强调”这个词。

老爷子看看他，又看看我，再看看周围所有的人，低声吐出一个字：“讲。”

“他说，他是通过肖先生的所作所为来认识共产党的。”

所有的人——我、我的老爸爸、翠萍、高所长、马福禄和他那大胡子父亲，都为之一震！

我的老爸爸潸然泪下。

阎伯隐先生继续说：“肖先生，我也很感动……说实在的，我父亲是共产党杀的，可我当年就对他很不满，他确实罪有应得……冯静波先生到美国找到我，他讲得最多的就是您的故事。我从没见到一个人会对自己的责任这样……我回来，我的妻子也对我讲……”

“别说了！”我的老爸爸打断了他的话，老爷子的声音很沙哑，“对不起，我想一个人待着……”

“肖同志！”那白发苍苍的翠萍迈上一步，“要不是当年你那50元钱我早就……”

爸爸摆手，闭上眼睛。

原来在那个神秘的夜晚他给了这女子50元钱，这在当时可是一个民警一个月的全部收入。我的老爸爸从没提过这件事，是他不愿提吗？当年那个月他是怎么生活的呢？我的母亲知道那50元钱的去向吗？

人们悄悄地退出去。

大胡子似乎想说什么，可马福禄紧拉着他的胳膊，他只好咳一声很不忍地走了。高所长似乎也想说什么，可他历来就是个寡言的人，张了几次嘴也没有声音，脸反而涨红起来，跺跺脚也走了……

屋里只剩下我们父子，我们这两代警察。

我们都沉默着。

我知道对于我的老爸爸来说，现在是他一生中最重要的时刻。他为之追踪了多半生的目标今天终于露出了真面目，然而却是这样的一种方式。是坦白吗？是自首吗？无法追究什么，更无法惩罚什么，而失去的则永远失去了……

爸爸能否接受这样的事实？

他此刻一定百感交集，甜酸苦辣汇集在心头，潮起潮落般地冲击他的心……

“你怎么还在这儿？”老爷子突然问道，眼睛还闭着。

“我……陪陪您。”我说。

“可怜我吗?”

“这……”我怎么回答?

屋里渐渐暗了，老爷子和他的轮椅渐渐融入侵来的暮色中，变得像一尊一动不动的黑色的雕像。我看不清他的神情，只感到他也许会就这样永远永远地待下去，把一个曾经熊熊燃烧的灵魂铸成冰冷的石头。

他会这样吗?

“也许这就是命运……”他开口了，声音很平静，“警察的命运。我预料到会有这样的结局……不这样也就不是和我周旋那么多年的冯静波了……”

我换了一条腿支撑身体重心，凝神听着。

“我不是为了我而始终怀疑一个人的，这你懂吗?”

我想说我懂，可我张不开嘴。

“从穿上警服的那一天起，警察的一切就不再属于自己，它属于……我只是没有想到冯静波是个还算有良心的人……有这个结局，我……死也闭眼了。”

“可……您的腿呢？我妈呢？还有我哥哥……”

黑暗中的雕像抖动了一下。

许久，他喃喃地说：“你妈妈……她也是警察啊……”

我突然觉得有一种说不清楚的滋味涌出心扉，搅起一股热呼呼的浪拍打着我的咽喉。我想哭，想痛痛快快地哭，我想只要泪水冲破一切阻拦那就什么都不再存在，我一定会觉得非常痛快、非常清醒。

十八

命运是个什么玩意儿?

我思忖着走进小芝麻巷，走上我的老爸爸走过无数次的那条小道……

我仿佛找到了某种答案。

（原载《啄木鸟》1992 年第 2 期）

张策，1956 年生，北京人，满族。中国文联全委会委员，全国公安文联副主席。中国作协会员。著有长篇小说《血色风筝》、《天路难回》，小说集《情隐恩怨》、《刑警队》、《无悔追踪》，影视作品《等你归来》、《警察世家》、《危险进程》、《古城谍影》等。多次获全国金盾文化工程奖、金剑文学奖、中国潮报告文学奖、《十月》文学奖等。